THEODORA BAUER

CHIKAGO

ROMAN

PICUS VERLAG WIEN

1921

1.

Die Katica ist in der Früh aufgestanden, ihre nackten Füße auf dem staubigen Holzboden. Ihr hat es auf den Magen gedrückt, so etwas Grausliches, zum Speiben ist ihr gewesen. Draußen noch finster, ganz langsam hat sich das Licht zusammengeballt und ist durch den Vorhangspalt hereingerieselt. Die Schwester, die neben ihr im Bett gelegen ist, hat sie angeschaut. »Ča je?«, hat die Schwester gefragt, aber die Katica hat nur den Kopf geschüttelt. Sie ist am Bettrand gesessen, hat gekeucht, hat das Blut gespürt, das schön langsam in die Beine geflossen ist. Schweißnass ist das Nachtgewand an ihrem Rücken geklebt. Eine Sauerei ist das gewesen, nichts als eine Sauerei. Sie ist aufgestanden, an der Kammer vom seligen Vater vorbei, die jetzt leer gewesen ist. Der große Schlüssel hat gequietscht in der Holztür. Es ist schon fast Oktober gewesen, sie hat die Feuchte zwischen ihren Zehen gespürt. Einige Schritte ist sie auf der Wiese gegangen, sie hat gerade noch den Zaun zum Hühnerstall zu fassen bekommen. Von drinnen hat sie leises Federrascheln gehört. Dann hat sie sich übergeben.

Die Katica hat sich hingesetzt. Sie ist sich schwer vorgekommen, viel zu schwer für ihren Körper, obwohl man noch gar nicht viel gesehen hat. Als hätte sie einen von den moosgrünen Steinen gefressen, die hinterm Haus gelegen sind. Sie hat sich an den Apfelbaum gelehnt, an ihren Lieblingsbaum, den der Vater mit ihr gepflanzt hat, wie er noch gelebt hat. Die Katica hat sich noch genau erinnern können, obwohl sie damals noch ganz klein gewesen ist. Der Vater hat die frische Erde um den

Baum herum mit der Schaufel festgedrückt. Dann hat er sich aufgerichtet. Mit einer erdigen Hand ist er ihr über die Haare gefahren. »Kako ti se vidi?«, hat er gefragt. Die kleine Katica ist vor dem Baum gestanden, der nicht mehr als ein Beserl mit ein paar Blättern dran gewesen ist. Der Baum ist genauso hoch gewesen wie sie. »Malo je«, hat sie gesagt, und der Vater hat gelacht, weil ihre Stimme so unschlüssig geklungen hat. »Der wird schon noch größer«, hat er gesagt, und die Katica hat sich das damals nicht so recht vorstellen können. Aber jetzt hat sie gespürt, wie schnell die Dinge wachsen, und dass man das meistens gar nicht aufhalten kann.

»Kako ti gre?«, hat sie hinter sich gehört. Sie hat sich nicht einmal umdrehen müssen. »Geh wieder hinein«, hat die Katica gesagt, »es ist nichts. Sve je u redu.« Die Schwester hinter ihr hat geschwiegen. Das Licht ist schön langsam dichter geworden. Sie hat die Äpfel sehen können, die noch am Baum gehangen sind. Alles ist feucht gewesen um sie herum, auch das Nachthemd um ihre Beine, feucht und kühl. »Ist wirklich alles in Ordnung?«, hat die Schwester gesagt und ein paar faulige Früchte mit dem Fuß weggetreten. »Ich hab dir gesagt, du sollst wieder hineingehen, Anica«, hat die Katica gesagt. Der schwere Körper der Schwester ist neben ihr ins Gras geplumpst. Der Stamm ist nicht breit genug gewesen für zwei, und so hat sich die Schwester unbequem hinknotzen müssen neben ihr. Sie hat ihre hochgezogenen Knie mit den Armen umschlungen. Die Katica hat die kräftigen Hände von der Schwester betrachtet, die sich vor den Beinen gegenseitig gehalten haben. Sie hat den Kopf gehoben und hinauf in die Blätter vom Apfelbaum geschaut, und dahinter weit weg in den Himmel. Die Stille ist lange geworden, bevor die Schwester wieder gesprochen hat. »Wie gehts denn dem Kind?«, hat die Anica gesagt, und jetzt, zum ersten Mal, hat die Katica ihr in die Augen geschaut.

»Woher weißt du denn das?«, hat sie gesagt. Das Gesicht der Schwester ist gleichmäßig gewesen, aber nicht schön, auf der Stirn haben sich die ersten dünnen Fältchen abgezeichnet. Ihr Gesicht ist im Halbdunkel gelegen, aber ihre Augen hat man gut gesehen, und im blassen Mondlicht die breite Stirn. »Ich bin ja auf Wien gegangen«, hat die Schwester gesagt, »vorm Krieg, da hat die Herrschaft auch ein-, zweimal ein Kind erwartet, wie ich dort gewesen bin. Aber wenn man am Anfang viel speibt, dann gehts einem nachher besser. Das haben sie zumindest dort gesagt.« Die Katica hat den Blick abgewendet, sie ist sich dumm vorgekommen und sehr jung. Und gleichzeitig hat sie auf einmal eine derartige Wut auf den Ribović Franjo bekommen, dass sie ihn auf der Stelle erwürgt hätte, wenn er vor ihr gestanden wäre. »Was magst jetzt machen?«, hat die Schwester gesagt und die Katica betrachtet. Sorge ist in ihren kleinen dunklen Augen gelegen. »Kriegen«, hat die Katica gesagt und mit den Schultern gezuckt.

2.

Die Eltern haben sich nicht gewundert, wie er ihnen gesagt hat, dass er ins Amerika hinübergeht. Sie haben gesagt, leicht wirst dus nicht haben, und das ist es gewesen. Der Feri hat nicht gewusst, was das heißen hat sollen. Hat man es hier denn leicht gehabt? Vielleicht haben die Eltern ja noch ein anderes Land gekannt, eines, das sie Heimat genannt haben, wie sie drüben gewesen sind, das immer schöner geworden ist in ihrer Erinnerung, in dem die Kirschen geblüht haben und die Marillen, in dem die Trauben fett in den Weingärten gehangen sind und nur darauf gewartet haben, dass man sie isst. Der Feri jedenfalls hat dieses Land nie gesehen. Die Eltern haben ja nur so daherreden können, weil sie so lange nicht hier gewesen sind, weil sie nicht mitbekommen haben, wie trocken das Land geworden ist und wie schal es geschmeckt hat in seinem Abgang. Das ist das Ende der Welt gewesen, einmal nach der einen Richtung hin, einmal nach der anderen. Die Alten sind schon abgestumpft gewesen gegenüber diesem Gefühl. Aber die Jungen haben es gemerkt.

Wenn er mit der wenigen Arbeit fertig gewesen ist, die es für ihn gegeben hat, dann ist der Feri auf dem Dorfplatz herumgegangen, wie die anderen jungen Burschen hier. Er hat den Gatsch unter seinen Sohlen gespürt oder den Staub oder den Schnee. Je nach Jahreszeit ist ihm kalt gewesen oder warm. Lange ist nichts passiert. Er hat die Blicke von den alten Frauen in seinem Nacken gefühlt, die auf den Bänken vor ihren Häusern gesessen sind, als wären sie dort festgewachsen.

Was hat es hier auch zu holen gegeben? Den Hof hat der

Feri nicht übernehmen können. Dazu, dass er seine Brüder auskauft, hat ihm das Geld gefehlt. Ein Handwerk hat er nie gelernt, weil es niemanden gegeben hat, der es ihm beibringen hätte können. Er hat bei den Eltern gelebt, die ihn geduldet haben, die geschwiegen haben, nicht weil sie bösartig gewesen wären, sondern weil sie das lange Schweigen gewohnt gewesen sind. Die Zeit ist dem Feri zuwider gewesen, richtig übel ist ihm geworden, wie er in die langen Sommerabende, in die Herbstnachmittage und Winternächte geblickt hat. Es hat hier nichts zu tun gegeben, nicht für ihn und nicht für irgendjemanden sonst. Überall ist es besser gewesen als hier.

Der Feri hat seine Tante einmal gefragt, ob es eine Zeit gegeben hat, in der niemand ausgewandert ist. Die Tante hat gerade die Wäsche durchgedrückt, mit beiden Händen ist sie im Bottich gesteckt. Der Feri hat das Wasser gehört, wie es an die Ränder geschlagen ist. Er ist noch so klein gewesen damals, dass er nicht einmal in den Bottich hineingesehen hat. Die Tante hat innegehalten und sich zum Feri hingedreht. »Sicher hats die gegeben«, hat sie gesagt. Sie hat kurz nachgedacht. »Irgendwann wird es so eine Zeit schon gegeben haben.« Der Feri hat sich am Rand vom Bottich angehalten und versucht, einen Blick hinein zu erhaschen. »Vorsicht«, hat die Tante gesagt und das große Gefäß niedergehalten, das unter dem Gewicht vom Feri fast umgekippt wäre. Mit einer Handbewegung hat sie den Feri weggewunken, der nur widerwillig vom Bottich abgelassen hat.

»Wieso ist die Mama ausgewandert?«, hat er gefragt, nach einer kleinen Pause. Die Tante hat sich mit dem seifigen Handrücken über die Stirn gewischt. »Weil der Vater ausgewandert ist«, hat sie gesagt und wieder begonnen, die Wäsche zu kneten. »Und wieso ist der Vater ausgewandert?«, hat der Feri gefragt. »Weil er müssen hat«, hat sie erwidert. Die feuchten

Kleidungsstücke haben geschmatzt, wie sie sie bearbeitet hat. Die Tante hat ernst ausgesehen dabei und konzentriert. »Und wieso hat der Vater auswandern müssen?«, hat der Feri gefragt. Die Tante hat einen schweren Seufzer getan, der dem Feri gesagt hat, dass nichts mehr zu erfahren gewesen ist von ihr. »Geh Bub, frag mich nicht solche Sachen«, hat die Tante gesagt, »deine Eltern werden schon wiederkommen. Geh lieber hinaus und tu die Eier abnehmen, das macht sich auch nicht von selbst.« Die Tante hat den Feri an den Schultern gefasst und mit einer sanften Bestimmtheit bei der Tür hinausgeschoben. Sein Hemd ist nass gewesen, dort, wo sie ihn angegriffen hat. Er hat sich umgedreht und in der Sonne zur Tante hingeblinzelt, die in der Tür gestanden ist. Sie hat ihn angesehen. Ihre Stirn ist in vielen kleinen Falten gelegen. Die Tante hat wieder diese Handbewegung gemacht, mit einer gewissen Ungeduld, in Richtung Hühnerstall. Dann hat sie sich umgedreht und ist im Haus drinnen verschwunden.

Der Feri hat sich gefragt, wieso die Tante eigentlich noch hier gewesen ist, wo doch sonst alle ausgewandert sind; was sie hier gesucht hat, was sie gehalten hat. Erst lange danach ist dem Feri klar geworden, dass es wohl etwas mit ihm zu tun gehabt haben könnte und mit seinem Bruder. Mit den wenigen schmächtigen Hühnern und den drei Ziegen, die ihre Aufsicht gebraucht haben. Mit der Großmutter, die schweigend in der Stube gesessen ist und langsam immer weniger geworden ist neben ihnen. Und wie er das alles endlich verstanden hat, da hat er sich ziemlich geschämt.

3.

Die Anica ist gern hier gesessen. Von hier aus hat man schön über die Ebene gesehen, bis nach Pressburg hin und bis zu den Hügeln hinter der Stadt. Die Felder dazwischen sind warm und golden vor ihr gelegen. Die Anica hat die Augen zugemacht. Sie hat gespürt, wie sich das Bild von den hellen, leuchtenden Feldern hinter ihren Augenlidern abgezeichnet hat. Vierburgenland haben sie es nennen wollen. Ein seltsamer Name, aber ein schöner.

Die Anica hat noch gewusst, wie es in Wien gewesen ist, wie der Kaiser noch gelebt hat. Es ist eine gute Zeit gewesen und in ihrer Erinnerung meistens sonnig. Am Wochenende ist sie oft mit den Kindern spazieren gegangen. Sie hat die zwei kleinen Buben in ihre Sonntagsanzüge gesteckt und ist mit ihnen in die Innenstadt gefahren. Gemeinsam sind sie den Ring entlanggegangen. Der größere ist besonders lebhaft gewesen und hat an ihrer Hand gezogen wie ein kleiner Gaul. Einmal, wie sie so gegangen sind, hat sie den Kaiser gesehen. Er muss es gewesen sein; sie hätte schwören können, dass er es gewesen ist. Der Kaiser ist in einem herausgeputzten Gespann an ihnen vorbeigefahren, sein dichter, weißer Bart hat im Sonnenlicht geglänzt. Er hat freundlich gegrüßt und sich sogar ein wenig aus der Kutsche hinausgebeugt, um ihr und den Kindern nachzusehen. Die Anica ist stehen geblieben, so plötzlich, dass sogar die Buben an ihren Händen leise geworden sind. Keiner von beiden hat gewusst, wieso die Frau Aufpasserin mit so großen Augen der Kutsche mit dem alten Mann darin nachgeschaut hat. Bis heute ist sich die Anica nicht sicher, ob sie es sich nur eingebildet hat oder ob sie ihn wirklich gesehen hat, den Kaiser. Aber eigentlich ist es egal gewesen. Die Erinnerung daran hat ihr gefallen. Es ist eine schöne Erinnerung gewesen und eine, die ihr im Nachhinein sehr bedeutsam vorgekommen ist.

Die Anica hat die Augen aufgemacht. Sie hat die Käfer surren gehört in den Halmen. Das kleine Waldstück in ihrem Rücken ist still dagelegen, kein Windstoß, kein Hauch, kein Geräusch von keinem Menschen. Der Spätsommer ist schwer über dem Land gehangen. Sie hat sich nicht erinnern können, dass es Ende September schon einmal so warm gewesen ist.

Die Anica hat nichts anderes gekannt als die dunkelgrünen Hügel mit der Stadt im Hintergrund, als die lang gezogenen Felder davor, als den Ort mit seinen unebenen Straßen und die Zigeunersiedlung an seinem Rand. Das ist ihr Land gewesen, das und nichts anderes. Das Wien, das sie auch einmal gekannt hat, das hat es jetzt nicht mehr gegeben. Das ist nur mehr in ihrem Kopf gewesen, mit dem Kaiser und der schön geschmückten Kutsche, mit den Paraden und den Sonntagnachmittagen im Prater und ihrem winzigen Dienstbotenzimmer in der riesigen Wohnung im Parterre. Jetzt ist der Krieg vorbei gewesen und sie haben neue Länder gemacht, sie haben Grenzen hin und her gezogen und manchmal mitten durch Landschaften hindurch. Es hat geheißen, dort vorne, dort, bei Pressburg, dort hört das Land jetzt auf. Die Ana hat das nicht verstanden. Was hat das heißen sollen, aufhören? Der Hügel ist immer noch dort gestanden und ebenso die Stadt, obwohl Pressburg jetzt in der Tschechoslowakei gelegen ist. Wo hat sich diese seltsame neue Grenze befunden, ist sie vor Pressburg durch die Felder gegangen, ist sie seitlich verlaufen oder irgendwo dazwischen, unvermutet in Zacken am Dorfrand vorbei? Und sie selbst, sind sie jetzt noch bei Ungarn gewesen oder schon bei Österreich? Sind sie Deutschwestungarn gewesen oder Vierburgenländer? Wo das doch gar kein Widerspruch gewesen ist – wie es den Kaiser noch gegeben hat, sind sie doch immer schon bei Österreich gewesen und bei Ungarn auch! Die Ana hat sich gefragt, ob man das überhaupt können hat, ob man das dürfen hat, so einfach ein neues Land schaffen, durch einen Handschlag vielleicht, einen Schwur, eine Unterschrift? Und was dann passiert? Ob man ihn spürt, den genauen Moment, wo ein Land zu einem anderen wird? Ob man ihn spüren sollte? Vielleicht geht dann ja ein sanftes Ruckeln durch den Boden, oder die Luft verändert sich, oder die Menschen schauen anders drein? Vielleicht fühlt man sich selber anders? Oder vielleicht passiert auch gar nichts, vielleicht ändert sich gar nichts, vielleicht ist alles so wie immer, die Anica hat es nicht gewusst. Vielleicht ist die Grenze ja gerade mitten durch ihre Bank verlegt worden, genau in diesem Moment, und die Ana hat es nicht einmal bemerkt.

4.

Der Katica sind als Erstes seine dunklen Augen aufgefallen und seine schmale, feingliedrige Figur. Ihr hat gefallen, dass er immer so verlegen gewirkt hat, wenn sie in seine Richtung geschaut hat. Vorlaute Gestalten hat es hier genügend gegeben, Burschen, die sich einem schon bei der erstbesten Gelegenheit entgegengeschmissen haben, ob man sie darum gebeten hat oder nicht. Die hat sie zur Genüge gekannt. Aber der Franjo hat anders ausgesehen als die. Der Franjo hat nicht kräftig gewirkt oder stark, er hat nicht ausgeschaut, als ob er viel heben hätte können. Für einen Feldarbeiter oder einen Bauern ist er viel zu fragil gewesen. Aber vielleicht ist es genau das gewesen, was der Katica am besten gefallen hat: Der Franjo hat nämlich ausgeschaut, als ob er nicht hierhergehört. Als wenn seine Zukunft nicht hier im Dorf stattfinden würde, sondern in einer Stadt, wo sie keine Leute vom Land brauchen könnten mit Händen wie Kübeln und groben Gesichtern, sondern feine Gestalten, die zumindest so aussehen, als ob man sie in einen gut geschnittenen Anzug stecken könnte. Der Franjo hat nach Zukunft gerochen und nach einer bestimmten Art von Versprechen. Das hat die Katica gemerkt. Und es hat ihr gefallen.

Die Katica hat ihre alte Tracht angezogen. Die Schwester hat ihr Zöpfe gebunden und zwei große rote Maschen an den Enden festgemacht. Die Tracht ist zwar alt gewesen, aber sie ist ihr gut gestanden. Die anderen Mädchen haben ihr böse Blicke nachgeschickt, aber der Katica ist das egal gewesen. Sie hat gewusst, dass sie die Schönste im Dorf gewesen ist, und so hat sie sich auch betragen. Es hat so oder so nicht viel Gelegenheit zum Tanzen gegeben in letzter Zeit, und sie hat sich keine verderben lassen wollen, nicht von den eifersüchtigen Mädchen, und nicht von ihrem seltsamen Gerede. Die Katica ist fest entschlossen gewesen, dass sie den Kirtag genießt, und so hat sie an diesem Abend gelacht, bis ihr die Wangen wehgetan haben.

Der Franjo ist bei seinen Freunden gestanden. Er ist still gewesen wie immer. Die anderen Burschen haben mehr gesprochen, haben lauter gesungen als er. Die Katica ist an ihnen vorbeigegangen. Sie hat den Franjo angelächelt. Der hat sich an seinem Bier verschluckt. Die Burschen haben ihn angerempelt, er hat ganz verdattert ausgeschaut, und die Katica hat sich bemüht, dass sie nicht zu lachen anfängt. »Zdravo Franjo«, hat sie gesagt und die Gesichter ignoriert, die seine Freunde neben ihm gezogen haben. »Magst tanzen mit mir?«, hat sie ihn gefragt, auf Deutsch, weil sie gewusst hat, dass der Franjo kein Kroatisch spricht. Dann hat sie ihn bei der Hand genommen, und bevor er noch etwas sagen hat können, hat er die Katica im Arm gehabt. Die Zigeunerkapelle hat einen ordentlichen Csárdás gespielt, den sie so schnell tanzen haben müssen, dass sie beide atemlos geworden sind. Es hat ein bisschen etwas geholfen, dass der Franjo schon genug Bier getrunken hat, dass er mutig geworden ist. Für viel mehr als einen scheuen Kuss hat es aber nicht gereicht. Schlussendlich ist es die Katica gewesen, die ihn weg vom Tanzboden und zu dem kleinen Wäldchen außerhalb vom Ort geführt hat. Sie hat sich gedacht, der ist wie die anderen Burschen auch, der weiß, wie man an sich hält, wenn er schon so vergeistigt ausschaut und so nobel. Aber da hat sie sich verschätzt gehabt. Er ist auch in der Hinsicht nicht gewesen wie die anderen, die immer ehrlich gewesen sind und solide, sondern wie die feinen Herren, die einem sang- und klanglos ein Kind anhängen vor lauter Unbeherrschtheit. Das hat man also davon, wenn man denen nachstellt und sich einen wünscht, der nicht so ist wie man selbst. Jetzt ist die Katica gescheiter gewesen in dieser Hinsicht. Aber davor hat sie das ja noch nicht gewusst.

5.

Der Feri ist sich vorgekommen, als wäre er, seitdem er denken hat können, in einem seltsam engen Zusammenhang mit der Welt dort drüben gestanden, als wäre er in Gedanken viel häufiger dort gewesen als hier. Er hat das sein amerikanisches Gefühl genannt. Manchmal ist es so stark geworden in ihm drin, dass es schon fast wehgetan hat. Bei jeder Verrichtung hat der Feri daran gedacht, wie das die Menschen im Amerika wohl gemacht hätten. Wenn er die Hühner im Hof betrachtet hat, hat er sich gefragt, wie die amerikanischen Hühner wohl aussehen und ob sie anders gackern; wenn ihm die Tante ein neues Hemd genäht hat, hat er sich gedacht, ob es wohl so aussieht wie die amerikanischen Hemden und ob er damit durchgehen hätte können als Amerikaner, als echter, wenn er denn drüben gewesen wäre. Er hat oft über Amerika nachgedacht, darüber, was seine Eltern gerade tun, was sie essen, wie das Haus aussieht, in dem sie leben, ob es ein schönes ist. Aber die meiste Zeit hat er gewartet. Er hat auf irgendetwas gewartet, was drüben gewesen ist, und nicht hier. Was genau das gewesen ist, das hat er nicht mit Sicherheit sagen können. Bis vor Kurzem hat er geglaubt, es sind seine Eltern, aber jetzt hat er gewusst, dass das nicht stimmt.

Die Eltern sind lange vor dem Krieg hinüber, wie der Kristóf und der Ferenc noch ganz klein gewesen sind. Ein paar Jahre haben sie bleiben wollen, bis sie ordentlich etwas angespart hätten und damit ein besseres Leben führen hätten können hierzulande. Vielleicht ein Stück Land dazukaufen, auf jeden Fall aber moderne Gerätschaften fürs Feld. Aber dann ist ihnen der Krieg dazwischengekommen. Der Kristóf hat schon vorm

Krieg hinüber wollen, er ist schließlich auch älter gewesen als der Feri. Es ist geplant gewesen, dass er die Stelle vom Vater übernimmt, wenn der wieder nach Hause kommt. Aber der Vater ist nicht gekommen, und den Kristóf haben sie eingezogen ein Jahr vor Kriegsende, und so hat er warten müssen. Wie er heimgekehrt ist, ist der Kristóf schweigsam gewesen, aber entschlossen. Du hast ein Glück gehabt, hat er zum Feri gesagt, du verfluchter Teifl hast ein Glück gehabt. Wärst ein Jahr älter gewesen, Teifl, du. Der Feri hat sich im Stillen gedacht, er hat ja nichts dafür können, dass er zu jung gewesen ist zum Kämpfen. Und wofür kämpfen, für Ungarn oder für Österreich oder überhaupt für Großdeutschland, das hat ja schlussendlich keiner mehr gewusst. Kaum, dass es möglich gewesen ist, ist der Kristóf hinüber – und ein paar Monate später sind die Eltern an seiner statt im Dorf gestanden.

Wie die Eltern vom Pferdewagen heruntergestiegen sind, der sie ins Dorf gebracht hat, hat der Feri zwei alte Leute gesehen. Müde haben sie ausgeschaut und abgeschunden. Die zwei Burschen, die auch auf dem Fuhrwerk gesessen sind, sind wortlos am Feri vorbei ins Haus gelaufen. Seine Eltern haben nicht oft geschrieben und auch nicht viel, aber er hat gewusst, dass das seine beiden kleinen Brüder gewesen sind. Beide Amerikaner, der Geburt nach. Er hat sie in seinem Leben noch nicht gesehen. Der Feri ist vorgetreten und hat dem Vater die Hand entgegengestreckt. Der Vater hat sie genommen, auch sein Handschlag ist müde gewesen. Der Feri hat ihn sich kräftiger vorgestellt, bestimmter. Das Gesicht vom Vater ist faltig gewesen und ein bisschen traurig. Der Feri hat es angeschaut, vorsichtig, sodass der Vater nicht gemerkt hat, wonach er sucht. Der Feri hat dieses Gesicht nicht erkannt. »Grüß Euch Gott, Vater«, hat er gesagt. Der Vater hat nicht recht gewusst, was er sagen hat sollen. »Grüß dich«, hat er schließlich gemurmelt und dem Feri auf den Rücken geklopft. Der Vater hat dem Feri einen entschuldigenden Blick zugeworfen, dann hat er sich umgedreht und ist hinein ins Haus gestapft. Die Mutter hat den Feri gerufen, dass er ihr zur Hand gehen soll. Mit einem kleinen, mühsamen Geräusch hat sie sich vom Pferdewagen plumpsen lassen, hat sich den Rock gerichtet. Die Mutter hat ihn angeschaut, dann hat sie ihn an die Brust gedrückt, ganz kurz nur. »Du schaust ja aus wie der Kristóf«, hat die Mutter schließlich gesagt, nach einem kurzen Moment der Stille. Mehr ist ihr nicht eingefallen. Sie ist verlegen gewesen, auch bei ihr dieser entschuldigende Blick. Der Feri hat genickt. Die Mutter hat ihre Hand gehoben, um ihm über die Wange zu streichen, aber mitten in der Bewegung hat sie innegehalten und sich stattdessen die Haare hinters Ohr gesteckt. Der Feri hat so getan, als hätte er das nicht gesehen.

Der Feri hat sich gedacht, sein amerikanisches Gefühl wird besser, wenn die Eltern zurückkommen. Aber es ist nicht besser geworden. Das Warten, dieses elendige Warten auf eine Zukunft, die anders aussieht als die Gegenwart, das ist ihm geblieben. Dieses Gefühl ist so groß geworden, dass es ihn fast von innen heraus erdrückt hätte; so stark und schwer ist es gewesen, dass er es bei jeder Bewegung gespürt hat. Da hat er verstanden, dass er die ganzen Jahre über nicht auf die Eltern gewartet hat, sondern darauf, dass sie ihm die neue Welt mitbringen von drüben. Dass sie das besser machen, was hier ist. Aber sie haben nur sich selbst mitgebracht und zwei neue Brüder, Menschen, die er nicht gekannt hat, mit denen ihn nichts verbunden hat außer ein Ereignis, das lange in der Vergangenheit gelegen ist. So ist ihm keine andere Wahl geblieben, als dass er selbst hinüberfährt und sich das holt, was ihm zugestanden ist. Eine neue Welt, die ihm gehört, ein Leben, in dem dieses endlose Warten endlich vorbei sein würde, in dem Gedanken an die eigene Zukunft nicht mehr wehtun müssten. Ein Leben, in dem er endlich etwas tun, etwas haben, etwas sein hätte können. Dem Feri ist ganz selbstverständlich vorgekommen, dass er es auch bekommen würde. Ein solches Leben ist ihm Amerika schlicht und einfach schuldig gewesen.

6.

Die Ana hat nicht genau verstanden, wieso sie das gemacht haben, die Grenzen hin und her gezogen, quer durch das Land. Aber es muss ihnen wichtig gewesen sein, sonst hätten sie deswegen nicht so lange gestritten. Man hat gehört, dass sie nach wie vor geschossen haben, Freischärler in Bataillonen, lauter junge Burschen und verbitterte alte Männer. Die einen haben nichts Besseres zu tun gehabt, als ordentlich Lärm zu schlagen, die haben ihre Bräute beeindrucken wollen und das alte Ungarn hochleben lassen, ohne dass sie es je wirklich gekannt haben, weil sie ja viel zu jung gewesen sind dafür. Die anderen haben unbedingt noch den letzten Rest Krieg aus sich herausschießen müssen und keinen Frieden geben können, auch wenn das Schießen schon lange vorbei gewesen ist. Die Anica hat nachgedacht darüber, länger, als ihr vielleicht gut getan hat. Verstanden hat sie es trotzdem nicht.

Vor einem Monat sind die Österreicher dagestanden mit ihrer Gendarmerie. Dann sind sie wieder gegangen, weil die Freischärler sie weggeschossen haben. Alle haben noch ein bisschen an der Grenze herumzerren wollen, die einen hier, die anderen dort. Eigentlich hat sie sich für nichts davon interessiert, nicht für die großflächigen Affichen, die bunten Pamphlete, die vielen nervösen Versammlungen am Dorfplatz. Sie hat die Unruhe nicht verstanden, die die Leute ergriffen hat. Im Dorf ist das Gerücht umgegangen, es würde noch eine Volksabstimmung geben, unten, in Ödenburg. Das ist doch so weit weg gewesen! Was hat denn Ödenburg zu tun gehabt mit ihnen? Die Leute sind aufgescheucht gewesen wie die Hühner, wenn der Fuchs umgeht, als hinge ihr Leben ab von dieser Grenze, als würde sich alles schlagartig ändern, je nachdem, ob sie zu dem einen Land gehörten oder zu dem anderen.

Das Einzige, was sich ändern würde, wäre die Farbe, mit der die Kinder die Karten in ihren Schulbüchern ausmalen – der Name von dem Land – die Fahne vielleicht – aber doch nicht das Land selbst! Sooft sie auch darüber nachgedacht hat, die Ana hat sich keinen Reim darauf machen können. Eine Grenze kann doch nichts verschieben, was Gott in die Landschaft hineingestellt hat, nur zufällig liegt sie einmal hier und einmal dort, und so hat sie im Grunde keine tiefere Bedeutung. Und trotzdem dieser Aufruhr, dieser Streit, all dieses Geschnattere und Gezetere, das kein Ende nehmen hat wollen. Weil alles keinen Sinn ergeben hat, was sich abgespielt hat, und die Anica es einfach nicht verstehen hat können, hat sie irgendwann beschlossen, nicht mehr darüber nachzudenken. Es gibt Dinge, hat sie sich gesagt, die man nicht ändern kann, die an einem vorbei geschehen, über einen hinweg, ob man das will oder nicht. Diese Dinge tun einem in der Seele weh, wenn man zu viel nachdenkt über sie. Am besten ist es, man nimmt sie einfach hin.

Vielleicht, hat sich die Anica gesagt und über die Felder hingeschaut, vielleicht hätte sie die Leute im Dorf besser verstanden, wenn sie eine von ihnen gewesen wäre. Vielleicht wäre sie dann auch am Dorfplatz gesessen und hätte die anderen Frauen ausgerichtet. Vielleicht hätte sie sich mit ihren Nachbarinnen zum Spinnen getroffen, wenn die Winterabende lang geworden wären. Vielleicht hätte ihr eine Freundin ab und zu ein paar Eier vorbeigebracht, nur um ihr zu zeigen, dass sie sie mag. Vielleicht hätte sie auch einen Mann gefunden, einen gutmütigen, der zwar nicht viel gesprochen hätte, aber zärtlich gewesen wäre zu ihr. Vielleicht. Aber diese Gedanken hat sie alle nicht fertiggedacht. Die Leute haben sie aus Gründen geschnitten, die sie nicht ändern hat können; weder die Gründe noch die Leute. Und so hat sie das betretene Schweigen hingenommen, das sie auf allen Wegen begleitet hat, dem sie nur entkommen ist, wenn es wirklich leise geworden ist um sie herum. Sie hat sich dieses Schweigen einverleibt und zu ihrer zweiten Natur gemacht, nicht trotzig, sondern weil sie es nicht ändern hat können. Dieses Schweigen ist ein Teil von ihr gewesen, wie die Hügel und die Felder und die knisternden Halme, wie das Summen von den Käfern und das durchsichtige Sonnenlicht an diesem späten Nachmittag im frühen Herbst.

7.

Die Katica hat die Schwester gern gehabt. Die Schwester ist immer schon da gewesen, seit sie denken hat können. Obwohl sie sich nicht auffällig benommen hat, hat man gewusst, sie ist da, und das hat genügt. Die Schwester hat nie viel gesprochen. Dafür hat die Katica aber umso besser reden können mit ihr. Sie hat lange nachgedacht, bevor sie etwas gesagt hat. Und wenn sie dann doch einmal etwas gesagt hat, langsam, in ihrer bedächtigen, nachdenklichen Art, dann hat es meistens auch gestimmt.

Die Mutter von der Katica ist ein Waisenmädl aus dem Nachbardorf gewesen. Sie hat lange Zeit bei ihrer Tante gelebt, sonst hat es keine Verwandten mehr gegeben. Sie hat den Vater geheiratet, obwohl einige Jahre zwischen ihnen gelegen sind. Die Anica ist fast zehn Jahre alt gewesen, wie die Katica auf die Welt gekommen ist. Sie hat sich noch an die Mutter erinnern können. Die Katica hat ihre Schwester einmal ausgefragt, richtiggehend verhört hat sie sie, was die Mutter betrifft. Es ist ein Spätsommerabend gewesen und die Schwestern sind draußen im Garten gesessen, im Gras unter dem Apfelbaum, der noch nicht so groß gewesen ist wie jetzt. Die Katica wird keine vierzehn gewesen sein. Sie hat damals viel nachgedacht über ihre Mutter. Ihr ist erst langsam bewusst geworden, dass sie eigentlich gar nichts gewusst hat über sie, außer dass sie schöne, weiche Haare gehabt hat, dass sie jung gewesen ist und keine Kroatin. »Erzähl mir etwas von der Mutter«, hat die Katica gesagt und ihre Zehen im Gras vergraben. Sie hat auf die Zehen geschaut anstatt auf die Schwester. Dann hat sie begonnen, die Grashalme auszureißen, die zwischen ihren Zehen herausgeschaut haben. »Was soll ich dir denn erzählen?«, hat die Schwester gesagt. »Alles«, hat die Katica erwidert. Sie hat den Blick der Schwester auf sich gespürt. »Was ich weiß, das hab ich dir schon erzählt. Ti jur sve znaš«, hat die Schwester gesagt. Die Katica hat geschwiegen. Sie hat gewusst, dass das gestimmt hat, aber es hat sie traurig gemacht, dass es da nicht mehr gegeben hat, das man wissen hätte können. Sie hat sich gedacht, wenn sie nur lange genug nachfragt, dann tritt vielleicht doch noch etwas zutage, was darüber hinausgeht – über die Haare von der Mutter und dass sie jung gewesen ist und keine Kroatin wie sie selbst. »Meni je svejedno«, hat sie gesagt, »erzähls mir noch einmal.« Die Anica hat sich im Gras zurückgelehnt und auf ihren Armen abgestützt. Die Katica hat der Schwester beim Nachdenken zugesehen, dann hat sie den Blick wieder gesenkt. Zwischen den Zehen auf ihrem linken Fuß sind schon fast keine Halme mehr gewesen.

»Deine Mutter ist sehr lieb gewesen zu mir«, hat die Anica gesagt, während sie nach vorne hin zum Wald geschaut hat, »Nie ist sie laut geworden in der Zeit, wo sie hier gelebt hat. Manchmal hat sie ein bisschen traurig gewirkt. Zu Beginn hab ich mich noch gewundert, aber dann hat es mir immer besser gefallen, dass da eine Mutter gewesen ist«, die Schwester hat eine kurze Pause gemacht, »es ist schließlich noch nie eine dagewesen, immer nur der Vater und ich. Ich hab das wohl verstanden, dass da eine Mutter hergehört hätte, aber nicht wegen mir, sondern wegen dem Vater. Einmal hat er einen Auftrag im Nachbardorf gehabt, er hat gemeint, er ist am Abend wieder zurück. Dann ist er doch ein paar Tage geblieben. Und wie er wiedergekommen ist –« Die Katica hat ihre Schwester unterbrochen, »i kad je opet došao, ich weiß schon. Da hat er dann die Mutter mitgebracht.« Sie hat weitergezupft, jetzt auch die Stellen um ihre Zehen herum. »Aber ich mein, was ist in der Nacht passiert?« »In welcher Nacht?«, hat die Anica gefragt und sich aufgesetzt. Sie hat sich die Hände am Rock abgewischt. Die Halme und die kleinen Erdklumpen haben rote Abdrücke auf ihren Handflächen hinterlassen. »Weißt eh«, hat die Katica gesagt, »weißt eh, welche Nacht ich mein.«

Die Anica hat geschwiegen. Sie hat sich umständlich auf ihre Knie gesetzt und die Hände in ihrem Schoß gefaltet. Da sind wieder diese kleinen Falten auf der Stirn gewesen, auch damals schon, schwach nur, wie ihr eigener Schatten. »Es ist nicht sehr viel passiert«, hat die Anica gesagt, »alles ist sehr still gewesen, die ganze Zeit über.« Die Katica hat sie angesehen. Die Anica hat die Finger von der einen Hand mit denen von der anderen Hand gehalten. »Es hat lange gedauert. Deine Mutter hat manchmal gewimmert, leise, durch die Tür hindurch hab ichs gehört. Es ist eine Amme da gewesen. Der Vater hat mir angeschafft, dass ich hinaus spielen gehen soll, obwohl es schon dunkel gewesen ist. Das hab ich dann auch gemacht. Wie ich zurückgekommen bin, ist die Amme am Küchentisch gesessen, mit dem Kind, und hat es in ihren Armen gewiegt. Ihr Gesicht ist hart gewesen und traurig. Das hab ich zuerst nicht verstanden, man hätte sich doch freuen müssen über ein neues Kind. Ich hab in die Kammer treten wollen, wo deine Mutter gelegen ist, aber der Vater hat gesagt, ich soll lieber draußen bleiben. Ich hab die Tür betrachtet, die geschlossen gewesen ist, und mir gedacht, deine Mutter wird wohl schlafen da drinnen, man soll sie nicht stören. Der Vater ist schweigend neben der Amme am Küchentisch gesessen. Seine Augen sind rot gewesen und müde.«

Die Anica hat ihr Gewicht vom einen Knie auf das andere verlagert. Die Katica hat aufgeschaut, wie die Schwester eine Pause gemacht hat. »Und?«, hat die Katica gefragt. »Das ist die ganze Geschichte«, hat die Schwester gesagt, »ovo je sve.«

Sie hat die Katica betrachtet, ihre kleinen dunklen Augen unergründlich wie immer. Die Katica hat nicht gewusst, was in der Schwester vorgegangen ist, nie hat sie das gewusst; immer diese seltsame Sorge um sie, diese große, unverständliche Gutmütigkeit in ihrem Blick. Die Katica hat auf den Boden geschaut, da ist ein kahler Fleck gewesen zwischen ihren großen Zehen. Sie hat ihren Zeigefinger senkrecht in die Erde gesteckt und gespürt, wie sich das trockene Erdreich unter ihren Fingernagel gegraben hat, bis es wehgetan hat. »Aber weißt du«, hat die Ana gesagt, »ich hab den Vater nicht weinen gesehen, nicht an dem Abend und nicht in den Wochen danach. Die Frau ist tot gewesen, aber das Kind hat ihn gebraucht. Das hat er verstanden.« Die Katica hat weitergestochert in der Erde, hat die Schwester nicht angeschaut. Die Anica hat noch ein paar Minuten gewartet, aber die Katica hat weitergeschwiegen. »Ich wärm die Suppe auf«, hat die Schwester schließlich gesagt, »dobro, sestra?« Die Katica hat still in den Boden hinein genickt. Die Schwester hat sich mühsam erhoben.

Die Katica hat ihr nachgeschaut, wie sie mit großen, langsamen Schritten ins Haus zurückgegangen ist. Sie hat die Wange auf ihr Knie gelegt, den Mundwinkel auf die raue Haut, die einen besonderen Geruch gehabt hat, nach Gras und nach Erde und nach ihr selbst. Die Katica hat gespürt, wie eine dünne Schliere Spucke auf die Haut geronnen ist, und anstatt dass sie den Mund geschlossen hätte, hat sie ihn nur weiter aufgemacht. Sie hat die Zähne in die Haut an ihrem Knie gegraben, hat ihre Finger betrachtet, die schwarz gewesen sind. Die Katica hat auch mit den Zehen nachgebohrt, alles ganz kleine Bewegungen, hat die Zehen immer wieder abgebogen und in die Erde gesteckt. Die Katica hat zugesehen, wie sie immer dreckiger geworden sind, wie die Erde in den Rillen in ihrer Haut stecken geblieben ist und feine dunkelbraune Linien auf den Sohlen und Handflächen hinterlassen hat. »Hvala«, hat sie gemurmelt, leise, gegen ihr Knie, »dankeschön«, ohne dass es die Schwester hören hätte können.

Die Katica hat ihr Knie betrachtet. Sie hat sich gedacht, das Kind ist am Leben, das ist die ganze Geschichte. Mehr gibt es nicht zu wissen. Sie hat den Mund geschlossen, hat die Abdrücke von den Zähnen auf ihrer Haut gesehen und den nass glänzenden Fleck mit ihrer Wange verrieben, den ihr Mund dort hinterlassen hat.

8.

»Was hab ich gehört?«, hat die Katarina gesagt, »du gehst auf Amerika?« Der Feri ist zusammengezuckt, er hat sie gar nicht kommen gesehen. Er hat sich hingedreht zu ihr, hat nicht gewusst, wo er hinschauen hat sollen. Der Abend ist kobaltblau über den Feldern gelegen, schön langsam ist das Licht weniger geworden. Die Grillen haben gezirpt, obwohl man schon den Herbst gespürt hat hinter jedem Geräusch.

Die Katarina ist näher gekommen. Sie hat große Schritte gemacht, die Füße hochgehoben, den Rock bis zu den Oberschenkeln hin geschürzt. Das Sumpfgras ist ihr fast bis zur Hüfte gegangen. Der Feri hat seine Hände in die Hosentaschen gesteckt, dann hat er sie wieder herausgenommen. Es ist schon lang her gewesen, dass sie miteinander geredet haben. Und auch da haben sie nicht viel gesprochen. Er ist ein bisschen verlegen geworden, wie er daran gedacht hat. »Also?«, hat die Katarina gefragt. Sie hat ihren Rock fallen gelassen und sich vor ihn hingestellt. »Also was?«, hat der Feri gesagt, nach kurzem Zögern. Da ist etwas Seltsames in ihrer Stimme gelegen. »Obst hinübergehst, will ich wissen, Franjo«, hat sie gesagt, mit Nachdruck, und die Arme in die Hüften gestemmt. Dem Feri ist es komisch vorgekommen, dass sie ihn so genannt hat. Alle andren haben ihn bei seinem ungarischen Namen gerufen, Ferenc haben sie ihm gesagt, oder eben Feri. Franz haben ihn die wenigsten genannt. Und nur die Katarina hat ihm Franjo gesagt. »Gehst du?«, hat sie gesagt, und ihn aus seinen Gedanken gerissen. Er hat sich nicht erklären können, wieso sie ihn das gefragt hat, jetzt, auf einmal, wo sie doch so lange schon nicht gesprochen haben. »Ja«, hat er schließlich gesagt, leise, »ich geh.« Er hat unsicher geklungen, das hat er gemerkt, als wäre er selbst überrascht gewesen von dem, was er da gesagt hat. »Hm«, hat die Katarina gemacht. Sie ist einen Schritt zurückgetreten. Der Feri hat den Ausdruck in ihrem Gesicht nicht verstanden. In der Dämmerung hat sie ihn gemustert, von oben bis unten. Er ist sich nackt vorgekommen unter ihrem Blick. Die Katarina hat die Augenbrauen zusammengezogen. »Wann gehst?«, hat sie gesagt. »Das weiß ich nicht«, hat der Feri geantwortet, »der Tiefenbrunner Michel sagt, es dauert noch ein bisschen.« Die Katarina hat ihn angeschaut, lange. »Vorm Winter möcht ich gehen«, hat er hinzugefügt, weil es ihm sonst zu leise geworden wär.

Es ist finsterer geworden um sie herum, das letzte Licht ist langsam zwischen den langen, dünnen Halmen versickert. Der Boden hat schon nach der Kälte gerochen, die bald kommen hat müssen. Am Horizont hat man Pressburg gesehen und seine Häuser. Sie sind am Rand vom Dorf gestanden, neben ihnen die Baugruben, offen und voller Geräte. Für wen bauen, ist es dem Feri durch den Kopf gegangen, wenn doch alle gehen? Es ist eine seltsame Zeit gewesen, um hier noch etwas Neues aufzustellen – »Du nimmst mich mit«, hat die Katarina gesagt. Es ist eine Feststellung gewesen und keine Frage. Der Feri hat ihr Gesicht fast nicht mehr gesehen in der Dunkelheit. Er hat ein bisschen Angst gehabt vor ihr, vor dem bestimmten Tonfall, der sich so angehört hat, als wären die Würfel schon gefallen. »Das geht nicht so einfach«, hat der Feri gesagt, aber die Katarina hat den Kopf geschüttelt. »Das geht«, hat sie gesagt, »du nimmst mich ganz einfach mit.« »Man braucht aber einen Haufen Dinge«, hat er erwidert, »einen Bürgen, Schifffahrtskarten …« Die Katarina hat mit den Schultern gezuckt, »dann beschaffst mir das halt«, hat sie gesagt, keine Spur von

Zweifel in ihrer Stimme. Der Feri hat versucht, ihren Blick zu erkunden, aber er hat nichts gesehen bis auf die fernen Lichter von Pressburg in ihrem Rücken. »Aber«, ist es schließlich aus ihm herausgebrochen, »aber ich versteh dich nicht.« »Was verstehst nicht?«, hat die Katarina gesagt und ihre Arme vor der Brust verschränkt. Der Feri hat gespürt, wie hilflos er geklungen hat. Er hat Luft geholt, der Atem unstet in seiner Kehle – »Seit dem Kirtag hast nicht mit mir geredet«, hat er gesagt, »nicht einmal angeschaut hast mich, ich hätt versucht – ich hab ja gar nicht gewusst, was ich falsch gemacht hab!« Die Katarina hat gelacht, leise, kalt. »Ich weiß schon, was du falsch gemacht hast«, hat sie gesagt. Sie ist ein paar Schritte auf ihn zugekommen. »Weißt du, was passiert ist bei dem Kirtag?«, hat die Katarina gesagt, und der Feri hat auf einmal gespürt, was für eine Wut in ihr drin gewesen ist. »Weißt du das?«, hat sie gefragt. Der Feri hat genickt. Die Katarina hat den Kopf geschüttelt. »Ich glaub nicht, dass du das weißt«, hat sie gesagt. Dann hat sie seine Hand gepackt und unwirsch auf ihren Bauch gedrückt, der unertastbar gewesen ist unter ihren Kleidern. Der Feri hat sie angeschaut, zuerst hat er nicht verstanden, was diese seltsame Geste bedeutet hat, wieso legt sie seine Hand auf ihren Bauch – und dann ist es ihm gekommen.

Es ist leer geworden in seinem Kopf, ganz kurz nur, und mit einem Mal sind ihm die Grillen so laut geworden, dass sie wehgetan haben in seinen Ohren. »Du nimmst mich mit«, hat sie gezischt, ihr Atem in kleinen, harten Stößen auf seinem Gesicht, »ich lass mir doch kein Kind anhängen für nichts!« Die Katarina hat seine Hand nicht ausgelassen. Er hat nichts gespürt als die Falten von ihrem Kleid und die scharfen Fingernägel zwischen seinen Knöcheln. Sie ist so nah bei ihm gestanden, dass er sie riechen hat können. Der Feri hat den Blick gehoben und in ihr Gesicht geschaut, in dieses liebe Gesicht, das von einem eigentümlichen Ausdruck ganz verzogen gewesen ist. Er hat geschluckt. Dann hat er genickt wie ein Besinnungsloser, als späte Antwort auf ihre Frage und nur, damit dieser hässliche Ausdruck in ihrem Gesicht vergeht.

9.

Der Vater ist ein guter Mann gewesen. Trotzdem haben ihn die Leute im Dorf gemieden. Er hat der Ana nie erzählt wieso, aber sie hat es trotzdem gewusst. Sein Haus ist außerhalb vom Dorf gestanden, zwischen ein paar hohen Platanen. Der Vater hat es von seinem Vater übernommen, der auch Schmied gewesen ist. Ein paar Hundert Meter hinter dem Haus ist ein kleines Waldstück gelegen. Wegen der Funken, hat der Vater gesagt, darf die Schmiede nicht zwischen den anderen Häusern stehen. Sie muss aber auch weit genug vom Wald entfernt sein. Die hohen Bäume halten die Funken ab, wenn sie doch einmal fliegen sollten, bis man genug Wasser geholt hat. Der Vater ist zwar nicht der einzige Schmied im Dorf gewesen, aber der einzige, der sein Handwerk ernst genommen hat, das hat er immer gesagt. Und wenn er es ernst nimmt, hat der Vater gesagt, dann ist der Schmied ein einsamer Mensch. Ein echter Schmied lebt immer irgendwo dazwischen.

Es ist sehr ruhig gewesen bei ihnen, das stimmt. Sie haben näher bei der Zigeunersiedlung gewohnt als beim Dorf. Wenn die Zigeuner nicht da gewesen sind, dann hat es fast keine menschlichen Geräusche gegeben um sie herum. Man hat nur die Platanen gehört, manchmal, mit ihrem leisen Rauschen, das Knarzen von den dicken Holzbalken unterm Dach, ab und zu mit einem hellen Aufgackern die Hühner im Stall. Früher, wenn die Zigeuner gekommen sind und auf der Halde ihre Wohnwägen aufgestellt haben, dann hat die kleine Anica sich ans Fenster gestellt und gewartet, bis sie ihre Feuer angezündet haben. Sie hat die kleinen Kinder gesehen, die ohne Hosen und ohne Röckchen Verstecken gespielt haben, die Frauen, wie sie in großen Kesseln gerührt haben, die alten Männer, die zeternd daneben gesessen sind und mit dem Stock in ihrer Hand Anweisungen in die Luft gezeichnet haben. Die Anica hat den Zigeunern gerne zugeschaut, wie sie klein gewesen ist. Sie hat versucht sich vorzustellen, wie es sich angefühlt hätte, wenn sie wirklich eine von ihnen gewesen wäre. Ob sie dann mit den anderen Zigeunerkindern gespielt hätte? Ob sie auch so lustige Kleider getragen hätte wie sie? Vielleicht wäre sie glücklicher gewesen als Zigeunerin. Vielleicht hätten sie die Zigeuner nicht geschnitten, so wie die Leute im Dorf, nur weil sie nicht zu jenen gehört hat und auch nicht zu diesen. Vielleicht hätten sie sie sein lassen, ohne ihr aus dem Weg zu gehen. Vielleicht. Doch das ist auch so eine Sache gewesen, über die nachzudenken keinen Sinn gehabt hat. Geändert hätte es doch nichts.

Der Vater ist gut ausgekommen mit den Zigeunern. Das hat man gewusst im Dorf. Ab und zu hat er ihnen Eier gegeben und Milch von der alten Kuh, die damals noch gelebt hat. Dafür haben sie ihm geholfen mit seinen Aufträgen. Das Schmieden ist ein zigeunerisches Handwerk gewesen, hat der Vater gesagt, und so ist man als Schmied ganz von selbst zum Zigeuner geworden, ob man das wollen hat oder nicht. Dem Vater ist es recht gewesen. Er hat ohnehin nicht gerne mit den Menschen geredet, zumindest nicht mit denen im Dorf, und so hat es ihm nichts ausgemacht, dass sie ihm aus dem Weg gegangen sind.

Die einen sagen, ein alter Mann habe angeklopft beim Kovač, damals, und habe ihm das Kind vor die Tür gelegt. Wie der Kovač aufgemacht hätte, sei der Mann schon wieder verschwunden gewesen. Die anderen sagen, er sei mit einer Zigeunerin freundlich geworden, die vor seinem Haus barfuß herumgelaufen sein soll und ihm in der Nacht, wo es keiner gesehen hat, ihren Zigeunertanz aufgeführt hat. Es hat aber auch sein können, dass er das Kind gefunden hat, auf der Halde hinter seinem Haus, wo die Zigeuner immer lagern. Es soll ja vorkommen, dass sie dort die Kinder zurücklassen, für die sie keine Verwendung haben. Oder der Kovač hat das Kind den Zigeunern gestohlen, weil er selbst keines gehabt hat; aber das haben dann doch nur die wenigsten geglaubt.

Sicher ist, dass der Kovač eines Sonntags in der Kirche erschienen ist. Am Ende vom Gottesdienst ist er hineingehuscht, so leise wie nur möglich, und trotzdem haben sich alle Köpfe nach ihm umgedreht. Er ist stehen geblieben im Mittelgang, seine grobe Gestalt unsicher, fast ängstlich. Er hat etwas in den Händen gehalten. Seine Schultern sind gebeugt gewesen. Es hat ausgesehen, als ob er das Bündel in seinen Armen mit seiner Brust schützen wollte. Der Pfarrer hat ihn beim Namen genannt und ihn gefragt, wo er denn geblieben sei und welche Sünde denn so schwer gewogen haben könnte, dass sie ihn nach all diesen Jahren zu einem Bußgang bewogen hatte? In seiner Stimme ist Spott gelegen. Die Leute haben einander mit den Ellenbogen angestoßen, verschwörerisches Murmeln zwischen den Bänken, so hat er es der Anica im Nachhinein erzählt. Der Kovač hat geschwiegen, dann ist er mit langsamen Schritten zum Altar getreten. Er hat leise gesprochen, und man hat gemutmaßt, nicht aus Respekt vor dem Gotteshaus, sondern wegen dem Kind, das in seinen Armen heftig gegähnt haben soll. »Es geht ja gar nicht um mich«, hat er schließlich gesagt, leise, und dem Pfarrer das kleine Bündel hingehalten, »Ana soll sie heißen. Bitteschön.« Der Pfarrer hat das Kind ungläubig angesehen, aber da ist es gelegen, in den ausgestreckten Armen vom eigenbrötlerischen Kovač. Erschöpft hat es ausgesehen und noch etwas verknittert, und niemand hat so recht gewusst, wo es hergekommen ist und was der Kovač wollen hat mit diesem Kind.

10.

Ein einziges Mal hat die Katica die Schwester wütend gesehen. Das ist schon lange her gewesen, sie muss sieben gewesen sein oder vielleicht acht. Der Vater hat noch gelebt. Es ist ein kalter Winterabend gewesen, früh ist es dunkel geworden. Sie ist mit dem Vater ins Dorf gegangen. Ihre Hände sind in zwei dicken Fäustlingen gesteckt, durch die es sie durchgefroren hat. Ihr Vater hat sie an der Hand gehalten, einmal an der einen, einmal an der anderen, sodass sich immer eine Hand in seinem Griff ein wenig aufgewärmt hat. Das ist ein schönes Spiel gewesen, die Katica ist ihm vor den Füßen herumgetanzt und hat gelacht, wenn sie wieder die Seiten gewechselt haben. Der Himmel ist bedeckt gewesen und erhellt von einem dumpfen Schein, der langsam schwächer geworden ist. Es hat ausgesehen, als ob es bald schneien würde.

Sie sind länger ausgeblieben als geplant. Der Vater hat etwas Geschäftliches besprochen mit einem von den Bauern aus dem Dorf, seine Pferde haben neuen Beschlag gebraucht, und an einem Kessel ist etwas kaputt gewesen. Wie sie endlich weggekommen sind, ist die Dunkelheit um sie herum schon samtig gewesen und blau, die Hauptstraße ist unter dem frischen Schnee gelegen, der in der Zwischenzeit gefallen ist. Aus den Fenstern von den Häusern, die sich Giebel an Giebel die Hauptstraße hinuntergezogen haben, hat es warm herausgeleuchtet. Niemand ist außer ihnen um diese Uhrzeit noch auf der Straße gewesen. Die Katica hat einen Freudenschrei ausgestoßen, wie sie den unberührten Schnee gesehen hat. Sie hat sich erinnern können, wie es sich angefühlt hat in ihrer Brust, diese schöne, angenehme Stille, der Vater neben ihr, das Dorf, das vor ihr gelegen ist, als ob es ihr alleine gehört hätte. Die Katica hat ihre Hand in dem dicken Fäustling aus dem Griff vom Vater herausgewunden, der sie mit einem Lachen ziehen hat lassen. Sie ist hin und her gelaufen, hat einmal in dieses Fenster hineingeschaut, einmal in jenes, hat sich flach an die Hauswände gedrückt, damit man sie nicht sieht. Mitten auf der Straße ist die Katica stehen geblieben, dort, wo sonst die Fuhrwerke gefahren sind. Sie hat sich rücklings in den Schnee fallen lassen, hat das Lachen vom Vater hinter sich gehört, den eigenen Atem in der Brust, den Schnee um sie herum, der bei jeder Bewegung leise geknistert hat. Mit beiden Händen hat sie in den Schnee gegriffen, hat ihn hochgeworfen, hat zugesehen, wie er auf sie heruntergerieselt ist, ein verhaltenes Glitzern in der Luft. Einige Momente ist es still gewesen, nur dieses Glitzern und der Himmel dahinter, groß und schön und von einem undurchdringlichen dunklen Blau –

Plötzlich hat ihr der Vater auf die Schulter gegriffen. Die Katica hat aufgeschaut, in sein Gesicht hinein, das über ihr gehangen ist. Sie hat gesehen, dass etwas nicht in Ordnung gewesen ist. »Steh auf«, hat der Vater gesagt, leise, eindringlich. Die Katica hat sich aufgesetzt. Am anderen Ende der Hauptstraße ist eine Tür aufgegangen, beim Wirten am Hauptplatz. Vier oder fünf Gestalten sind herausgetorkelt, das satte Licht ist schwerfällig auf die Straße herausgesickert. Die Gestalten haben mit ihren Schatten unstete Schneisen in den Lichtkegel hineingeschlagen. Die Katica hat sich gefühlt, als ob man sie aus einem Traum aufgeweckt hätte. »Die Fackeln«, hat sie gehört, und »gemma, Burschen!« Es sind junge Stimmen gewesen, verwaschene. Die Katica hat nicht alles verstanden, was sie einander zugerufen haben. Die Tür vom Schankraum ist zugegangen, da ist noch immer Licht gewesen, zuckende laute Punkte, die langsam näher gekommen sind. Jeder von ihnen hat eine Fackel in der Hand gehabt, das hat die Katica jetzt gesehen. Sie haben einen großen Lärm gemacht, die Stimmen hinter den undeutlichen Worten flackernd und laut. »Komm«, hat der Vater gesagt und ihre Hand in die seine genommen. Die Katica hat den nassen Schnee unter sich gespürt und seine Kälte, die langsam durch ihren Mantel gekrochen ist. Regungslos ist sie dagesessen. »Scheiß-Zigeuner!«, hat eine von den Fackeln geschrien, es hat sich seltsam angehört in dieser großen Stille.

Der Vater hat sie aufgezogen, mit einer harten Bewegung, diesmal ist seinem Griff kein Entrinnen gewesen. Sein Gesicht ist verschlossen gewesen, er hat sie mitgezogen mit sich, so schnell, dass ihre Füße kaum den Boden berührt haben. »Was ist denn, Tata?«, hat die Katica gesagt, aber der Vater hat sie nur angeschaut, mit einer leisen Furcht in den Augen, die sie dort so noch nie gesehen hat. »Sei jetzt ganz still, Katica, dobro?«, hat er gesagt. Er hat sich bemüht, ruhig zu sprechen. Sie sind von der Hauptstraße abgebogen, sind weitergelaufen, über Seitenstraßen und kleine Gassen hin zum Dorfrand. Die Katica ist außer Atem gewesen, ihr hat es geschnitten in der Brust, sie hat nicht verstanden, was da vor sich gegangen ist. »Wo gehen wir hin?«, hat sie gesagt und den Vater angeschaut, der immer ein paar Schritte vor ihr gewesen ist. »Nach Hause«, hat der Vater gesagt und sie weitergezogen. Sie hat sich kaum mehr auf den Beinen halten können. Wieso sind sie nicht über die Straße gegangen wie sonst auch? Wieso hier, in der Dunkelheit, über die Felder? Wieso sind sie gelaufen? Wie die Katica die große weiße Fläche vor sich gesehen hat, hinter der die Schmiede gelegen ist, hat sie sich in den Schnee fallen lassen. »Komm jetzt«, hat der Vater gesagt, »moramo bižati!« Aber die Katica ist sitzen geblieben. Sie hat die eiskalte Luft in großen Stücken eingeatmet, hat zittrig in die Nacht hineingekeucht. »Ich kann nicht mehr, Tata«, hat sie gesagt. Der Vater hat sie angesehen. Er hat sich neben sie in den Schnee gehockt, und die Katica ist auf seinen Rücken gesprungen, hat sich mit ihren Fäustlingfingern an seine Jacke geklammert. »Halt dich gut an«, hat er gesagt. Dann ist er mit der Katica am Rücken ins Feld hineingelaufen.

Der Schnee hat die gefrorenen Erdbrocken bedeckt, der Vater hat nicht gesehen, wo er hingestiegen ist. Er hat immer wieder kleine Sprünge machen müssen, fast wäre er gefallen. Die Katica auf seinem Rücken hat es durchgeschüttelt. Ab und zu hat der Vater innegehalten. Sein Blick hat die Fackeln gesucht, manchmal hat auch die Katica sie gesehen, auf der Straße, die aus dem Ort herausgeführt hat. Der Vater ist weitergelaufen, schneller jetzt. Die Kälte hat ihr die Tränen in die Augen getrieben, sodass die Landschaft vor ihrem Blick verschwommen ist. Endlich sind sie aus dem Feld herausgetreten. Vor ihnen ist die Schmiede gelegen, in einiger Entfernung die Zigeunersiedlung mit den Wohnwägen, dahinter der Wald. Der Vater ist langsamer geworden, hat sie heruntergelassen. »Wart auf mich«, hat er gesagt, »im Haus. Und wenn sie zu uns auch kommen, dann versteckst dich. Razumiš?« Die Katica hat genickt. Sie hat kaum verstanden, was er gesagt hat. Sie hat dem Vater nachgeschaut, der am Haus vorbeigelaufen ist, hin zu den Wohnwägen. Die Katica hat sich nicht gerührt. Sie hat gesehen, wie die dunkle Gestalt vom Vater an einen Wohnwagen nach dem anderen geklopft hat. Man hat ihm geöffnet, sie müssen geflüstert haben, die Katica hat kein Wort gehört. Sie hat beobachtet, wie Menschen aus den Wohnwägen gekommen sind, unförmige Schatten, in Decken gewickelt, kleine und große Gestalten. Manche sind in den Wald gelaufen, manche haben dem Vater geholfen, haben selbst an Türen geklopft. Alles hat sich in vollkommener Stille abgespielt. Die Katica hat bald nicht mehr sagen können, welcher von den Schatten der Vater gewesen ist.

Hinter der Katica ist die Tür aufgegangen. Von der anderen Seite hat sie die Fackeln kommen hören, laut und unbeholfen schlingernd über den verschneiten Weg. »Was ist denn passiert?«, hat die Katica hinter sich gehört, »Reci mi, sestra!« Die Katica hat nur den Kopf geschüttelt und hin zum Zigeunerlager gezeigt. Die Schwester hat die Fackeln gesehen, wie sie immer näher gekommen sind. »Hinein ins Haus!«, hat sie gesagt, in einem Ton, den die Katica nicht gekannt hat an ihr. Die Schwester hat sie mit einem harten Griff ins Haus geschoben und die Tür hinter ihr verschlossen. Die Katica hat es nicht lange ausgehalten, sie hat wissen wollen, was passiert, irgendetwas Großes ist es gewesen, irgendetwas, das sie nicht verstehen hat können. Sie hat sich auf die Küchenbank gekniet und aus dem Fenster geschaut. Die Katica hat nur schlecht aus der kerzenhellen Kammer in die Dunkelheit hinausgesehen, die Scheibe hat ihren Blick zurückgespiegelt. Sie hat das Fenster geöffnet, ist hinausgeklettert, leise, und hat sich unter den großen Platanen versteckt. Die Katica ist von Stamm zu Stamm gelaufen, immer näher zum Lager hin. Die Fackeln sind jetzt über die Halde gegangen, zwischen den ausgelöschten Feuerplätzen hindurch. Sie haben sich gegenseitig Parolen zugerufen. Es ist eine köstliche Angst zwischen ihnen gelegen, eine Aufgeregtheit, ein Zauber. Keiner von ihnen hat den Anfang machen wollen, zu groß ist ihnen das vorgekommen, was sie sich vorgenommen haben.

Angefeuert von den anderen ist einer von ihnen zu einem Wohnwagen hin. Man hat den Vater nicht gesehen, keinen Menschen hat man gesehen, wo sind sie nur alle geblieben? Der junge Mann hat seinen Arm ausgestreckt, vorne die Fackel, vorne das Feuer, es hat nicht mehr viel gefehlt, dass sein Zittern überspringt auf die Wohnwagenplane. Ein atemloser Moment – und plötzlich ist etwas zwischen den Wohnwägen herausgebrochen, mit einem grässlichen Schrei. Die Katica hat nicht gesehen, was es gewesen ist, eine unförmige Gestalt, ein Bär, ein großes schwarzes dunkles Tier. Sie hat eine Mistgabel blitzen sehen im Fackellicht, in großen, schnellen Bögen durch die Luft, mit umgedrehten Zacken hat sie ihnen die Fackeln aus der Hand geschlagen, die Bewegungen ein einziges dunkles Tosen. Mit einem leisen Zischen sind die Flammenköpfe im Schnee verglüht. Die Burschen sind weggelaufen, der Schnee, der in glitzernden Wolken unter ihren hastigen Schritten aufgestiegen ist, hat sich hinter ihnen nur langsam gelegt.

Die Katica ist regungslos hinter ihrem Baum gestanden. Wie sie die Gestalt wieder angeschaut hat, die sich aus der Dunkelheit erhoben hat, hat sie gesehen, wer es gewesen ist. Sie hat sich an der Mistgabel angehalten, die schweren Schultern abgesunken, die umgedrehten Zacken, damit sie keinen verletzt. Die Schwester ist da gestanden auf der beschneiten Fläche, schwarz und alleine. Ein leises Zittern ist durch die Luft gegangen, und die Katica hat gemerkt, dass die Schwester geweint hat. Aus dem Schatten zwischen den Wagen ist der Vater an sie herangetreten, selbst nichts als ein vager Umriss, und hat ihr die Hand auf die Schulter gelegt. Die Schwester hat keinen Ton von sich gegeben, hat den Kopf nicht gehoben, sich nicht geregt, nur still weitergeweint. Es ist eine Traurigkeit um sie gelegen, die unbeschreiblich gewesen ist und groß wie die Nacht.

11.

»Das ist unmöglich«, hat der Tiefenbrunner Michel gesagt und seine Stimme nicht gehoben, »und selbst wenn, in vier Wochen geht das sicher nicht. Außer es passiert ein Wunder.« Die anderen haben sie betrachtet. Um die Zeit sind sowieso nur alte Männer im Gasthaus gesessen und ein paar Junge, die auch die Dienste vom Tiefenbrunner Michel in Anspruch genommen haben. Die einen haben sich gelangweilt, die anderen haben gewartet, bis sie an der Reihe gewesen sind. Keiner von ihnen hat gesprochen.

Der Michel ist in seinem gewohnten Eck gesessen, wie jeden Dienstag von zehn Uhr bis am Nachmittag. Vor ihm ein Packen Zettel und halb ausgefüllte Dokumente, hinter ihm das große blau-weiß-rote Plakat der Hamburg-Amerika-Linie. Der Feri hat nicht genau gewusst, ob der Michel das dürfen hat, was er gemacht hat, aber er hat sich auch nicht sonderlich dafür interessiert. Das ist dem Michel sein Problem gewesen. Der Feri selbst hat schließlich genug gezahlt gehabt, dass er sich mit solchen Dingen nicht befassen hat müssen. Der Michel hat sich in seinem Sessel zurückgelehnt und ist sich mit der Hand durch die Haare gefahren, die er zurückgelegt hat wie ein richtiger Amerikaner – mit viel Pomade, aber ohne Scheitel. »Wo soll ich denn jetzt auf einmal das Affidavit herzaubern für deine Dragica, hm?«, hat er gesagt und mit dem Stift gespielt, den er in der anderen Hand gehalten hat. Der Michel hat den Feri angeschaut, sein junges Gesicht hat seltsam abgeklärt ausgesehen und ein bisschen gelangweilt. Der Feri hat sich insgeheim gedacht, so schlimm kann es doch nicht sein. Es sind so viele andere auch schon auf windige Art und Weise hinübergekommen, da muss es doch für ihn auch Möglichkeiten gegeben haben. Aber gesagt hat er nichts. »Wie stellst dir das denn vor, Ferenc?«, hat der Michel gefragt, mit diesem mitleidigen Blick in seinen Augen. »Ich tät auch noch was zahlen«, hat der Feri erwidert. Der Michel hat ein kleines, trauriges Lachen losgelassen. Er hat sich nach vorne gebeugt und dem Feri mit ernster, ruhiger Stimme gesagt, sodass es jeder im Gasthaus hören hat können, »so viel hast nicht, wie das kosten würde. Vergiss es«.

Der Feri hat auf seinen Hut geschaut, auf die Krempe, die er zwischen den Fingern gedreht hat, dort, wo sie ohnehin schon ganz mürbe gewesen ist. »Gibts denn gar keine Möglichkeit –«, hat der Feri gefragt. Der Tiefenbrunner Michel hat den Feri angeschaut. Dann hat er mit den Schultern gezuckt und sich wieder seinen Dokumenten zugewendet. »Ich kann dir nicht helfen«, hat er gesagt und weitergeschrieben, mit einer Nonchalance, die den Feri stutzig gemacht hat. »Bitte, Michel!«, hat der Feri ihm zugezischt, »es muss sein, ich kann nicht ohne sie hinüber, ich brauch deine Hilfe –« Dann, ganz plötzlich, ist der Michel aufgesprungen und hat begonnen, mit den Armen zu fuchteln, wie ein Schauspieler in einem Film. Die anderen haben ihnen zugeschaut. Der Michel hat den Feri angeschrien, was ihm denn einfalle, wieso er es denn wage, seine Zeit derartig zu vergeuden, dass er ein nichtsnutziger Hund sei und so weiter. Er hat ein Stück Papier zusammengeknüllt und den Feri damit beworfen, und wie der Feri nach dem Schreiduell zur Tür hinausgestürmt ist – selbstverständlich hat er den Sessel umgestoßen in seiner bodenlosen Wut –, hat er sich bemüht, dass er nicht anfängt zu lachen. Er hat den Michel doch gekannt.

Der Feri ist ein paar Straßen weitergegangen, hat sich umgesehen. Er ist in einen Hinterhof eingebogen. Der Feri hat noch einmal geschaut, ob ihn auch wirklich niemand gesehen hat, dann hat er das zusammengeknüllte Stück Papier aus seiner Jackentasche gezogen. Er hat es aufgefaltet, die Seite glatt gestrichen, so gut es gegangen ist. Der Feri hat den Zettel betrachtet. Es wäre nicht das erste Mal gewesen, dass sie so etwas abgezogen hätten gemeinsam. Meistens sind das allerdings kleinere Sachen gewesen, eigentlich nicht der Rede wert. Das, was der Michel jetzt vorgeschlagen hat, hat schon eine andere Größenordnung gehabt. Der Feri hat das Stück Papier wieder zusammengefaltet, hat es in seiner Jacke verschwinden lassen. Vorsichtig hat er sich noch einmal über die Tasche gestrichen. Bald würde es ernst werden für ihn. Bald würde er eine Frau haben und ein Kind. Gerade jetzt hat er sich wirklich nicht leisten können, dass er erwischt wird bei so einer Sache. Er hat gehofft, der Michel hat das auch bedacht.

12.

Es ist noch nicht spät gewesen, aber die Dunkelheit ist früh gekommen. Der Abend ist schon mehr als deutlich im Land gelegen. Wenn man eine bestimmte Zeit gewartet hat, dann hat man durch die Dunkelheit hindurchsehen können und fast so gut wie bei Tag. Wenn man nur lang genug gewartet hat.

Die Anica ist dagesessen und hat in den Abend hineingeschaut. In Pressburg haben sie gerade die Lichter aufgedreht. Ein Haus nach dem anderen ist hell geworden, es hat ausgeschaut, als würde jemand Streichholz um Streichholz in der Ferne anzünden. Nur selten sind hier Leute vorbeigekommen, schon gar nicht um diese Zeit. Meistens hat die Bank hier ihr gehört. Die Anica hat in die Stille hineingelauscht, die klammen Hände im Schoß gefaltet, nichts als der Wald in ihrem Rücken. Dann hat sie ein Knacksen gehört hinter sich.

Die Anica hat sich nicht umgedreht. »Huh«, hat es hinter ihr gemacht, und dann, nach einer kurzen Pause, »Ana? Ča ti ovde djelaš? Erschreckt hast du mich.« Die Schwester ist näher gekommen. Unter den vielen Tüchern und Schals, in die sie sich gewickelt hat, ist sie fast unkenntlich gewesen. »Ich sitz nur da«, hat die Anica gesagt und ist ein Stück zur Seite gerückt. Sie hat gelächelt, aber so, dass es die Schwester nicht gesehen hat. »Und der Ribović Franjo ist auch noch nicht vorbeigekommen, wenn dich das interessiert.« Die Katica hat geschwiegen. Dann hat sie sich zur Schwester gesetzt. »Das weißt du auch?«, hat sie gesagt. Die Katica hat die Schwester angesehen, aus dem Augenwinkel. »Nie weiß man, was bei dir im Kopf drin vorgeht«, hat sie gesagt und unter ihren Tüchern die Arme verschränkt. Die Anica hat kurz geschwiegen. »Der ist eh ein Lieber«, hat sie dann gesagt und über die Felder hinweg in die Dunkelheit geschaut, »es hätt dir Schlimmeres passieren können.«

Die Katica hat sich lange nicht bewegt, schließlich hat sie sich die Tücher gerichtet, an ihrem Rock gezupft. »Ich werd ihn heiraten«, hat sie gesagt. Dann hat sie die Schwester angeschaut. Es hat sich weit weniger entschlossen angehört, als sie erwartet hätte. »Das ist lieb von ihm«, hat die Anica gesagt. Kurz ist es leise gewesen. »Es ist auch wegen den Formalitäten«, hat die Katica gesagt. Die Schwester hat sich zu ihr hingedreht. »Wegen welchen Formalitäten?«, hat die Anica erwidert. Die Katica hat geschwiegen. Unruhig sind ihre Hände im Schoß gelegen, die Finger sind hin und her gegangen, haben mit den Fransen an ihrem Tuch gespielt. Die Katica hat den Mund aufgemacht und etwas sagen wollen, aber dann hat sie innegehalten. Hinter ihnen hat es geraschelt. Die Ana hat die Schwester angeschaut. Ein dunkler Ribović Franjo ist aus dem Wald herausgetreten und unschlüssig stehen geblieben, wie er die Anica gesehen hat. Die Katica ist aufgestanden, umständlich hat sie sich den Staub vom Rock geputzt, Staub, der gar nicht da gewesen ist. »Endlich«, hat sie zum Franjo gesagt, »lang hast mich warten lassen.« »Welche Formalitäten?«, hat die Ana wieder gefragt. Aber die Katica hat nicht geantwortet. Sie hat sich schon den Franjo untergehakt gehabt, »zbogom, Ana«, hat sie unter ihren Tüchern hervorgerufen, dann hat sie ihn mit sich fortgezogen. Der Franjo hat sich kurz umgewendet und zum Gruß seine Kappe gehoben. Die Anica hat ihnen nachgesehen, auch nachdem sie schon um die Wegbiegung verschwunden sind. In ihr drinnen ist die Unruhe größer geworden. Sie hat das Gefühl gehabt, dass das ein Ende gewesen ist. Dass das ein Ende gewesen ist von etwas, das sie nicht kommen sehen hat.

13.

Die Katica ist vorm Spiegel gestanden, eingewickelt in ein seltsames Kleidungsstück. Es ist viel zu groß gewesen für sie, die Spitze hat einen leichten Graustich gehabt und stark nach Staub gerochen. Die Katica ist mit den Händen an ihrer Hüfte entlanggefahren. Der Stoff hat Falten geschlagen, die hart gewesen sind wie Pappendeckel. Man hat ihm die Jahre angesehen, die er am Dachboden gelegen ist. Die Katica hat die Arme hochgehoben, die Ärmel sind lustlos an ihren Fingerspitzen heruntergehangen. Sie hat ausgeschaut wie ein missmutiges kleines Kind.

Die Katica hat sich nicht vorstellen können, dass ihre Mutter gut ausgeschaut hat in diesem Fetzen, Gott hab sie selig. Aber sie hat ja das Hochzeitsfoto von ihren Eltern gekannt. Die Mutter hat hübsch ausgesehen, das Kleid hochgeschlossen, wie es damals Mode gewesen ist, der Schleier ein wogendes Spitzenungetüm um ihren Kopf. Hübsch hat der Katica aber nicht genügt. Bei ihrer eigenen Hochzeit hat sie die Allerschönste sein wollen, so schön, dass man noch lange danach davon schwärmen würde. Und das in so einem Kleid? Die Katica hat die Arme sinken lassen. Bei jeder Regung hat sie den harten Stoff auf ihrer Haut gespürt. In so etwas hat sie doch nicht vor den Traualtar treten können! Die Katica hat ihr eigenes Gesicht betrachtet, das streng aus dem Spiegel herausgeschaut hat, der Spitzenstoff in einem kleinen, unnachgiebigen Stehkragen bis unter ihr Kinn. Sie ist sich nicht schön vorgekommen und auch nicht damenhaft. Die Katica hat gespürt, wie der Trotz in einer bitteren Welle in ihr hochgestiegen ist – »Ana«, hat sie sich schließlich selbst entgegengeschrien und ihrem eigenen Fuß beim Aufstampfen zugeschaut, »hodi simo! Du musst mir helfen! Das ist unerträglich! Strašno je!«

Nach ein paar Minuten ist die Schwester erschienen. Sie hat sich die Hände an einem Geschirrtuch abgetrocknet. »Oh«, hat sie gesagt, wie sie die Katica gesehen hat in dem Kleid. Die Schwester hat das Geschirrtuch vorsichtig über einen Sessel gehängt, es gerade gestrichen, vielleicht ein bisschen zu viel Zeit damit verbracht. »Na ja«, hat sie schlussendlich gesagt und die Katica zögerlich betrachtet, »man wird es ja noch ändern können, nicht?« Wie die Katica den Blick von der Schwester gesehen hat, der ein ehrlicher gewesen ist, sind ihr die Tränen in die Augen gestiegen, »Ana«, hat sie gesagt, »das ist furchtbar! Ča moremo sad djelati? Kann man überhaupt noch etwas tun?« »Aber, aber«, hat die Schwester gesagt und die Katica in den Arm genommen. Die Katica hat sich abgewendet und in die Schulter von der Schwester hineingeschnieft. Sie ist erleichtert gewesen, dass sie nicht mehr in den Spiegel schauen hat müssen.

Die Katica ist sich mit der spitzenstoffbedeckten Hand über die Nase gefahren, der Stoff hat sie gekratzt, an der Nase, an den Wangen, an der Stirn. Die Schwester hat die Katica sanft wieder zum Spiegel hingedreht. »Wir werden schon noch etwas Schönes daraus machen«, hat sie gesagt, »poglej.« Die Schwester ist einmal um die Katica herumgegangen, hat ein paar steife Falten um ihre Taille probeweise weiter eingeschlagen. »Schau, dort nehmen wir ein bisschen etwas weg«, hat sie gesagt, »und dort geben wir etwas dazu –« Die Schwester hat das Kleid an ihrem Körper hin und her gezogen, mit vorsichtigen, aber bestimmten Bewegungen. Ihre Nähe hat die Katica beruhigt. In ihrer ganzen Betriebsamkeit ist die Hoffnung gelegen, dass es doch noch eine schöne Hochzeit geben würde, mit einem richtigen, schönen Kleid und der Katica als einer richtigen, schönen Braut.

Die Katica hat die Hände der Schwester im Spiegel verfolgt. Sie hat gesehen, wie der Stoff um sie herum Form angenommen hat. Langsam hat sich ihr eigenes Gesicht gelöst aus seiner traurigen Grimasse. Irgendwo in diesem staubigen Spitzenstoff ist vielleicht doch die Braut gesteckt, die sie gerne sein hat wollen auf der Hochzeit, die sie in ihren Gedanken schon so oft gefeiert hat.

Die Katica ist über dem Kleid in der Stube gesessen, der Abend schon in der Luft. Einen halben Tag haben die Schwestern damit verbracht, den Stoff gründlich auszuwaschen. Es hat sich gelohnt. Jetzt ist das Kleid weiß gewesen in ihren Händen, unförmig zwar, aber sauber. Die Katica hat sich eine Kerze angezündet. Die Finger haben ihr wehgetan vom Nähen, der Rücken hat geschmerzt, ihr Kopf ist dick gewesen vom angestrengten Schauen. Seit das Kind in ihr drinnen gewesen ist, hat sie überhaupt ihren ganzen Körper viel stärker gespürt. Das hat ihr manchmal ein bisschen Angst gemacht. Mit einem leisen Seufzer hat die Katica die Hand ins Kreuz gelegt, hat sich gestreckt, mit den Fingern die harten Muskeln in ihrem Rücken ertastet. Wie sie sich aufgerichtet hat, hat sie gesehen, dass die Schwester in der Tür gestanden ist und sie beobachtet hat. Die Schwester hat ihr entgegengelächelt. »Fleißig bist du«, hat sie gesagt, liebevoll, und es ist wieder diese Sorge in ihrer Stimme gelegen, die die Katica so gut gekannt hat. »Soll ich weitermachen?« Die Katica hat den Kopf geschüttelt. Sie hat zurückgelächelt, »es geht schon«, hat sie gesagt, »ich möcht das letzte Licht noch nützen.«

Die Katica ist näher zum Fenster gerückt, hat das Kleid gerichtet, die Kerze neben den faltigen Stoffwust am Tisch gestellt, aber dann hat sie innegehalten. Sie hat in das Lächeln von der Schwester hineingeschaut, hat sich gedacht, irgendwann muss sie es ihr sagen. Wie sie so dagestanden ist, im Dämmerlicht zwischen Tür und Angel, ein stiller Riese, diese vertraute Gestalt – »Reci mi, sestra«, hat die Katica schließlich gefragt, »haben wir noch Stoff im Haus? Aus dem man sich etwas Schönes nähen könnt?« Die Schwester hat den Kopf geschüttelt. »Nichts mehr«, hat sie gesagt, »wieso?« Die Katica hat geschwiegen. Sie hätte sie jetzt anlügen können, hätte sagen können, sie macht sich Sorgen, dass sie nichts zum Anziehen hat, wenn sie dicker wird, dass sie etwas brauchen würde für das Kind, für nach der Hochzeit. Irgendetwas hätte sie der Schwester sagen können, irgendeine kleine Lüge, und es wäre ein Leichtes gewesen. Die Katica hat sich gedacht, bestimmt ahnt sie es, bestimmt weiß sie es sogar schon, wie sie immer alles schon im Vorhinein weiß. Die Katica hat das Kleid auf ihre Knie sinken lassen. Einen Moment hat sie innegehalten, dann hat sie die Nadel in den Stoff gesteckt, behutsam, mit einer Zärtlichkeit, die sie von sich selbst nicht gewohnt gewesen ist. Mit den Händen hat sie den Stoff glatt gestrichen, hat Luft geholt, ihr Atem wackelig in der dumpfen Stube. »Ana«, hat sie schließlich gesagt und die groben Spitzenmuster in ihrem Schoß betrachtet, ihre sanften Erhebungen mit dem Finger nachgezeichnet, »ich muss dir etwas sagen.« Die Katica hat den Kopf gehoben, hat die Schwester angesehen, dieses warme, freundliche, offene Gesicht, das ihr entgegengeblickt hat, und mit einem Mal ist sie so traurig geworden, dass es ihr fast die Sprache verschlagen hätte für das, was sie zu sagen gehabt hat.

14.

Der Feri hat auf die kleine Lichtung geblickt, in die der Vollmond hineingeleuchtet hat wie eine elektrische Lampe. Der Wald hat ausgesehen wie aus einem Film, alles schwarz und weiß, nur hell und dunkel. Jeder Schatten ist so deutlich geworfen worden, als wäre es Tag. Der Feri hat sich an einen Baum gelehnt. Er hat die Arme vor der Brust verschränkt, es ist kalt gewesen, viel kühler als die letzten Tage. Kaum hat er sich hingelehnt, hat er sich wieder abgestoßen. Er hat nicht stillhalten können, jedes Geräusch ist ihm viel zu laut vorgekommen. Das Knacken von den Zweigen, jedes noch so unverdächtige Rascheln hat ihm in den Ohren gerauscht, als wäre es ein Kanonenschuss. Der Feri ist mit der Hand über den schweren Klumpen in seiner Jackentasche gefahren. Wo ist der Michel geblieben? Er hätte doch schon längst da sein sollen. Der Feri ist zwischen den dünnen Stämmen hin und her geschlichen, am Rand der Lichtung entlang, nie hat er einen Fuß ins Mondlicht hineingesetzt. Er ist den Weg, der die Lichtung gekreuzt hat, in beide Richtungen gegangen, probeweise, nie mehr als ein paar Meter – nichts, niemand ist gekommen, niemand ist da gewesen. Der Feri hätte nachfragen sollen, wie sich der Michel das alles vorgestellt hat, und wozu um Gottes willen er ihm dieses Ding zukommen hat lassen. Wieder ein kurzer Griff in die Jackentasche, er hat es nicht lassen können, es hat ihn nervös gemacht – der Feri hat sich beobachtet gefühlt, bestimmt haben sie schon auf ihn gewartet, aber sooft er sich auch umgeschaut hat, er hat niemanden gesehen.

Der Michel ist ohne Zweifel ein guter Geschäftsmann gewesen. Er hat ja fast nicht anders gekonnt. Sein Vater hat schon lange vor dem Krieg Leute aus dem Dorf ins Amerika hinübergebracht, dem Feri seine Eltern sind mit ihm gefahren, und wie er beschlossen hat, er ist zu alt für solche Sachen, hat er seinen Sohn in die Materie eingeführt. Der Michel hat sich seitdem einen gewissen Ruf erworben. Er ist ja streng genommen Amerikaner gewesen, ist selbst dort geboren, in einer kleinen Stadt südlich von Chikago. Das hat er immer wieder ganz unbeteiligt erzählt, beiläufig, sodass es dann doch jeder gewusst hat, der mit ihm zu tun gehabt hat.

Wie der Michel noch nicht seine amerikanische Frisur getragen hat und die amerikanischen Jacketts, da hat er dem Feri erzählt, dass sein Vater früher selber ein einfacher Arbeiter gewesen ist. Er hat ein leidliches Englisch gesprochen, hat der Michel erzählt, außerdem hat er gut mit Leuten können. Wie er gemerkt hat, dass er sich sein Geld auch einfacher verdienen hat können als in einem Zementwerk, da hat er begonnen, Leute hinüberzubringen. Früher ist es üblich gewesen, dass die Partieführer mitgefahren sind, und so ist der Vater vom Michel immer wieder im Amerika gewesen, monatelang, und hat den Michel mit seiner Mutter zurückgelassen. Das ist die Zeit gewesen, wo sie gemeinsam unten bei der Spitalslacke gesessen sind, der Feri und der Michel, wo sie gemeinsam gespielt haben, wo sie Pläne geschmiedet haben von der großen Welt und Steine in das trübe Wasser unter ihnen geworfen haben. Der Feri und der Michel haben dasselbe Schicksal geteilt, die Eltern weg, und sie selbst zwischen den Welten. Später sind sie dann nicht mehr an der Spitalslacke, sondern am Dorfplatz gesessen, haben den Mädchen hinterhergepfiffen und ihnen halb ernst gemeinte Kommentare nachgerufen, der Michel immer etwas forscher als der Feri. Manchmal haben sie die eine oder andere Sache abgezogen, die in ein kleines Zubrot für die beiden gemündet hat. Bis vor ein paar Jahren haben sie sich gut vertragen. Aber seitdem der Michel das Geschäft von seinem Vater übernommen hat, hat er sich verändert –

Ein Rascheln. Der Feri ist stehen geblieben, unbeweglich, aber trotzdem hat ihn der Michel gesehen. Er hat einen kleinen Handwagen hinter sich hergezogen. Langsam ist er den Weg heraufgekommen, seine Gestalt hat immer wieder aufgeleuchtet in den fleckigen Schatten, schwarz, weiß, schwarz, weiß. Der Michel hat ihm zugewinkt. »Servus«, hat er schließlich gesagt, wie er in Hörweite gewesen ist. Der Feri hat das Pochen von seinem Herz ignoriert, das ihm bis in die Ohren hinein geschlagen hat. Einen Moment lang hat er geglaubt – »Es ist noch niemand gekommen?«, hat der Michel gefragt. Der Feri hat genickt. Der Handwagen hat klein ausgesehen, er ist mit ein paar zusammengenagelten Holzbrettern lose abgedeckt gewesen. »Das ist alles?«, hat der Feri gefragt und hingezeigt. Der Michel hat mit den Schultern gezuckt. »Ist eh genug«, hat er gesagt und sich eine Zigarette angezündet. Wie der Feri genauer hingeschaut hat, hat er gesehen, dass dem Michel der Schweiß auf der Stirn gestanden ist. Der Wagen muss ziemlich schwer gewesen sein. »Kann ich?«, hat der Feri gesagt und der Michel hat eine Handbewegung gemacht, die ihm bedeutet hat, dass er ihn nicht daran hindern würde. Der Feri hat die Abdeckung hochgehoben. Ein paar Momente lang hat er in den Wagen hineingeschaut, dann hat er den Holzdeckel wieder sinken lassen. Der Michel hat ihn angeschaut, mit diesem gelangweilten, aber irgendwie doch amüsierten Gesichtsausdruck, den er sich zugelegt hat, seit er besonders amerikanisch wirken hat wollen. »Hast recht«, hat der Feri gesagt und sich die Hände abgewischt, »ist eh genug.«

Der Feri ist ein paar Schritte vom Michel weggegangen. Ihn hat nach wie vor gefroren. Er hat den Michel aus dem Augenwinkel heraus beobachtet. Der Rauch von seiner Zigarette ist langsam aufgestiegen und hat sich im Mondlicht leicht gekräuselt. Er hat wirklich ausgesehen wie aus einem Film, wie aus einem von den neuen amerikanischen Streifen, die sie im Kino gezeigt haben. »Michel«, hat der Feri gesagt, »bist dir sicher, dass das alles glattgehen wird?« Der Michel hat still weitergeraucht, den Kopf in den Nacken gelegt, ausgeblasen. »Sicher«, hat er gesagt, mehr nicht. Der Feri ist sich vorgekommen wie ein kleines Kind, das unruhig immer weiterfragt, aber er hat wirklich das Gefühl bekommen, dass irgendetwas nicht in Ordnung gewesen ist. »Schau«, hat er gesagt, »die hätten ja alle schon längst da sein sollen –«, aber der Michel hat ihn unterbrochen. »Das sind gesicherte Informationen«, hat er gesagt, »beruhig dich.« Der Feri hat sich geärgert, weil der Michel gemerkt hat, wie nervös er gewesen ist; gleichzeitig ist er das Gefühl nicht losgeworden –

»Pscht«, hat der Michel gesagt, ohne dass der Feri ein Geräusch gemacht hätte. »Was?«, hat der Feri ihm zugezischt. Er hat sich unwillkürlich geduckt. Der Michel hat seine Zigarette ausgerieben, still, an der Rinde von einem Baum. Er hat in den Wald hineingelauscht. »Hörst du das?«, hat er geflüstert. Der Feri hat den Kopf geschüttelt. Dann hat er es doch gehört. Ein leises Pfeifen, von weit weg. Der Feri hat ein Volkslied ausmachen können, die Melodie ist fröhlich gewesen, unwirklich hier, in der Nacht, im Wald. Das Pfeifen ist näher gekommen. »Ist das euer Zeichen?«, hat der Feri gefragt. Der Michel hat die Stirn gerunzelt. Keiner von beiden hat sich geregt. Dem Feri ist es vorgekommen, als ob es immer stiller geworden wäre um sie herum, nur das Pfeifen ist wie ein Fremdkörper vor ihnen in dieser gescheckten Dunkelheit gestanden, ist langsam immer größer geworden. *Oj, Jelena, Jelena*, hat der Feri gehört, seine Hand ist in die Jackentasche geglitten, *jabuka zelena*, und plötzlich ist ein Gendarm auf die Lichtung hinausgetreten.

»Scheiße«, hat der Michel neben ihm gemurmelt, »Scheiße«, fast tonlos, sein Gesicht ein einziger Schrecken. Der Feri hat gespürt, wie den Michel die Angst gepackt hat, sein ganzer Körper hat sich angespannt, und in einem Moment ist das, was passieren würde, vor dem Feri gestanden wie das Ende von einem schlechten Film. Er hat dem Michel die Hand auf die Schulter legen wollen, ihn zurückhalten, der Gendarm hat sie ja gar nicht bemerkt, der wäre bestimmt vorbeigegangen an ihnen – aber der Michel ist aufgesprungen, zwischen den Bäumen hindurch und auf die Lichtung. Der Gendarm ist ein paar Schritte zurückgestolpert. Mit großen Augen hat er um sich geschaut, seine Waffe gezogen, geschossen, schlecht gezielt. Der Feri hat den Michel gesehen, bluthell im Vollmondlicht, noch ein zweites Mal würde der nicht danebenschießen. Der Gendarm hat angelegt, der Michel ist noch nicht drin gewesen im Wald und plötzlich –

Der Feri hat auf seine Hand geschaut. Das Metall ist kalt gewesen unter seinen Fingern, obwohl er doch die Hand schon so lange in der Jackentasche gehabt hat, obwohl sie sich doch aufwärmen hätte müssen unter seinem Griff. Er hat den Kopf gehoben. Der Michel ist in den Waldweg eingebogen, ein stilles Aufblitzen, wie er weggelaufen ist. Er hat sich nicht umgedreht. Der Gendarm ist keine zwei Meter vor dem Feri zu Boden gegangen, was für eine Feigheit, aus dieser Distanz trifft sogar ein Pferd. Dem Feri ist die Waffe aus der Hand gefallen, er ist auf dem feuchten Waldboden zu dem Mann hingestolpert, hat sich auf alle viere sinken lassen. Es ist ein österreichischer Gendarm gewesen, vielleicht so alt wie sein Vater, ein gutmütiges Gesicht hat er gehabt und einen dicken grauen Schnurrbart. Der Feri hat sich zu ihm hingebeugt, hat ihn bei den Schultern gepackt, seinen Oberkörper angehoben, in sein Gesicht hineingeschaut. Alles hat ausgesehen, als wäre es nicht passiert, wie ein Bild aus einem Film, das bald wegflackern würde auf der Leinwand, das man bald vergessen hätte, wie eines von so vielen Dingen, die man nicht wirklich erlebt und trotzdem gesehen hat. Der Gendarm in seinen Armen. Der Ledergürtel mit dem Halfter um seine Taille. Die Kappe, die neben ihm am Boden gelegen ist. Sein rauer Mantel mit dem kleinen Loch in der Brust. Und seine Augen, seine Augen, die hell und weit gewesen sind im Licht von diesem seltsamen Mond.

15.

Die Ana ist heute länger als gewöhnlich auf ihrer Bank gesessen. Ihr sind so viele Gedanken im Kopf gestanden, ungreifbar haben sie sich hinter ihrer Stirn zusammengeballt, und sobald sie versucht hat, einen davon aus dem wirren Knäuel herauszuziehen, das dumpf in ihrem Kopf gelegen ist, hat er sich ihr wieder entzogen. Gehen hat sie wollen. Ihre kleine Schwester hat gehen wollen, alleine, ohne sie, mit diesem fremden Mann und diesem Kind in ihrem Bauch – die Anica hat in den Mond geschaut, bis er sie geblendet hat. Voll ist er über dem Land gestanden, hat alles in ein Licht getaucht, das ihr fremd vorgekommen ist und künstlich. Was hat die Schwester denn nur machen wollen, alleine, in diesem seltsamen Land? Und was hat die Anica machen sollen, alleine, hier?

Das alles ist ihr unverständlich gewesen. Sosehr sie sich auch bemüht hat, über alles nachzudenken, irgendetwas hat sich ihr immer in den Weg gestellt. Die Anica hat vor sich hingestarrt, über die Felder hinweg, nach Pressburg – und fast wäre ihr nicht bewusst geworden, was sie da gesehen hat. Ein Mann ist den Weg entlanggekommen, der an ihrer Bank vorbeigeführt hat. Aus einer ungewöhnlichen Richtung ist er gekommen; dort hinten sind nichts als Schuppen gestanden und eine Scheune. Die Anica ist aufgestanden. Sie hat nicht gewusst, dass sie sich so leise bewegen hat können. Der Mann hat den Kopf nicht gehoben, hat nicht gesehen, wie sie sich zwischen den Bäumen hinter ihrer Bank versteckt hat. Er hat etwas hinter sich hergezogen – einen kleinen Wagen. Wie er näher gekommen ist, hat sie ihn erkannt. Das ist der Tiefenbrunner Michel gewesen, dieser Schifffahrtsagent, oder was auch immer er gesagt hat, dass er ist. Was hat er hier verloren gehabt, Mitten in der Nacht? Er hat ihre Bank gesehen, hat sich mit dem Ärmel über die Stirn gewischt. Ein paar Schritte noch, dann ist er da gewesen. Der Michel ist stehen geblieben und hat sich niedergelassen. Die Anica hat gesehen, dass er noch ein halbes Kind gewesen ist. Sie hat seinen Hinterkopf betrachtet, diese seltsame Frisur, das modische Jackett. Es ist noch nicht lange her gewesen, da hat sie ihn auf der Dorfstraße Ball spielen sehen.

Der Michel hat probeweise links und rechts geschaut, dann hat er die Abdeckung von dem Wagen ein kleines Stückchen hochgehoben. Das Mondlicht hat sich abgestoßen an seinem Inhalt, dieses seltsame metallische Glänzen, es hat unpassend ausgesehen an diesem Ort. Die Anica hat dem Michel zugesehen. Keinen Ton hat sie von sich gegeben. Mit einem leisen Murmeln hat der Michel begonnen, die Waffen in dem Wagen zu zählen. Jede zweite ist in ein Tuch gewickelt gewesen, sodass sie nicht aneinandergeschlagen sind. Vorsichtig hat er die letzte zurückgelegt. Er hat den Deckel wieder sinken lassen, hat sich noch einmal über die Stirn gewischt. Einen Moment lang ist er sitzen geblieben, dann ist er aufgestanden, hat den Wagen weiter hinter sich hergezogen. Die Anica hat ihm nachgeschaut. Sie hat genau gewusst, wo er hinwollen hat. Keine zweihundert Meter hinter ihrer Bank, jenseits von einer kleinen Lichtung, ist die Grenze zu Österreich durch diesen Wald gegangen.

16.

Die Katica hat nicht schlafen können. Sie hat sich unter der dicken Tuchent umgedreht, hat sich eingegraben darin, diesen wohlbekannten Geruch eingesogen, der ihr aus den Daunen entgegengestiegen ist. Das Bett ist groß und leer gewesen ohne die Schwester, die sonst immer auf der anderen Seite geschlafen hat. Die Schwester ist weggegangen, nachdem ihr die Katica gesagt hat, dass sie ins Amerika fahren, dass sie dort bleiben, dass sie vielleicht gar nicht mehr wiederkommen würde. Sie hat auf die Decke über ihr geschaut, hat die dicken schwarzen Balken betrachtet, den dünnen Streifen Licht, den der Vorhang durchgelassen hat. Er hat sich scharf abgezeichnet auf dem dunklen Holz. Der Katica hat es leidgetan, dass sie es der Schwester nicht früher gesagt hat. Sie hat begonnen, sich zu sorgen, weil sie so lange weggeblieben ist. Es muss schon weit nach Mitternacht gewesen sein, dieser stille Vollmond draußen hat ihr Angst gemacht, alles so leer und weit in seinem Licht – die Katica hat sich gedacht, was, wenn die Schwester nicht mehr mit ihr spricht, sie nicht mehr anschaut, ihr ausweicht, ihr misstraut? Den Gedanken hat sie fast nicht ertragen können. Sie hat das Gefühl gehabt, sie hat irgendetwas falsch gemacht, und gleichzeitig hat sie nicht gewusst, was sie besser hätte machen sollen – Die Katica ist zusammengezuckt. Da ist ein Klopfen an der Tür gewesen, laut und spitz und eindringlich. Es hat sich gar nicht nach der Schwester angehört.

Die Katica ist aus dem Bett geschlüpft, mit nackten Füßen über den Holzboden gelaufen. Sie ist zur Tür, hat den dicken Schlüssel im Schloss gedreht, hat sich bei der Schwester entschuldigen wollen, die sicher sehr verärgert gewesen ist, hat ihr sagen wollen, warum das so wichtig gewesen ist für sie, dieses Amerika – die Katica ist stehen geblieben. Das ist nicht die Schwester gewesen. Der Ribović Franjo ist vor ihr gestanden, hat gerade die Hand gehoben, um wieder gegen die Tür zu schlagen. Er hat sie angeschaut, mit wilden Augen und einem weißen Gesicht. »Katarina«, hat er geflüstert, wie er sie gesehen hat, nur »Katarina«. Er ist ihr um den Hals gefallen, hat sie so fest gehalten, dass sie gemeint hat, sie bekommt keine Luft.

Die Katica hat versucht, ihn wegzudrücken. Was hat er denn hier wollen, jetzt, um diese Uhrzeit? Und wo ist die Schwester geblieben? Er hat gezittert, hat sich angehalten an ihr, als würde er umfallen ohne sie. Er hat der Katica Angst gemacht. »Magst dich nicht hinsetzen?«, hat sie gefragt, hat ihre Hände vorsichtig zwischen ihre beiden Oberkörper geschoben, gewartet, bis er verstanden hat. Er hat genickt, hat sie langsam losgelassen, sich ohne Widerstand von ihr zum Tisch in der Stube führen lassen. Die Katica hat ihn in die Bank hineingeschoben, und er ist augenblicklich in sich zusammengesunken. Der Vollmond hat zum Fenster hereingeschienen und der Franjo hat in seinem Licht so jung ausgesehen, dass ihn die Katica fast nicht wiedererkannt hat. Das ist ja noch ein halbes Kind, hat sie sich gedacht, das ist bald ihr Ehemann. Der Gedanke ist so schnell durch ihren Kopf geflackert, dass sie ihn kaum greifen hat können. Die Katica ist in ihrem Nachthemd vorm Tisch gestanden, hat dieses fremde Häufchen Elend angeschaut. Sie hat keine Ahnung gehabt, was sie machen hat sollen, wie man sich verhält als Frau, wenn sich der eigene Mann auflöst neben einem. Dem Franjo sind jetzt die Tränen über die Wangen gerollt, er hat die Hände ins Tischtuch gekrallt, hat so heftig nach Luft geschnappt, dass es ausgesehen hat, als erstickte er an seinem eigenen Atem. »Was ist denn?«, hat sie gesagt, »Was ist denn los mit dir?« Der Franjo hat nichts gesagt, hat sie angeschaut, geschluckt. »Du, Kati«, hat er schließlich herausgebracht, »ich glaub, ich hab wen erschossen.« Die Katica muss so ungläubig dreingeschaut haben, dass er gemeint hat, er muss sich wiederholen. Der Franjo hat tief Luft geholt, versucht, seine Stimme zu beruhigen. »Ich hab jemanden erschossen«, hat er gesagt, ein bisschen fester, »und deine Schwester hat gesagt, ich soll herkommen.« Da hat die Katica auf einmal das Gefühl bekommen, sie muss sich irgendwo anhalten. »Meine Schwester?«, hat sie gesagt. Sie hat einen Sessel herausgezogen, sich hingesetzt, den zitternden Franjo angeschaut und sein nasses Gesicht. »Jemand ist gestorben«, hat sie gesagt, leise, »und meine Schwester hat etwas damit zu tun?«

17.

Der Feri ist bei der Katarina am Küchentisch gesessen, hat versucht, ihr zu erzählen, wie es gewesen ist. Er hat die Bilder nicht aus seinem Kopf herausbekommen – er hält diesen toten Gendarm in den Armen und plötzlich, als wäre sie aus dem Boden gewachsen, steht die Schwester von der Katica vor ihm, diese grässliche, dunkle, große Schwester, die niemandem im Dorf geheuer gewesen ist. Er hat sie angeschaut, hat die Angst gespürt, die in ihm drinnen gesessen ist – sie ist ihm vorgekommen wie ein Racheengel, der gleich auf ihn niederfahren würde, ihr Gesicht ein einziger großer Schatten, hinter ihr unwirklich hell der Mond.

»Was hat er dir versprochen dafür?«, hat sie gesagt, und ihre Stimme ist überraschend sanft gewesen. Der Feri hat zu ihr aufgeschaut, er hat nicht verstanden, wieso sie da gewesen ist, wieso sie ihn das gefragt hat. »Du musst mir das jetzt sagen«, hat sie wiederholt, »schnell.« Der Feri hat genickt, hat sich an den Toten in seinen Armen geklammert. »Dass die Katarina mitkommen kann, hat er mir versprochen«, hat der Feri gesagt, geflüstert, die eigene Stimme fast nicht gehört. »Er hat mir alle Dokumente geben wollen, die sie braucht. Sonst hätte ich mir das nicht leisten können. Wenn ich da nicht mitgemacht hätt.«

Die Schwester von der Katarina ist über ihm gestanden, diese seltsame Frau, er hat ihr Gesicht nicht ausmachen können im Mondschatten, sosehr er auch geschaut hat. Der Feri hat nicht gewusst, was jetzt passiert, was aus ihm werden hat sollen, wieso sich diese unheimliche Gestalt für ihn interessiert – »Pack dich zusammen«, hat sie gesagt, »und geh zur Katica.« Ihre Worte sind klar gewesen und unaufgeregt, silbrig sind sie in seinem Kopf nachgeklungen. Eine Anweisung, endlich jemand, der ihm gesagt hat, was jetzt zu tun ist, der gewusst hat, wie er handeln hat sollen, wie er herauskommt aus seinem Unglück. »Schnell!«, hat sie gesagt, »und nehmts nur das Nötigste mit.« Der Feri hat sie angeschaut. Der Mond hat in einem sanften Kreis um ihren Kopf herum geleuchtet, und einen Moment lang hat es ausgesehen – »Ja«, hat er gesagt, »gut.« Er hat sich aufgerappelt. Der Feri hat keinen Blick mehr auf den Toten auf dem Waldboden geworfen, hat nur die Schwester von der Katarina angeschaut. Sie hat genickt, mit ihrem großen, schweren Gesicht, und als ob das sein Zeichen gewesen wäre, ist er so schnell er können hat ins Dorf zurückgelaufen.

18.

Die Anica ist vor dem Haus stehen geblieben und hat es angesehen. Es ist nicht groß gewesen, aber ihr ist es schön vorgekommen. Die angeschlossene Schmiedewerkstatt, die sie seit dem Tod vom Vater nicht mehr betreten hat, das kleine Gemüsebeet hinterm Haus, die Platanen, die lange Schatten in die mondhelle Nacht hineingeworfen haben. Sie ist dagestanden, im hellen Licht hat alles schon jetzt ausgesehen wie eine Fotografie, wie das Bild, das es in ihrer Erinnerung bald sein würde. Die Anica hat versucht, sich alles ganz genau einzuprägen, bis auf das letzte Detail. Ihr ist bewusst geworden, dass es das letzte Mal sein würde, dass sie die Schmiede sieht, vielleicht für lange Zeit. Vielleicht für immer.

Die Anica ist in die Stube getreten. Sie haben kein Licht gemacht, sind auf der Bank gesessen, zusammengerückt wie die Hühner im Stall, einen stillen, verlorenen Ausdruck in ihren Gesichtern. Die Katica hat sie zuerst gesehen, ist aufgesprungen, hat ihr um den Hals fallen wollen. Die Anica ist ausgewichen. Sie hat aufpassen müssen, dass sie die Dokumente nicht durcheinanderbringt, die sie unter ihren Arm geklemmt hat. Jeder einzelne Zettel ist wichtig gewesen. Die Katica ist stehen geblieben, hat sie angesehen, fragend, verwirrt. »Wo bist du denn gewesen, sestra?«, hat sie gefragt, aber die Anica hat keine Zeit gehabt für Fragen. »Habts ihr noch nicht gepackt?«, hat sie nur gesagt, die Dokumente auf den Tisch gelegt, vorsichtig, sie glatt gestrichen. Sie hat den Ribović Franjo angeschaut, der hat den Kopf gesenkt, eine widerwillige Furcht in seinen Augen, die ihr Sorgen gemacht hat.

»Hab ich nicht gesagt, dass ihr packen sollts?«, hat die Anica gesagt. Sie ist ungeduldig geworden, es ist keine Zeit zu verlieren gewesen, nicht für sie selbst, nicht für die beiden. »Was ist denn los, sestra?«, hat die Katica gefragt, »wieso sollen wir packen?« Sie ist ein paar Schritte auf die Ana zugekommen, dann ist sie stehen geblieben, hat gespürt, dass es nicht weitergegangen ist. »Weil ihr heute noch ins Amerika auswanderts«, hat die Anica gesagt, »deswegen sollts ihr packen.« Die Katica hat große Augen gemacht, das Nachthemd ist dünn und weiß an ihr heruntergehangen, sie hat schmächtig darin ausgesehen und zerbrechlich. »Heute?«, hat die Katica gefragt. Zweifel ist in ihrer Stimme gelegen.

Die Anica hat nicht geantwortet, im Geist ist sie schon alles durchgegangen, hat überlegt, was sie mitnehmen würden – viel ist es ja nicht gewesen –, und dass sie die Truhe holen müsste aus der Werkstatt, mehr Platz hätten sie nicht für ihre Sachen. »Aber was ist dann mit meiner Hochzeit?«, hat die Katica gesagt und sie aus ihren Gedanken gerissen. »Ihr seids schon verheiratet«, hat die Anica gesagt, hat begonnen, die Laden aus der Kommode zu ziehen, das Besteck ist billig gewesen, das Geschirr abgeschunden und abgesplittert, sie hätten keinen Platz für so etwas auf ihrer Reise.

»Was?«, hat die Katica gesagt. Die Ana hat die Enttäuschung gespürt, die hinter diesem Wort gelegen ist. Auch dafür ist keine Zeit gewesen. Mit einer Kopfbewegung hat sie auf den Packen Zettel am Tisch gedeutet. »Da steht es drin«, hat sie gesagt. Die Katica hat sie angesehen, fassungslos, ist ihr in die Kammer nachgegangen. Wo um Gottes willen haben sie die Familienfotos aufgehoben, es sind doch ohnehin nicht viele gewesen, zumindest das Hochzeitsfoto von den Eltern – »Aber das Kleid«, hat die Katica angefangen, weinerlich hat sie geklungen, wie ein trotziges kleines Kind. Da ist ihr die Ana ins Wort gefallen, laut, mit einer Spur Verzweiflung in der Stimme. »Das Kleid!«, hat sie gesagt, »bože, sestra! Jetzt denkst du an das Kleid?«

Die Anica hat ihre Schwester angeschaut, als hätte sie sie noch nie gesehen. Sie hat gemerkt, dass die Katica den Ausdruck nicht verstanden hat, den sie in ihrem eigenen Gesicht gespürt hat, dass sie zu jung gewesen ist für das alles, für diese Reise und für dieses Kind – die Anica hat tief Luft geholt, dann hat sie sanfter gesprochen, »es tut mir leid«, hat sie gesagt, »aber es wird keine Hochzeit geben.« Die Katica hat sie angeschaut, einen zaghaften Blick in Richtung Küche geworfen, »diese Zettel«, hat sie gefragt, »die du da mitgenommen hast –« »Das ist alles, was wir brauchen«, hat die Anica erwidert. Sie hat sich niedergekniet und begonnen, die Bettwäsche in großen, weißen Haufen aus dem Kasten zu ziehen. Alles löchrig, aber es hat wohl reichen müssen. »Wir?«, hat der Ribović Franjo gefragt. Die Anica hat sich umgewendet, hat zu ihm aufgeschaut, gesehen, dass er mit verschränkten Armen in der Tür gestanden ist. Er ist schmächtig gewesen, aber sein Körper hat eine verhaltene Ablehnung ausgestrahlt, die größer gewesen ist als er selbst.

»Ja, wir«, hat die Ana gesagt. Der Franjo hat sie angeschaut. Es ist eine lange Stille zwischen ihnen gelegen, die Ana auf der einen, der Ribović Franjo auf der anderen Seite. In seinem Blick hat sie etwas gesehen, ganz plötzlich ist es vor ihr gestanden, diese Hexe, hat sie gesehen, diese Hausaufgezogene, diese verschrobene Walküre, diese ausgesetzte Zigeunerin – die Anica hat sich erhoben, die Bettwäsche in einer großen Wolke in ihren Armen. »Ihr habts einen Pferdewagen?«, hat sie gesagt, »dein Bruder soll uns holen, sobald er kann.« Sie hat die Bettwäsche vor dem Franjo auf den Boden geworfen, hat ihn angeschaut, seinen Blick nicht losgelassen, bis er genickt hat. Mit einem Ruck hat er sich umgedreht. Die Ana hat ihm nachgeschaut. Wie er im fahlen Mondlicht den Gang hinunter verschwunden ist, hat sie gesehen, dass er beide Fäuste geballt hat in seinen Taschen.

Der Rest ist schnell gegangen. Die Katica ist überraschend ruhig geblieben, einen traurigen Blick hat sie noch auf ihr Hochzeitskleid geworfen, bevor sie es am Dachboden verschwinden haben lassen. Die Truhe ist kaum voll geworden mit dem, was die Schwestern mitgenommen haben. Viel ist es wirklich nicht gewesen. Das Säckchen voller Geld, das die Anica auch ausgehändigt bekommen hat, hat sie in den Rocksaum eingenäht, jede Münze einzeln, in einer goldenen Reihe. Sie hat gehofft, dass ihnen das den Anfang erleichtern würde, zumindest ein bisschen, drüben in diesem seltsamen Land, das ihr immer fremder geworden ist, je länger sie darüber nachgedacht hat.

Wie sie fertig geworden sind, ist es schon fast Morgen gewesen. Die Katica ist aus dem Haus getreten ohne einen Blick zurück zu werfen. Klein und verloren hat sie ausgesehen in ihrem abgeschundenen Mantel. Sie hat sich auf die Truhe gesetzt. Mit traurigen Augen hat sie in die Nacht geschaut, als würde sie das alles nicht mehr betreffen, als läge alles schon weit in der Vergangenheit, was sie in diesem Moment noch umgeben hat. Die Ana ist ein letztes Mal durchs Haus gegangen, so vertraut hat es hier gerochen, die kleinen Geräusche im Holz, die Wege, die sie schon so oft zurückgelegt hat – sie hat alles abgesperrt, hat sich gebückt, den Schlüssel unter einem Stein neben der Werkstatt versteckt. Selbstverständlich hätte man das Haus plündern können, und doch, was hätte man gefunden? Die Anica hat Räder gehört, die auf den Weg hin zur Schmiede gebogen sind. Sie hat einen letzten Blick auf das Haus geworfen. Wie alles hell gewesen ist in dieser Nacht! Der Mond ist noch als seine eigene Hülle am Himmel gehangen, der Tag schon still und blassblau knapp unterm Horizont – die Ana hat sich umgedreht. Sie ist dem Franjo zur Hand gegangen mit der Kiste, hat der Katica auf den Wagen geholfen. Der junge Bursche, der den Wagen gelenkt hat, hat alles teilnahmslos verfolgt. Die Katica und der Franjo sind zusammengerückt, haben sich aneinandergeschmiegt, die Augen geschlossen vor diesem Abschied. Die Ana hat sich auf den Pferdewagen gehievt, er ist angefahren. Sie hat den Kopf abgewendet von den Liebenden, deren Silhouetten miteinander verschmolzen sind, hat in die Landschaft hineingeschaut, auf das Dorf, das in ihrem Blick immer kleiner geworden ist. Es ist die Stunde gewesen, wo alles still gewesen ist, wo die Geräusche der Nacht aufgehört und die des Tages noch nicht angefangen haben. Die Ana hat in diese Stille hineingehört, die wie ein großes Atemholen über dem Land gestanden ist. Sie hat das dumpfe Rütteln vom Wagen wahrgenommen, hat sich umgedreht, damit sie besser sehen hat können. Sanfte Staubwolken sind aufgestiegen hinter ihnen und haben sich erst lang, nachdem das Dorf aus ihrem Blick verschwunden ist, gelegt.

1922

1.

Die Ana ist aufgestanden. Die dünnen Bodenbretter haben geknackt, wie sie die Füße daraufgesetzt hat. Im unteren Stockwerk hat sie die Polen gehört. Ein Kind hat geweint. Der kleine Raum um die Ana herum ist im Halbdunkel gelegen, die Waschgelegenheit, der Kasten, die Tür in den Nebenraum, die Tür hinaus, der Herd. Neben ihr am Boden ist das Bettchen vom Buben gestanden. Er hat geschlafen, sein kleines Gesicht faltig, die winzige Mütze auf seinem Kopf verrutscht. Ob er nicht schon größer hätte sein sollen in seinem Alter? Am Dachboden ist noch die alte Wiege von der Katica gestanden, und wenn sie jetzt zu Hause gewesen wären, dann hätte der Bub nicht in einer ausgekleideten Holzkiste schlafen müssen, sondern in dieser schönen Wiege – die Ana ist zum Herd gegangen. Sie hat einen Topf auf die Flamme geschoben, hat das Wasser betrachtet, die vorsichtigen Bläschen, die darin aufgestiegen sind. Sie hat die Decke um ihre Schultern enger gezogen. Die Ana hat an den letzten Winter gedacht, und daran, dass er sie überrascht hat. Das Haus ist heruntergekommen gewesen, nicht einmal einen Bretterverschlag hätte man zu Hause so gebaut wie dieses Haus. Die verzogenen Fenster, der fingerdicke Spalt unter der Tür, die Außenwand, die dünn gewesen ist wie Pappe – die Ana hat ein Geräusch aus dem Nebenzimmer gehört. Sie hat einen Blick auf die Tür geworfen. Es ist still geblieben. Die Ana hat ihre Augen wieder auf den Topf gesenkt.

Aber nein, es hätte sie auch gewundert, wenn er jetzt schon aufgestanden wäre. Wie sie sich schlafen gelegt hat, ist er noch nicht zu Hause gewesen. Sie hat gestern lange gewartet, dann ist sie die wackelige Treppe an der Außenwand vom Haus hinuntergegangen, bis nach vor an den Gartenzaun. Die Ana hat die Straße entlanggespäht. Der Mond ist hell am Himmel gestanden, links und rechts von ihr endlose Reihen von kleinen Einfamilienhäusern, in denen oft zehn, zwölf Leute gewohnt haben, oder weniger, wenn man sich das leisten hat können. Alle heruntergekommen, alle viel zu schmächtig und zu klein für diese Stadt. In der Nacht ist es hier still gewesen, man hat nur das Geräusch gehört, das ein großes Ungeheuer macht, wenn es schläft – ein verhaltenes, leises Atmen im Hintergrund. Irgendwo in dieser Stille hat die Stadt gewartet, hat gewartet, dass sie einen endlich erdrücken kann, wenn sie einen denn zu fassen bekommt.

Die Ana hat die Hände auf den Zaun gelegt, der unter ihrem Griff geschwankt hat, so wie alles hier. Sie hätte ihm so gerne geholfen, aber da ist nichts zu machen gewesen. Er hätte achtgeben müssen auf sich, sich schonen, es ist doch jetzt das Kind da gewesen und das hat seinen Vater gebraucht – in der Ferne hat die Ana eine Polizeisirene gehört. Sie hat gewusst, dass es schwer gewesen ist für ihn, sie hat es ja selbst gespürt, dieses Land hat einen abschütteln wollen, hat einen hin und her geworfen, bis man den Boden unter den Füßen verloren hat. Aber man hat nicht nachgeben dürfen. Man hat überhaupt nie nachgeben dürfen, nicht hier, und nicht zu Hause.

Die Ana hat das Wasser vom Herd gezogen. Die kleine Milchflasche, die sie hineingestellt hat, ist warm genug gewesen fürs Trinken. Sie hat den Buben aus dem Bett gehoben. Er hat sie angeblinzelt, ist aber sofort wieder eingeschlafen. Vorsichtig ist die Ana die Stiege hinuntergegangen. Sie hat an die Tür von der Polin geklopft. Die Frau hat ihr aufgemacht und die Arme nach dem Buben ausgestreckt. Die Ana hat ihn hineingelegt, hat ihr das Fläschchen mitgegeben und ein paar Münzen, wie jeden Tag. Zwei kleine Kinder sind um ihre Füße gelaufen und haben mit Holzklötzen nacheinander geworfen. Die Polin hat eines von ihnen am Arm gepackt, hat das andere mit scharfen Worten zurück ins Haus gerufen. Die Ana hat ein bisschen etwas verstanden von dem, was sie gesagt hat, aber nicht viel.

Die Polin hat der Ana zugenickt, doch ihre Aufmerksamkeit ist schon wieder bei den Kindern gewesen. Sie hat die Tür hinter sich zugemacht. Die Ana ist vor der geschlossenen Tür gestanden, hat das Geheul dahinter gehört, die Schelte, ein schrilles Kinderlachen. Wenn etwas passieren würde, dann würde die Polin wissen, wo sie sie findet – die Ana hat sich mit dem Handrücken über die Nase gewischt. Dann würde sie wissen, wo sie sie findet. Ja. Sie hat sich umgedreht, ist langsam durch das kleine Gartentürchen auf die Straße getreten. Die Fleischfabrik ist nicht weit gewesen, überall hat man die Ställe gerochen und den Dung. Auf der Straße sind schon die anderen Arbeiter gegangen, Männer und Frauen. Manche von ihnen hat sie gekannt, die meisten nicht. Alle haben sie dasselbe Ziel gehabt, und alle denselben unbestimmten Ausdruck in ihrem Gesicht.

2.

Irgendwann untertags hat der Feri die Augen aufgeschlagen. Das Licht ist in breiten, trägen Strähnen zum Fenster hereingekommen. Es hat ihm wehgetan, am ganzen Körper. Er ist zu müde gewesen, um die Vorhänge zuzuziehen. Der Feri hat die Decke angestarrt. Kaum, dass er wach geworden ist, ist dieses Gefühl zurückgekommen, ist immer stärker geworden in ihm drin, bis es sich in seinem ganzen Körper ausgebreitet hat. Das Kind, die Ana, die Polen, die stinkenden Fleischfabriken, dahinter die Stadt, die er vor lauter Wohnhaussiedlungen und Viehstallungen gar nicht gesehen hat – der Feri hat sich umgedreht, weg vom Fenster, hat sein Gesicht in den Polster vergraben. Er hat einen hässlichen Geschmack im Mund gehabt, hat sich vorgenommen, er steht jetzt auf, holt sich etwas zu essen, was auch immer die Ana gekauft hat, aber er ist liegen geblieben. Die Katica. Für das ist er von zu Hause weggegangen? Dafür?

Er hat sich gedacht, er kann sich hier ein besseres Leben aufbauen als zu Hause, aber das ist nicht wahr gewesen, das hat nicht gestimmt. Alles ist furchtbar schiefgelaufen, vom ersten Tag an, von dem Moment an, wo er in dem Wald diesen Gendarmen, es ist ein Unfall gewesen, da hätte er eigentlich schon wissen müssen, dass es nicht gut gehen kann, von dem Tag an hätte er es wissen müssen. Einmal hat sich der Feri gedacht, es liegt an ihm, dass er das nicht schafft, was so viele andere Männer zusammengebracht haben. Dann wieder ist der Ärger in ihm hochgestiegen wegen der Ungerechtigkeit, die sie ihm angetan haben – es ist doch nicht seine Schuld gewesen, dass sie unzumutbare Sachen verlangt haben von den Menschen, dass sie einen behandelt haben wie die Tiere, die hier in großen Fabriken geschlachtet werden, ein Stück Vieh nach dem anderen –

Der Feri hat sich aufgesetzt. Der Geschmack in seinem Mund ist stärker geworden, er hat gespürt, wie das Bett sanft geschwankt hat unter ihm. So eine Sauerei, hat er sich gedacht, das alles hier ist eine einzige Sauerei, die Sprache, die Menschen, der grässliche Gestank, das ganze Land. Der Feri hat bereut, von früh bis spät hat er nur bereut. Er hat nichts getan, weil sich seine ganze Kraft in dieser Reue verbraucht hat. Er hat gewusst, dass es falsch gewesen ist, dass sogar das falsch gewesen ist, wie alles, was er hier getan hat. Und das Bittere ist in ihm aufgestiegen, bis er es nicht mehr länger zurückhalten hat können und alles herausgekommen ist aus seinem Mund in einem trägen, dickflüssigen Schwall.

Der Feri weiß noch, wie alles angefangen hat. Er hat gar nichts gespürt, wie sie auf dem Pferdewagen gesessen sind, der sie aus Kittsee weggebracht hat, nichts innen drinnen. Was in dieser Nacht passiert ist, das ist erst später zu ihm zurückgekommen, langsam, in Stücken. Seltsamerweise hat sich der Feri nicht gefragt, ob irgendetwas schiefgehen könnte, an der Grenze, im Zug, auf der Träneninsel. Ihm ist immer ganz klar gewesen, dass alles klappen würde, alles funktionieren, dass es nur eine Frage der Zeit wäre, bis sie hinüberkämen, und dass drüben alles gut gehen würde für sie. Aber was das genau bedeutet hat, dieses Gutgehen, und wie das alles vonstatten gehen würde, das hat er sich nie gefragt. Der Feri ist mit der Zuversicht von einem Blinden dahingegangen, der den Abgrund nicht sieht, der neben seinen Füßen schwarz und leer in die Tiefe zeigt – dem sein Absturz unvorhersehbar ist. Er hat gar nicht gewusst, wie viel Glück er gehabt hat damals. Ihm ist alles so sonnenklar und einfach vorgekommen, dass er sich jetzt geschämt hat dafür.

Sie sind in den Morgen hineingefahren. Es ist nicht sein Morgen gewesen, nicht sein Körper, nicht seine Augen, durch die er gesehen hat. Er ist nur eine Figur in einem Film gewesen, der sich abgespielt hat ohne sein Zutun. An keiner Stelle hat er sich für irgendetwas entschieden, nicht für die Überfahrt, nicht für die Katica, nicht für sein Leben hier. Er hat sich nie anders verhalten können, als er sich verhalten hat, ganz als ob er ein Baum gewesen wäre oder ein Hund oder ein Eisenbahnwaggon, den man verschoben hat. Jemand anders hat ihn auf die Schienen gestellt, auf denen er jetzt gefahren ist. Das ist ihm erst aufgefallen, wo er in einer Kurve, und das auch nur aus Versehen, entgleist ist. Der Feri ist tiefsinnig geworden, seit er hier gewesen ist. Vielleicht ist es der Alkohol gewesen oder was sie sonst hineingemischt haben in diesen illegalen Fusel, den sie den Arbeitern ausgeschenkt haben. Das Trinken hat ihm nicht gutgetan, aber es ist dennoch besser gewesen als alles andere hier.

Der Feri hat die Katica in seinem Arm gehalten an diesem Morgen. An der Grenze zur Tschechoslowakei hat man sie angehalten. Die Ana hat stumm die Dokumente hergezeigt, den ganzen Packen. Der Soldat hat die Zettel überflogen. Nachdem ihm die Ana etwas zugesteckt hat, hat er sie durchgewunken. Am Bahnhof hat sich der Bruder vom Feri verabschiedet, hat gewendet. Der Feri hat ihm Grüße für die Eltern mitgegeben, der Bruder hat gewunken, ohne abzusteigen. Sie haben nicht lange warten müssen, bis der nächste Zug gekommen ist. Sie sind eingestiegen. Die Katica hat sich neben ihm niedergelassen. Weich ist sie gewesen und müde und voller Tränen, die bei jedem Ruckeln von dem Zug fast übergeschwappt wären. Der Feri hat sie in den Arm genommen und sich selbst an ihr abgestützt. Die Ana ist ihnen gegenübergesessen, eine stille Gegenwart, die ihm bewusst gewesen ist, gerade weil sie so deutlich in den Hintergrund getreten ist. Dass er sie nicht ständig ansehen hat müssen, hat er die Augen zugemacht.

Wenn er nicht mehr gewusst hat, wohin mit sich selbst, hat der Feri aus dem Fenster geschaut, den Kopf abgewendet von allem, die Augen nur auf die Geschwindigkeit geheftet, auf das herbstfarbene Rauschen, das die Landschaft geworden ist. Die Felder und Dörfer und Städte sind vor seinen Augen ineinandergeflossen, haben sich verwischt, bis sie in seiner Erinnerung alle dasselbe gewesen sind – ein einziges großes, unbekanntes Land, in dem er selbst nach und nach verloren gegangen ist. In Prag sind sie zum ersten Mal umgestiegen, in Berlin haben sie genächtigt, am Boden sitzend, die Katica ganz dicht an seiner Seite. Der Bahnsteig ist voll gewesen mit Leuten wie ihnen. Die meisten sind erschöpft gewesen und haben geschlafen, andere haben Wache gehalten.

Der Feri ist sich sicher gewesen, dass die Ana kein Auge zugetan hat. Wie er eingeschlafen ist, ist sie neben ihnen gestanden, ihr großer Körper unscheinbar, verschwommen mit den anderen Schlafenden. Die Ana ist verschwunden, obwohl sie da gewesen ist. Der Feri hat nie verstanden, wie man einen so großen Menschen einfach übersehen hat können, aber die Ana ist immer übersehen worden, von jedem, auch damals, auch jetzt. Er hat nicht verstanden, wie sie das ausgehalten hat. Der Feri hat *sie* nicht verstanden. Er hat ihre Geduld verachtet, weil sie die Ana so viel größer gemacht hat, als sie eigentlich gewesen ist. Es ist eine Zähigkeit in jeder von ihren Bewegungen gelegen, die unbegreiflich gewesen ist – aber letztendlich ist es doch nur das gewesen: eine Zähigkeit. Alles, was sie getan hat, damals auf ihrer Reise, und hier in diesem neuen Land, hat dem Feri vor Augen geführt, wie wenig er selbst zusammengebracht hat. Gerade weil es keine Heldentaten gewesen sind, gerade weil sie nur das getan hat, was sie tun hat müssen – weil sie das Offensichtliche und Sinnvolle getan hat und er nie gewusst hat, was zu tun gewesen wäre, hat er sie verachtet. Der Feri hat lange gebraucht, bis er ehrlich geworden ist mit sich selbst. Er hat sich immer unwohl gefühlt neben ihr, damals und jetzt. Wie er am frühen Morgen wieder aufgewacht ist, auf diesem Bahnsteig in Berlin, da ist sie noch immer neben ihnen gestanden, ein stilles Warten in ihrem Körper, ihre kleinen dunklen Augen suchend und immer in Bewegung. Der Feri hat sie angeblinzelt und dann ganz schnell die Augen wieder zugemacht. Er hat Angst gehabt, und wenn er sie zu lange angeschaut hätte, dann hätte sie das auch gesehen.

3.

Die Ana ist damals im Zug nach Hamburg gesessen und hat den Ferenc und die Katica angesehen. Wie zwei Kinder haben sie geschlafen, Schulter an Schulter, ein träges unablässiges Ruckeln ist durch ihre Körper gegangen. Die Ana hat die Augen nicht von ihren ernsten Gesichtern nehmen können, die klar gewesen sind und ohne Zweifel. Sie hat nicht gewusst, ob die beiden verstanden haben, was das alles bedeutet hat. Ob sie verstanden haben, was es geheißen hat, weg sein von allem, so alleine sein wie man nur sein hat können auf dieser Welt – die Ana hat ihren Blick abgewendet, hat durchs Fenster in die Landschaft hineingeschaut, die blau gewesen ist vom frühen Morgen. Sie hat die Weite unter sich gespürt. Die Zeit und das Ruckeln vom Zug und die Länder, die sie durchkreuzt haben, sind zu einer Einheit verschmolzen, die unter ihnen weggerollt ist, die sie hinübergeschoben hat in ein anderes Leben. Die Ana hat gemerkt, dass sie traurig gewesen ist. Nicht aus einem einzigen, einfachen Grund, den sie benennen hätte können. Es hat schlicht so viel gegeben, das man nicht ändern hat können, das so sein hat müssen, wie es gewesen ist, und das hat sie traurig gemacht.

Die Ana hat sich an den Abend erinnert, an die Nacht, bevor sie weggefahren sind. Da ist der Michel gewesen, der mit zitternden Händen den Namen von der Katica ausgebessert, das Alter vom Ferenc hinaufgesetzt, der Ana ein Affidavit geschrieben hat, das mit Kristóf Ribovics gezeichnet gewesen ist. Die Ana hat ihm versprochen, dass ihn keiner von ihnen mehr belästigen würde, nicht sie, nicht die Katica, nicht der Ferenc.

Wenn nur alles stimmen würde, was er da hineinschreibt, hat sie gesagt – der Michel hat genickt. Das Kerzenlicht hat Schatten gerissen auf seinem Gesicht, der Schrecken darin ist noch starr gewesen und frisch. Die Ana hat sich ein Reisebudget ausgebeten, in Dollar, hat sie gesagt, damit wir auch tatsächlich nicht mehr herübermüssen. Der Michel hat sie kaum angesehen, hat sich nicht zu widersprechen getraut. Er hat ihr das Geld ausgehändigt, ohne etwas zu sagen. Dann hat er sich wieder aufgesetzt. Er hat seine Arme links und rechts von sich auf die Tischplatte gelegt, und sie hat das Zittern gesehen, das durch seinen Körper gegangen ist. Er hat ein paar Mal tief Luft geholt, dann hat er weitergeschrieben und sich bemüht, dass er die kunstvoll geschwungenen Unterschriften auf dem Paper nicht verwischt.

Die Katica hat sich bewegt, fast hat die Ana geglaubt, sie wacht auf, aber sie hat sich nur noch enger an die Schulter vom Ferenc geschmiegt. Die Ana hat nicht gewusst, ob sie verstanden haben, wieso sie da gewesen ist, sie, die Ana. Wieso sie mitgekommen ist mit ihnen. Vielleicht würden sie es mit der Zeit verstehen. Die Welt hat sich durch diese Reise in zwei Hälften geteilt, die Eisenbahnschienen sind geradewegs durchgefahren durch alles, was sie gekannt haben, und haben die Welt zerschnitten in ein Davor und ein Danach. Sie hätte nicht bleiben können, selbst wenn sie wollen hätte. Sie hätte in der Vergangenheit gewohnt, und dort hat sie nicht bleiben wollen. Die Ana hat gespürt, wie die Eisenbahn immer weitergefahren ist, immer weiter, und dabei mitten durch ihr Herz hindurch.

Die Müdigkeit hat die Ana unruhig gemacht, sie hat nicht gewusst, ob sie schon am Ziel gewesen sind oder nicht. Der Bahnsteig ist voll gewesen mit Leuten wie ihnen, Truhen, Koffer, eingerollte Matratzen. Ein Herr mit Zylinderhut hat auf eine Frau eingeredet, die ein Kind im Arm getragen hat. Ein Schifffahrtsagent hat einen gutmütigen alten Juden bedrängt, der verzweifelte Blicke in alle Richtungen geworfen hat. Ein Trageburssche hat ihre Truhe ergreifen wollen, aber die Ana ist ihm dreingefahren, grob, wie sie sonst nie gewesen ist. Die Katica hat ausgesehen, als würde sie gleich zu weinen anfangen. Sie ist auf der Truhe zusammengesunken, hat den Kopf in ihre Hände gelegt. Der Ferenc hat sich weggedreht. Die Ana hat beide angesehen, hat überlegt, ob sie etwas sagen hat sollen, aber dann hat sie doch nur geschwiegen. Sie hat sich bis zu einem Schaffner vorgekämpft. »Ballinstadt«, hat der gesagt, ohne sie anzusehen, und mit einer unwirschen Handbewegung auf einen anderen Bahnsteig gedeutet. Dann hat er ihr den Rücken zugewendet.

Die Ana hat lange nicht verstanden, was genau sie Ballinstadt genannt haben. Die große Abfertigungshalle, zu der man sie mit dem nächsten Zug gebracht hat? Den reinen oder den unreinen Bereich? Die Schlafräume? Die medizinischen Untersuchungen? In langen Reihen sind sie dagestanden und haben gewartet. Jetzt, im Nachhinein, ist ihr vorgekommen, als ob die ganze Reise nichts anderes gewesen ist als ein einziges großes Warten. »Mein Feld ist die Welt« ist über ihnen geschwebt, in dicken Buchstaben am Kopfende der Halle, dort, wo man es nicht übersehen hat können. Es muss ein großes Feld gewesen sein, hat sich die Ana gedacht, wie sie den Schriftzug zum ersten Mal gelesen hat, und wer es wohl gewesen ist, der geglaubt hat, dass es ihm gehört? Eine Woche lang sind sie dort geblieben, man hat sie gereinigt, in großen, seltsamen Duschen, hat sie immer wieder untersucht, ist ihnen mit metallischen Instrumenten in die Augen gefahren, hat ihnen von den Fragen erzählt, die man ihnen im Amerika stellen würde und was sie darauf antworten müssten. Die Ana hat nicht verstanden, was vor sich gegangen ist, man hat sie immer wieder überrumpelt. Jeden Tag ist etwas Neues zu erledigen gewesen, und immer wieder hat sie das gemacht, was nötig gewesen ist. Sie hat sich bemüht, den Ferenc und die Katica zu beruhigen. Sie haben sich gestritten, und wenn sie sich nicht gestritten haben, dann haben sie ihr Fragen gestellt, die sie nicht beantworten hat können. Wie sie endlich abfahren haben dürfen, hat man sie zu Fuß auf den Weg geschickt. Sie sind einen langen Fluss entlanggegangen oder einen Kanal. Niemand hat gewusst, wo sie hingehen. Das Gepäck haben sie selbst getragen, es hat viel zu wenige Wagen gegeben dafür. Nach einer Stunde haben sie ein Schiff gesehen, ein kleines, das nicht so ausgesehen hat wie die Dampfer auf den Werbeplakaten im Lager. Es ist klein gewesen und alt. Eine junge Frau, die vor der Ana gegangen ist, hat ihren Liebsten angestoßen. »Das ist es?«, hat sie gesagt, »damit sollen wir nach Amerika?« Der Bursche hat den Kopf geschüttelt. »Das doch nicht. Mit dem Ding werden wir nur zum Schiff gebracht.« »Mit dem Schiff zum Schiff?«, hat sie erwidert, »aber ist das nicht das Meer?« Der junge Mann hat gelacht und das Mädchen neben ihm mit blitzenden Augen angeschaut. »Das soll das Meer sein?«, hat er gesagt, »mein lieber Schatz, das ist bloß die Elbe.«

4.

Der Feri ist an Deck gestanden und hat in den Nebel hineingeschaut, der immer am Horizont gehangen ist, die ganze Überfahrt lang. Sie haben nur zu gewissen Zeiten an Deck gehen dürfen – vielleicht sind das die Zeiten gewesen, zu denen die Passagiere der ersten und der zweiten Klasse Abend gegessen haben oder ihren Nachmittagstee eingenommen haben oder sonst etwas getan haben, was Passagieren der ersten und der zweiten Klasse angemessen gewesen ist. Der Feri hat nicht gewusst, was man so tut als Passagier der ersten und der zweiten Klasse und wer diese Menschen gewesen sind. Dass sie da gewesen sind, hat er gewusst, und dennoch hat er die ganze Reise über keinen von ihnen zu Gesicht bekommen.

Die Katica ist einmal ausgebrochen aus dem Zwischendeck. Irgendwie hat sie es bis in den Speisesaal von der ersten Klasse geschafft, das hat sie dem Feri danach erzählt. Man hat sie schnell entdeckt, ein Schiffsbediensteter hat sie so fest am Handgelenk gepackt, dass es ihr wehgetan hat. Er hat sie hinter sich durch den ganzen Schiffsbauch gezogen. Er ist so schnell gegangen, dass sie fast nicht mitgekommen wäre. Wenn das noch einmal passieren würde, dann würde sie nicht mehr so einfach davonkommen, hat er gesagt. Und dass er nur Mitleid mit ihr gehabt habe, weil sie ein Kind in sich trage. Er hat sie angeschaut, als ob sie Ungeziefer gewesen wäre, das hat die Katica dem Feri nachher mit einer gewissen Entrüstung erzählt. Und bevor er sich umgedreht hat und wieder auf den oberen Decks verschwunden ist, hat er noch ausgespuckt vor ihr.

Der Feri hat die Katica in letzter Zeit nicht gut ausgehalten. Er ist ungeduldig geworden mit ihr und manchmal unwirsch, das hat er selbst gemerkt. Aber was hat er denn tun sollen? Was hat er denn tun sollen dagegen, dass sie in einem Schlafsaal mit weißichwievielen anderen Leuten gelegen sind? Dass sie grausliches Essen bekommen haben? Dass man sie versteckt hat hier unten, wo kein Sonnenstrahl heruntergeleuchtet hat, wo das Schiff so stark geschwankt hat, dass man die Tische und Bänke im Boden verschrauben hat müssen, damit sie nicht umfallen? Ihm hat es ja auch nicht gefallen, er ist ja auch nicht gern in der dritten Klasse gefahren, aber man hat die Umstände halt auch nicht ändern können. Einmal hat das die Katica verstanden, und am nächsten Tag hat sie wieder darüber getobt; einmal hat sie einen grundlosen Streit mit ihm angefangen, dann hat sie sich an ihn geschmiegt, als ob es kein Morgen gäbe. Der Feri hat sich gesagt, das ist das Kind in ihr drinnen, das macht sie verrückt, und dass man sie nicht auf Reisen schicken sollte als Schwangere. Er hat sich das immer wieder gesagt, und trotzdem hat er gespürt, wie sehr sie ihn gestört hat, wie lästig ihm ihre Launen geworden sind, bis er sich immer mehr gefreut hat auf die Zeit, die er alleine gewesen ist.

Manchmal ist das Wasser grau gewesen und manchmal blau, manchmal ist es voller weißer Gischt gewesen, die aufgebraust und gleich wieder in sich zusammengefallen ist. An anderen Tagen ist es glatt gewesen wie ein trüber Spiegel, nur kleine, zarte Wellen, dünne Falten in einem teuren Stoff. Der Feri ist an Deck gestanden und hat sich ans Geländer gelehnt. Er hat sich so weit darüber hinausgebeugt, wie es nur gegangen ist. Sosehr er sich auch bemüht hat, seine Augen haben den Punkt nicht gefunden, wo das Meer und der Himmel zusammengekommen sind. Es hat immer ausgesehen, als würde dort, ganz weit draußen, ein dicker Nebel liegen. Die beiden Hälften von der Welt, das Oben und das Unten, das Hier und das Dort, sind auf dem Meer nie zusammengekommen. Das hat er nicht verstanden. Zehn Tage lang sind sie genau in diesen Dunst hineingefahren, ohne dass sie ihn je erreicht hätten. Aber vielleicht, hat sich der Feri gedacht, vielleicht sind sie in gewissem Sinne doch schon drinnen gewesen. Vielleicht ist es nicht so sehr ein äußerer Nebel gewesen wie ein innerer, ein Gefühl, das auf sie zugekommen ist, das sie von allen Seiten her in großer Entfernung umzingelt hat. Vielleicht ist dieser immer gleich entfernte Nebel genau der Zustand gewesen, das Gefängnis, in dem sie sich jetzt befunden haben – ein andauerndes Hinfahren ohne Ankommen, eine Reise ohne Ende, ein einziges großes, verschwommenes Dazwischen.

5.

Die Ana weiß noch, wie sich das angefühlt hat, die Statue sehen, die so streng auf sie heruntergeschaut hat, hinter ihr das Land, das immer näher gekommen ist. Sie haben angelegt, am Ufer von New York, die Wolkenkratzer so nah, dass man die Hand ausstrecken hätte können nach ihnen, wenn man wollen hätte. Die Ana ist an Deck gestanden, hat gesehen, wie die feinen Leute direkt aufs Festland gegangen sind. Alle anderen sind noch nicht im Amerika gewesen, das hat sie gewusst. Es hat nur so ausgesehen. Die wenigen Schritte, die sie auf diesem Boden gegangen sind, sind keine wirklichen gewesen. Man hat ihnen den Weg auf ein kleineres Schiff gewiesen, das sie zu der Insel bringen würde. In den Gesichtern von den Menschen hat die Ana gesehen, dass sie alle gewusst haben, dass es noch die Möglichkeit gegeben hat – dass es sein hat können, dass sie nie ankommen im Amerika. Die Ana hat gesehen, wie weh das vielen von ihnen getan hat. Sie hat den Druck gespürt, die Anspannung, die in ihren Bewegungen gelegen ist, ihre Angst. Ihr selbst wäre es egal gewesen. Vielleicht wäre ihr das sogar lieber gewesen, man hätte sie gleich zurückgeschickt, insgeheim – so hat sie erst untersucht werden müssen wie ein Tier vor der Schlachtung, wie ein sieches Pferd, hier, in diesem seltsamen, betonierten Land.

Das Boot hat abgelegt. Mit stoischem Blick hat die Statue ihre Fackel in den Himmel gestreckt. Es hat ausgesehen, als ob sie die Wolken damit anzünden hat wollen. Die Ana hat sie betrachtet, während das Schiff verstohlen an ihr vorbeigeschaukelt ist, in größerer Entfernung als vorhin, als ob es sich ducken müsste vor ihr. Die Statue hat sie nicht angesehen, ihre starren Augen sind ohne Ausdruck gewesen. Die Ana hat nichts Einladendes in ihrem Gesicht entdeckt, nur diesen unterdrückten Ärger, die stählerne Flamme in ihrer metallischen Hand.

Das Schiff hat angelegt, vor ihnen ein riesiges Backsteingebäude in Rot und Weiß. Es hat ausgesehen wie eine Kaserne ohne Soldaten, dafür mit viel zu vielen Zivilisten. Als ob irgendwo ein unsichtbares Schlachtfeld wäre und alle, die überlebt hätten, hierhergeschafft worden wären. Man hat sie ordnen müssen. Offizielle haben sie hineingewunken, haben einander auf Englisch Dinge zugeschrien, Rufe, die vielleicht sogar ihnen gegolten haben. Die Offiziellen haben angestrengt ausgesehen, gehetzt, als hätte man sie zu Viehhirten gemacht, die sie nicht sein haben wollen. Die Ana hat die Katica am Arm gefasst, sanft, hat versucht, ihren Blick aufzufangen. Die Katica ist schwach gewesen und blass. Das muss wohl das Kind gewesen sein, das an ihr gezehrt hat, hat sich die Ana gedacht. Am Schiff ist sie ihr zwei Mal umgefallen, ganz ohne Grund und ohne dass man es kommen hätte sehen. Die Ana hat sie jedes Mal wieder aufgepäppelt. Wie sie an ihm vorbei die Treppen hinaufgestiegen sind, hat ein junger Mann in Doktorenbrillen der Katica ein paar Zeichen auf den Mantel gemalt, *Pg*, in weißer Kreide. Die Katica hat es nicht einmal gemerkt. *Pg*, hat die Ana gedacht, *Poglej*, Schau, und dass dieser junge amerikanische Arzt sicher kein Kroatisch können hat. »Ein paar Stufen noch«, hat die Ana gesagt, »hodi, sestra.« Die Ana hat geschwitzt, sie hat das Gewicht von der Katica gehalten und die Katica das Gewicht von ihrem Kind – ein paar Stufen noch – dann hat die Ana den Blick gehoben.

In ihrer Brust ist es still geworden, ganz plötzlich. Die Halle ist groß und weit gewesen wie der Himmel und nach allen Richtungen hin voll von Menschen. So einen großen Raum hat die Ana noch nie gesehen. Ein einzelner Raum, der so groß gewesen ist wie dieser hier – es ist laut gewesen und stickig, die Menschen sind an den Schwestern angebrandet wie eine träge Welle, die nicht aufgehört hat, nach vorne zu drängen. Trotzdem hat die Ana das Gefühl gehabt, sie steht in einer Kirche. Es ist eine große, amerikanische Kirche gewesen, das hat sie mit einem Mal verstanden. Hier sind wichtige und heilige Dinge passiert, eine seltsame Wandlung, man hat sie eingetaucht in eine große Suppe voller wichtiger Dokumente und Zahlen, damit endlich Amerikaner geworden sind aus ihnen oder zumindest Anwesende, Eingewanderte aus Einwanderern, Wein aus Wasser. Dort, wo bei ihnen im Dorf der gekreuzigte Christus gehangen ist, hat sich eine riesige Fahne gespannt, die an der Kopfseite fast den ganzen Raum eingenommen hat. Die Streifen und Sterne darauf sind zurechtgestutzt gewesen, in Reih und Glied sind sie nebeneinandergelegen, jemand hat sie angebracht auf diesem großen Stück Stoff, als hätte er sie vorher katalogisiert und verzeichnet und geordnet und sortiert. Es sind amerikanische Sterne gewesen und amerikanische Streifen, ein jeder von ihnen hat eine Nummer gehabt und einen genauen Platz, die Grenzen zwischen ihnen sind scharf gezogen gewesen, in rotem, weißem, blauem Stoff. Die Ana hat sie betrachtet – alles hat sich hingewendet auf das große Procedere, das Amerika gewesen ist, sein Heiligtum ist in einer Kolonne von menschlichen Zahlen gelegen, und die Messe, die gelesen worden ist, sind sie selbst gewesen. Da hat die Ana zum ersten Mal Amerika gesehen. Dieses Amerika ist über allem gehangen, was sie hier erlebt hat, über dem Guten wie dem Schlechten. Es hat ihr zum ersten Mal aus dieser übermenschlichen Fahne entgegengeleuchtet, aus dieser geordneten, strammen Fahne, die jedem ihre Stärke entgegengeschrien hat, so groß und unwiderlegbar, dass es ihr für einen stillen, einsamen Moment in dieser großen Menge von Leuten die Sprache verschlagen hat.

Man hat sie untersucht, mehrmals, dieselben Untersuchungen wie in der Ballinstadt. Ausziehen hat sie sich müssen, und wieder dieses hässliche Metall in ihrem Auge. Man hat die Katica weggeführt in einen anderen Raum. Sie hat sich nach der Ana umgedreht. Da ist eine Angst in ihren Augen gewesen, wie sie Ana nicht gekannt hat von ihr. Nach einer halben Stunde hat man sie wieder herausgelassen. »Wegen dem Kind ist es gewesen«, hat die Katica gesagt. Die Ana hat nicht nachgefragt.

Die Ana weiß nicht, wie lang das alles gedauert hat. Die Erinnerung ist in die einzelnen Stationen zerfallen, eine Prüfung nach der anderen, ein Kreuzweg aus Fragen und Zetteln und seltsamen Instrumenten, und dann, endlich, die Erlösung. Plötzlich ist die Ana vor einem Pult gestanden und hat dieselben Fragen wie in der Ballinstadt gehört. Der Übersetzer hat Deutsch gesprochen mit ihr. Wie sie heißt, wo sie herkommt, ob sie jemanden hat, der sie hier unterhält, ob sie einen Arbeitsvertrag hat, ob sie im Irrenhaus, ob sie Anarchistin – die Ana hat alle Antworten auswendig gelernt. Sie ist so müde gewesen, dass sie sich keine Sorgen gemacht hat, nicht über die Dokumente, nicht über ihre Antworten, nicht über das, was noch zugekommen ist auf sie. Sie hat einfach gesprochen. Und dann ist es vorbei gewesen.

Dasselbe kleine Schiff, das sie hingebracht hat, hat sie auch wieder zurückgebracht. Sie sind durch die große Maschine durchgegangen und am anderen Ende wieder herausgekommen, geordnet in Streifen und Sterne, in Rot und Weiß und Blau. Im Amerika sind sie herausgekommen, obwohl nur Wasser gewesen ist um sie herum. Der Ana hat sich die Welt aufgelöst vor ihrem Blick, etwas ist anders gewesen, etwas Kleines, aber Entscheidendes. Das Wasser, auf dem sie zurückgekehrt sind, ist nicht dasselbe gewesen, wie das, durch das sie hingefahren sind. Wie zuerst der Boden am Festland falsch gewesen ist und nicht wirklich, so hätte man nun auf diesem Wasser gehen können, wenn man wollen hätte, steinhart wäre es gewesen, amerikanisch, bestimmt wäre man aufgeschlagen auf diesen Wellen, wenn man hineingesprungen wäre –

Die Wolkenkratzer von New York sind jetzt in dichtem grauem Nebel gestanden. Sie haben dreckig ausgesehen, und auch wenn sie die Hand danach hätte ausstrecken können, so hätte die Ana sie nicht anfassen mögen. Sie hat nicht verstanden, was mit ihnen passiert ist. Was passiert ist mit der Welt, die sich aufgerieben hat auf dieser Reise, die in eckige, laute, unbekannte Formen zerfallen ist. In Schmutz und in Lärm. Sie hat der Katica aus dem Boot geholfen, da ist der Feri gestanden, ihre Truhe, alles ist da gewesen, alles hat sie sicher hergebracht. Die Ana hat den Boden gespürt, der sich so fest angefühlt hat unter ihren Füßen. Sie hat ihm nicht getraut. Sie hat sich hingesetzt, hat das Gesicht in ihre Hände gelegt, vorsichtig, hat getastet, ob es noch das ihre gewesen ist. Einen Moment hat sie innegehalten. Und dann hat sie zu weinen begonnen, mit großen, zitternden Schluchzern, bis ihr der Hals wehgetan hat von der harten amerikanischen Luft.

6.

Sie sind die Straße hinuntergegangen, links und rechts von ihnen die Einfamilienhäuser, die der Feri mittlerweile so gut gekannt hat. Die Ana und er haben die Truhe getragen, jeder von ihnen an einem Ende. Die Katica ist neben ihnen hergegangen, eine Hand auf ihrem Bauch, ihr Gesicht voller unterdrückter Anstrengung. Es ist früher Morgen gewesen. Die Ana hat darauf bestanden, dass sie noch eine Nacht in der Stadt verbringen, wegen der Katica. In der Nähe vom Bahnhof hat es ein heruntergekommenes Gasthaus gegeben, dort haben sie geschlafen, nachdem sie fast einen Tag lang im Zug gesessen sind. Der Feri ist ganz betäubt gewesen von der Reise, und wenn man ihn gefragt hätte, was er gesehen hat auf der Fahrt von New York nach Chikago, dann hätte er geantwortet: Nichts. Der Feri hat das Gefühl gehabt, dass seine Augen zugemacht haben, obwohl sie offen gestanden sind, dass nicht ein Bild, nicht eine Erinnerung mehr in ihn hineingepasst hat. Der Feri ist nicht angekommen, er ist bloß am Ende gewesen, und dieser Ort hat nicht so ausgesehen, wie er ihn sich vorgestellt hat. Er hat auf den Zettel in seinen Händen geschaut. Eine andere Möglichkeit hat es nicht gegeben, und so hat er hoffen müssen, dass die Adresse gestimmt hat, die seine Eltern ihm mitgegeben haben.

Das Haus ist blau gewesen, irgendwann einmal, mit einem weiß gestrichenen Giebel. Jetzt ist über der ganzen Fassade Staub gelegen, eine fettige, unversehrte Hülle aus Dreck. Die Ana und die Katica sind vor dem Gartentor stehen geblieben. In nichts hat sich dieses Haus unterschieden von seinen Nachbarn – außer in der Farbe, die unterm Staub schwach durchgeschimmert hat. Das Gartentor hat gequietscht, der ganze Zaun hat unter den Händen vom Feri geschwankt. Und wenn er sich geirrt hat? Wenn sie jetzt dastehen würden ohne ein Dach über dem Kopf, ohne Hilfe? Er hat den Blick von den Schwestern in seinem Rücken gespürt. Er ist weitergegangen, mit vorsichtigen Schritten, jede Minute hat er erwartet, dass ihm jemand entgegenschreit, dass ein Hund zu bellen anfängt, dass ein Kind –

Die Frau, die ihm geöffnet hat, ist jung gewesen, aber doch nicht mehr ganz so jung. Sie muss im Alter vom Kristóf gewesen sein. Ihre Augen sind blau gewesen und schön. Der Feri hat sie nicht gekannt. In ihrem Blick ist eine gewisse Ungeduld gelegen, sie hat ihn angeschaut und gewartet, dass er spricht. Der Feri hat nichts herausgebracht, er ist sich unerwünscht vorgekommen, ein Bittsteller im Vorgarten von einer fremden Frau – »Entschuldigung«, hat der Feri schließlich gesagt, »wohnt hier ein Kristóf Ribovics?« Die Frau hat die Stirn gerunzelt, hat die Tür gerade so viel weiter aufgemacht, dass er ihren Körper sehen hat können. Sie ist in der Hoffnung gewesen, wie die Katica. Die Frau hat ihre Hände vor der Brust verschränkt. »Und wer bist du?«, hat sie gefragt. Der Feri hat sich umgedreht. Die Ana hat ihm zugenickt. »Ich bin sein Bruder«, hat er gemurmelt und sich wieder zu der Frau hingedreht. Sie hat ihn noch einen Moment lang streng angeschaut, dann hat sich ihr Gesicht gelöst. »Dann musst du der Franz sein«, hat sie gesagt. »Ähnlich schauen tust ihm ja, also werd ich dir glauben.« Die Frau hat gelächelt und dem Feri die Hand entgegengestreckt. »Ich bin die Maria.« Der Feri hat ihre Hand geschüttelt und genickt. »Hast du eine gute Reise gehabt? Der Kristóf hat gar nicht erwähnt, dass du kommst.« »Es ist dann doch alles ein bisschen schnell gegangen«, hat der Feri gesagt. Er ist stehen geblieben und hat mit dem Papier in seinen Händen gespielt. Die Frau hat ihn angeschaut, dann hat sie gelacht. »Nur nicht so schüchtern«, hat sie gesagt, »komm ruhig herein.« Der Feri hat sich geräuspert. »Ich bin nicht alleine. Ich bin hier mit meiner Frau«, hat er gesagt, und auf die Schwestern gedeutet, die vorm Gartentor gestanden sind, »das ist die Katarina und die Ana, ihre Schwester.« Die Maria ist aus der Tür getreten, hat die beiden Frauen betrachtet. »Die Katarina und die Ana«, hat sie gesagt, »so so.« Sie hat eine kurze Pause gelassen, und dann hat sie mit einem lustigen Blitzen in den Augen gesagt, »Und welche von den beiden ist jetzt deine Frau?«

Der Feri hat die Maria gemocht. Sie hat immer gelacht und gescherzt, da ist eine Fröhlichkeit in ihr gewesen, die er nötiger gebraucht hat als alles andere. Er hat ihre Gegenwart aufgesaugt wie trockene Erde das Wasser. Die Maria hat den Kristóf kennengelernt bei einem Tanzabend, den die Deutschsprachigen hier veranstaltet haben. Es hat viele von ihnen gegeben, vor allem in diesem Viertel. Sie ist selbst aus Deutsch-Westungarn gewesen, aus einem Dorf unten bei Güssing. Die Maria hat gelacht wie ein ganz junges Mädchen, wie sie von dem Tanzabend erzählt hat. »Das ist eine lustige Angelegenheit gewesen«, hat sie gesagt und ihren vollen Bauch getätschelt, »und bald darauf haben wir geheiratet. Wie das halt so ist.« Die Maria hat die Katica angelacht, und der Feri hat gemerkt, wie die Katica zurückgezwinkert hat. Da ist ein Lächeln auf ihrem Gesicht gelegen, das der Feri schon lange nicht mehr dort gesehen hat. Die Katica ist langsam aufgetaut, wie die Maria mit ihr geredet hat, und dem Feri ist aufgefallen, dass sie ihr Lachen und ihre Freude mindestens so sehr gebraucht hat wie er selbst.

Am Abend ist der Kristóf heimgekommen. Er hat nicht viel geredet, so wie er noch nie viel geredet hat, aber der Feri hat gesehen, dass er sich gefreut hat. Der Abend ist lang geworden. Sie sind am Tisch zusammengesessen und haben sich unterhalten. Der Kristóf hat ein paar Fragen nach zu Hause gestellt, aber meistens hat die Maria gesprochen. Mit glühenden Wangen hat sie erzählt, dass der Kristóf Vorarbeiter geworden ist bei der Eisenbahn, und dass es nicht selbstverständlich ist, dass die Frau zu Hause bleiben kann, wenn sie in der Hoffnung ist; dass andere Mütter sich abschuften müssen in den Fabriken. Der Kristóf ist ein Mann, wie sie noch keinen gesehen hat, hat sie gesagt, so fleißig und streng zu sich selbst, jeden Tag arbeitet er von früh bis spät, nicht für sich, sondern für die Seinen. Sie hat seine Hand ergriffen, wie sie gesprochen hat, dann wieder ist sie so aufgeregt gewesen, dass sie beide Hände gebraucht hat zum Gestikulieren. Vielleicht, hat sie gesagt, würden sie ihn bald wieder befördern. Was das für ein Glück gewesen ist, dass sie so einen guten Mann gefunden hat, hat sie gesagt, in ihrem Alter – sie hat gelacht –, und dass sie es manchmal gar nicht glauben kann. Der Feri hat den Stolz in ihren Augen gesehen, wenn sie den Kristóf angeschaut hat. Er hat gesehen, wie der Kristóf gewachsen ist unter ihrem Blick, obwohl er seine Miene unbewegt gehalten hat wie immer. In diesem Moment hat der Feri verstanden, was dieser Blick bedeutet hat für den Kristóf, und dass es dieser Blick gewesen ist, der ihn erst richtig zum Mann gemacht hat. Er hat sich nichts mehr gewünscht, als dass die Katica ihn auch so ansieht, mit so einem Leuchten im Gesicht, und er hat sich ganz fest vorgenommen, dass er sie nicht enttäuscht. Er hat sie nicht enttäuschen dürfen, schon um seiner selbst willen, das hat er sich geschworen, und dass er alles unternehmen würde für diesen Blick.

Wie sich der Feri hingelegt hat in dieser Nacht und das Mondlicht beim Fenster hereinkommen sehen hat, da hat ihn eine

Gewissheit erfüllt, so dicht und schwer, dass er sie fast greifen hat können. Er hat gewusst, dass alles gut ausgehen würde für sie. Er hat es gewusst. Der Feri hat seinen Arm nach der Katarina ausgestreckt, hat sie ganz dicht an seinen Körper herangezogen. Sie hat in seine Brust hineingeseufzt, mit geschlossenen Augen hat sie einen Knopf an seinem Hemd gelöst, ihre Wange sanft an seiner Haut gerieben. Er hat gesehen, dass sie das Gleiche gedacht hat wie er, dass der Traum weitergegangen ist hinter ihren Lidern. Wie er sie so betrachtet hat, ist dieses Gefühl gewachsen in seiner Brust, hat so stark von drinnen an ihn gedrückt, dass er es fast nicht mehr ausgehalten hat. Der Feri hat seine Nase nahe an ihren Kopf geschoben. Er hat ihren vertrauten Geruch eingeatmet, hat die Augen zugemacht, seine Wimpern an ihrem Haar. Der Feri hat alles ganz genau gesehen. In einem halben Jahr wären sie richtige Amerikaner, mit Haus und allem, was man sich nur wünschen hat können. Er würde Geld verdienen, würde ihnen das Leben ermöglichen, das sie sich gewünscht haben. Dann könnte ihn die Katica genauso ansehen wie den Kristóf die Maria. Dann wäre dieser Blick in ihrem Gesicht, dieser Blick, der der eigentliche Grund gewesen ist für alles und den er jetzt erst richtig verstanden hat.

7.

Die Ana hat das Gartentor geöffnet, ist von der Straße auf den löchrigen Rasen getreten. Es ist finster gewesen, die müden Straßenlaternen haben nur schwach in die Nacht hineingeleuchtet. Bei jedem Schritt hat sie ihre Beine gespürt, die schwer gewesen sind vom langen Stehen. Die Hände haben sich ihr zusammengekrampft, immer wieder dieselbe Bewegung an den Metalldosen, die den ganzen Tag in einem stetigen Strom an ihr vorübergezogen sind. Sie ist zur Tür getreten, hat geklopft. Die Polin hat geöffnet, hat ihr den Buben hingestreckt. Die Ana hat ihn vorsichtig an sich genommen. Der Bub hat geschlafen.

Die Ana ist die Treppe an der Außenwand hinaufgestiegen. Sie hat ihre Hand aufs Geländer gelegt, hat die Handballen gespürt, diese unbarmherzige Müdigkeit hat sie nicht gekannt, bevor sie hierhergekommen ist. Als hätten sie ihren eigenen Körper durch die Maschinen getrieben, die das Fleisch zerkleinert haben, das dann in die Metalldosen auf dem Fließband gepresst worden ist. Die Ana ist eingetreten. Es ist finster gewesen im Zimmer. Sie hat den Buben in sein Bettchen gelegt, hat die kleine Tuchent unter seinem Körper festgesteckt, dann hat sie Licht gemacht. Die Ana hat in die Stille hineingehört. Sie ist ein paar Schritte gegangen, hat durch die geöffnete Tür ins Nebenzimmer gespäht. Der Ferenc ist auf dem Bett gesessen und hat den Boden angestarrt. Er hat sich nicht bewegt. Die Ana hat die Augen geschlossen. Meistens hat sich die Traurigkeit gut versteckt, aber dann ist sie plötzlich da gewesen, ohne Vorwarnung, in ihrer ganzen abstoßenden Größe. Die

Erinnerungen sind ihr ekelhaft geworden, die Gegenwart und die Vergangenheit haben sie eingeschlossen in einem klebrigen Netz, aus dem sie sich nicht befreien hat können, jeder Tag ist wie von einer großen Maschine aus ihrem Leben gestanzt worden und ihr mit unerträglicher Geschwindigkeit um die Ohren geflogen. Die Ana hat die Tür geschlossen, sacht, ohne Geräusch. Der Ferenc hat nicht einmal aufgeschaut. Sie hat die Tiefe von diesem Gefühl nicht ergründen wollen. Die Ana hat gewusst, im nächsten Moment ist dieser Schmerz wieder weg, und die Müdigkeit, das endlose Weiterschieben in der Fabrik, der mechanische Fleischbrei würde wie eine Welle über alles drübergehen, was in ihr vorgegangen ist, und jede Erinnerung unter sich begraben.

Einmal ist die Ana ihn suchen gegangen. Das ist noch vor der Geburt vom Buben gewesen. Die Ana ist schon im Bett gelegen, wie sie Schritte gehört hat, die Tür zum Nebenraum, und dann ein sanftes Rütteln an ihrer Schulter. Sie hat die Augen aufgemacht. Die Katica. Ihr Bauch ist weggestanden, als ob er gar nicht mehr zu ihr dazugehört hätte. Man hat gesehen, dass ihr jede Bewegung Mühe gemacht hat. »Ča je, sestra?«, hat die Ana gefragt und sich auf einen Ellenbogen aufgestützt. Die Katica hat ihre Schwester angeschaut, die Augen groß und ängstlich. »Ja ne znam«, hat sie gesagt, »ich weiß nicht, wo er ist.« Sie hat eine Pause gemacht, ihre Stimme ist klein gewesen und fragil. »Wieso kommt er denn nicht nach Hause?«, hat sie gesagt, »Ana, zač ne dojde?« Die Ana hat sich aufgesetzt. Sie hat der Schwester bedeutet, dass sie sich neben sie setzen soll. Die Katica hat sich langsam niedergelassen. »Mach dir keine Sorgen«, hat die Ana gesagt, »der weiß schon selber, was er tut.« Sie hat sich unsicher angehört und gehofft, dass die Katica das nicht merkt. Die Ana hat ihre Schwester betrachtet, die dünnen Arme, wie schmächtig sie geworden ist. »Hab ich etwas falsch gemacht?«, hat die Katica gesagt, ihre Wangen sind feucht gewesen, ihr Blick gesenkt. »Nein«, hat die Ana gesagt und der Schwester über den Rücken gestrichen, »ti ništa nisi krivo učinila. Er kann halt nicht aus seiner Haut.«

Die Ana hat die Stille gespürt, das kleine Mädchen, das die Katica noch gewesen ist. »Soll ich ihn suchen gehen?«, hat sie gefragt, sanft und leise. Die Katica hat genickt. Sie hat die Ana nicht angesehen. »Geh wieder schlafen«, hat die Ana gesagt, »und mach dir keine Sorgen. Dobro?« Die Katica hat wieder genickt. Sie hat sich mit den Fingern die Tränen aus den Augen gewischt. Die Ana hat ihr aufgeholfen, dann ist sie mit kleinen, vorsichtigen Schritten ins Nebenzimmer gegangen. In der Tür hat sie sich umgedreht. Ihr altes Nachthemd ist vorne viel kürzer gewesen als hinten, wie eine Sesselhülle ist der dünne Stoff über ihren Bauch gehangen. Die Ana hat sie angeschaut, und mit einem Mal hat sie das Gefühl gehabt – »Hvala«, hat die Katica gesagt, sodass man es kaum hören hat können. »Ich wüsst nicht, was ich tun würde ohne dich.« Und wie sie ins Nebenzimmer hineingeschlichen ist, wie sie sich angehalten hat, am Türrahmen und am Bett, da ist es der Ana eingefallen. Die Gesten, die Bewegungen, die Blicke, alles hat gestimmt. Die Ana hat ihr nachgesehen, und in ihr drinnen ist eine Erinnerung größer geworden – die blasse Frau mit den wässrigen Augen – diese durchsichtige, freundliche Erscheinung neben dem Vater – das Gesicht, das in ihrer Erinnerung undeutlich gewesen ist wie ein verlaufenes Aquarell – die Ana hat das Bett gehört, die Tuchent ist hinaufgezogen worden, ein leiser Seufzer. Dann Stille. Und in ihr drinnen ist eine Angst hochgestiegen, ist aus dieser Erinnerung hervorgekrochen und mit ihr immer größer geworden, bis sie ihr fast die Luft zum Atmen genommen hat.

8.

Es ist so früh gewesen, dass er gar nicht klar denken hat können. Außer ihnen ist noch fast niemand auf der Straße gewesen. Wahrscheinlich hat der Kristóf so zeitig aufstehen müssen, weil er Vorarbeiter gewesen ist, weil er der Erste unter seinen Leuten sein hat müssen, weil er Verantwortung getragen hat. Sie sind weit gegangen, bis sie zu einem kleinen Gebäude gekommen sind, neben dem auf einer großen Fläche Schienen verlegt gewesen sind. Links und rechts von sich hat der Feri nur Schienen gesehen, unzählbar viele dünne Metallstreifen nebeneinander, und weit dahinter vereinzelte Häuser. »Wegen dem Fleisch«, hat der Kristóf gesagt, während er dem Blick vom Feri gefolgt ist, »so werden die Viecher hingebracht und das Fleisch wieder weggeführt.« Der Feri ist hinter ihm über vereinzelte Gleise gestolpert, bis hin zu dem kleinen Gebäude. Die Tür ist offen gestanden. Ein Mann ist drinnen gesessen, unordentliche Papierstapel vor ihm auf dem Tisch, einen Telefonhörer in der Hand. Er hat ausgesehen, als wäre ihm sehr heiß. Der Mann hat beim Sprechen gestikuliert. Der Kristóf hat dem Feri bedeutet, vor der Tür zu warten. Er hat seine Kappe in beide Hände genommen und ist eingetreten. Der Mann hat eine ungeduldige Bewegung in Richtung Kristóf gemacht und die Hand auf die Hörermuschel gelegt. Der Kristóf hat sich zu ihm vorgebeugt und leise mit ihm gesprochen. Der Mann hat einen kurzen, prüfenden Blick auf den Feri geworfen, dann hat er mit der gleichen ungeduldigen Handbewegung in seine Richtung gedeutet, hat genickt und den Telefonhörer wieder ans Ohr geklemmt. Der Kristóf ist herausgetreten. »Und?«, hat der Feri gefragt. Sein Bruder hat sich die Kappe wieder aufgesetzt. »Du kannst mit dem Trupp vom McCullough mitgehen. Der braucht noch Leute.« Der Kristóf hat die Hände in die Jackentaschen geschoben. »Kannst Englisch?«, hat er gefragt. Der Feri hat den Kopf geschüttelt. »Na, dann schau ihnen halt gut zu.« Der Kristóf hat sich verabschiedet und ist mit staksenden Schritten über die Gleise davongegangen. Hinter ihm ist der Morgen heraufgezogen. Der Feri hat ihm nachgesehen, seiner Gestalt, die sich gegen den immer heller werdenden Himmel scharfzackig abgehoben hat. In ihm drinnen ist die Aufregung größer geworden. Der Feri hat die Hände in die Jackentaschen gesteckt und den Kopf gesenkt, wie sein Bruder. Er hat die Füße gehoben, ist zwischen den Gleisen hin- und hergegangen, hat Kieselsteine weggetreten und ihr Klackern gehört. Der Feri hat gewartet, was passiert.

Wie der Feri am Abend nach Hause gekommen ist, ist er so böse gewesen, dass er kaum sprechen hat können, und er hat nicht einmal gewusst wieso. Ein junger Bursch ist in der Früh zu ihm hingelaufen und hat ihn abgeholt. Der Feri ist ihm nachgegangen, bis sie auf eine Gruppe Leute gestoßen sind, die Schotter aufgehäuft haben, damit man neue Gleise verlegen hat können. Ein älterer Mann ist auf den Feri zugekommen und hat ihm die Hand geschüttelt. Er hat ein paar Worte gesagt, die der Feri nicht verstanden hat. Dann hat er mit den Schultern gezuckt und stattdessen auf einen Wagen gedeutet, auf dem einige Schaufeln gelegen sind. Der Feri ist hingegangen und hat eine Schaufel ergriffen. Aus den Augenwinkeln hat er die Männer betrachtet, die neben ihm gearbeitet haben. Es sind nicht viele gewesen. Sie haben nett ausgesehen. Die Männer haben miteinander gesprochen, und der Ton hat ihm gesagt, dass es freundliche Scherze gewesen sind, gutmütige, beiläufige

Worte zwischen entfernten Bekannten. Der Feri hat gearbeitet wie ein Tier, und je länger der Tag gedauert hat, desto ärgerlicher ist er geworden. Ab und zu hat einer von den Männern ein Lachen losgelassen, und obwohl der Feri gewusst hat, dass es nicht ihm gegolten hat, hat es hämisch geklungen in seinen Ohren. Der Feri hat die Worte gehört, die sie einander zugerufen haben, seltsame Laute, die ihn ausgeschlossen haben von dem, was passiert. Er hat nichts davon verstanden. Am Abend hat er die Schaufel auf den Wagen zurückgeschmissen. Das spitze Aufschlagen vom Metall hat ihn irgendwie befriedigt. Ohne zu grüßen ist er weggegangen.

Am nächsten Tag hat sich das ganze Schauspiel wiederholt. Wieder diese stille Blase, wieder die lachenden Kollegen, die Gutmütigkeit, die ihn ganz weit hinausgedrängt hat. Gegen Ende der Woche hat der Feri sein Geld bekommen. Er hat nicht viel verstanden von Dollars, aber er hat gewusst, dass es recht wenig gewesen ist. Er hat der Ana beim Umziehen geholfen, sie sind aus dem Haus vom Kristóf und der Maria weggegangen, wo sie die letzten Tage über am Boden geschlafen und ihnen den Platz weggenommen haben. Die Maria hat ihnen die Dachkammer bei einer polnischen Familie vermittelt, so eine Dachkammer, wie sie die Maria und der Kristóf selbst untervermietet haben. Es ist nicht schön gewesen, aber es hat nichts anderes gegeben für sie. Der Feri und die Ana haben die Truhe ein paar Straßen weiter getragen bis zu dem Haus, das in derselben Siedlung gestanden ist wie das vom Bruder. Von da an hat er den Kristóf nicht mehr oft gesehen.

Die nächste Woche ist es dasselbe gewesen. Die Hände vom Feri sind voller Schwielen gewesen, der Rücken hat ihm wehgetan. Er ist schweigend zur Arbeit gegangen und schweigend nach Hause gekommen. In der Woche darauf haben sie die Schienen verlegt. Wie sie fertig gewesen sind, ist alles von vorne losgegangen, nur an einer anderen Stelle. Im Nachhinein hat der Feri gar nicht mehr sagen können wieso und was den Ausschlag gegeben hat, aber an einem Tag ist er nicht mehr zur Arbeit gegangen. Am Tag darauf auch nicht. Auch nicht am übernächsten. Der Feri ist in der Früh im Bett gelegen und hat die Decke angestarrt. Die Katica, die noch geschlafen hat, ihr leiser Atem neben ihm. Er hat sich nicht bewegen können. Die dünnen Spalten zwischen den Dachbalken sind klar vor ihm gelegen, aber alles andere ist ihm verschwommen. Die Schaufel, die er so lange gehalten hat, ist seiner Erinnerung entglitten, der Schotter unter seinen Sohlen, die beißende Kälte auf seinen Fingern. Was er gesehen hat, ist ihm wie ein bloßes Bild vorgekommen, wie die Erinnerung an eine Erinnerung, schwarzweiß gescheckte Bäume im Wald, das Glänzen von Metall, das ätzende Meerwasser um den Bug, das finstere Gesicht vom Kristóf und die schönen Augen von seiner Frau – alles ein Film, und er ein einfacher Statist. Was passiert ist, ist ohne jede Bedeutung für ihn gewesen, als wäre die Bedeutung in einem dicken Klumpen von den Dingen abgefallen. Manchmal hat er noch an den Gendarmen gedacht, an den Schnauzbart, die großen, runden Augen in der Dunkelheit – doch auch dieses Bild ist dünner geworden, wässriger, je mehr er versucht hat, sich daran zu erinnern. Obwohl er in den Wochen davor die Hände ausstrecken hätte können nach seinen Arbeitskollegen, die Stunde um Stunde neben ihm geschaufelt haben, ist ihm trotzdem vorgekommen, dass sie ungreifbar gewesen sind und schrecklich weit entfernt. Langsam, während er so geschaufelt hat, ist dem Feri bewusst geworden, wie dumm er gewesen ist. Wie wenig er nachgedacht hat über das, was ihn hier erwarten würde, was das überhaupt bedeutet hat, ein anderes Land, und niemanden kennen hier und nichts fassen können und nichts verstehen. Der Feri hat begonnen, sich zu schämen. Er hat eine

Reue gefühlt, die immer mehr geworden ist, die ihn angefüllt hat bis unter die Fingerspitzen. Es ist so viel davon da gewesen, dass sie ihm die Glieder gelähmt hat, und selbst wenn er wollen hätte, die Dachbalken, der Gendarm, der Michel damals im Wald, und überhaupt diese fremde Sprache, die alles unaussprechlich gemacht hat – er hätte nicht aufstehen können an diesem ersten Morgen, um nichts in der Welt.

Der Feri hat genau gesehen, wie ihn die Frauen betrachtet haben. Die Ana mit dieser unergründlichen Sorge, die er langsam zu hassen begonnen hat, und die Katica mit einer Ungeduld, mit einer nackten, unverhohlenen Ungeduld, die er ihr nicht verübeln hat können. Sie hat von ihm gefordert, was ihr zugestanden ist. Wenn ihm die Blicke von den Frauen zu viel geworden sind, dann ist er gegangen, und seine Lähmung ist zu einer eigenartigen Unruhe geworden. Der Feri ist sich fast sicher gewesen, dass sie gewusst haben, wohin er geht. Beim ersten Mal hat es ihm wehgetan, dass er die Ana um Geld bittet. Danach ist es immer leichter geworden. Sie hat es ihm nie verweigert. Der Feri ist sich vorgekommen wie ein kleines Kind, er hätte jemanden gebraucht, der ihm sagt, was er tun hat sollen, der ihm Dinge verbietet, der ihn an seinem Hemdkragen zurückreißt und laut mit ihm schimpft – aber wer ist er denn, wer sind die Frauen denn, dass sie ihm sagen müssen, was er tut? Es hat ihn krank gemacht zu sehen, wie sehr er die Katica enttäuscht hat. Er ist nicht der gewesen, den sie sich gewünscht hat, aber das hat er ja vorher selbst nicht gewusst. Er hat ja wirklich geglaubt, dass er es schafft, dass er stark genug ist, er hat sie hier genauso betrogen wie sich selbst –

Jetzt ist der Feri wie ein Fremdkörper in seinem eigenen Leben gestanden. Er hat sich selbst nicht mehr gekannt, die fremde Sprache hat ihn aus der Welt hinausgeschoben, alles ist ihm unwirklich vorgekommen und verrückt – die Straßenlaternen, das seltsame Haus am Rand von der Siedlung, das so verlassen ausgesehen hat, sein eigenes Gesicht, wie es sich in der dunklen Glasscheibe gespiegelt hat, an die er jeden Abend in einem ganz speziellen Rhythmus geklopft hat. Sein eigenes Gesicht in dieser Scheibe, ganz verzogen und verdrückt, voller dunkler Einschlüsse und Narben aus Glas – er hat es nicht gerne gemacht, und doch hat er sich anders nicht zu helfen gewusst. Jedes Eintreten ist ein neues Ende gewesen, jeder Abend hat ihn immer weiter weggezogen von dem Leben, das früher noch das seine gewesen ist und das jetzt unerreichbar weit in der Ferne gelegen ist. Ein leises Knacken, die Tür hat sich geöffnet, der Stiegenabgang vor ihm dumpf ausgeleuchtet, die Stiegen dreckig von vielen Paaren schwerer Schuhe – und doch ist er gegangen, jeden Abend, jede Nacht.

9.

Die Ana hat nicht gewusst, wo sie hingegangen ist. Sie hat die Tücher enger um ihren Leib geschlungen. Draußen ist ihr der Schnee bis zu den Knien gegangen, die Straßenlaternen haben matt in die fallenden Flocken hineingeleuchtet. Es ist noch nicht so spät gewesen, aber doch spät genug, dass niemand mehr auf der Straße gewesen ist. Die vielen Spuren sind schon fast zugedeckt gewesen, nur leichte, flache Mulden im Schnee. Sie hat nicht gewusst, wonach sie sucht, und so ist ihr nichts übrig geblieben, als durch die Siedlung zu irren, mitten in der Nacht, nur Schnee und dunkle Fenster um sie herum.

Zu Beginn ist es nicht so schlimm gewesen. Die Ana hat schnell Arbeit gefunden, und die Katica hat sich für sie gefreut. Aber wie dann der Ferenc zu Hause geblieben ist, wie er so ganz ohne Bewegung an die Decke gestarrt hat, da ist die Katica unruhig geworden. Sie hat begonnen, mit der Ana zu streiten, wenn sie am Abend nach Hause gekommen ist, und mitten unter einem Schwall von Vorwürfen ist sie dann in Tränen ausgebrochen. Der Ferenc ist wortlos an ihnen vorbeigegangen, die Katica weinend am Küchentisch, er hat die Tür geschlossen, ohne sie anzuschauen. Die Ana hat verstanden, dass es alles zu viel geworden ist für die zwei, aber es hätte eine andere Frau gebraucht als die Katica, um den Ferenc wieder aufzurichten, und es hätte einen anderen Mann gebraucht als den Ferenc, um ihrer Schwester eine Stütze zu sein. Manchmal ist sie nur dagesessen, wenn er gegangen ist, mit Tränen in den Augen, manchmal hat sie geschrien, in einem hysterischen Diskant: »Wieso tust du denn nichts? Wieso tust du denn nichts dagegen?« Die Ana hat immer geschwiegen. Überhaupt hat sie geschwiegen – unter den Anwürfen von der Katica, unter den verschlossenen Blicken vom Ferenc, vor dem Summen der Maschinen in der Fabrik hat sie geschwiegen. Wenn die Schwester im Nebenzimmer leise geweint hat, wenn der Ferenc mitten in der Nacht mit unsicheren Schritten nach Hause gekommen ist, hat sie geschwiegen. Die Ana hat zu alledem geschwiegen. Was hätte sie auch sagen sollen? Sie hat versucht, das Beste daraus zu machen, aus allem. Etwas anderes ist ihr nicht übrig geblieben.

Der Schnee unter ihren Sohlen hat leise geknirscht. Die Ana hat den Blick gehoben – sie hat nicht gewusst, wie sie hierhergekommen ist, ob es Zufall gewesen ist oder ihre Füße von selbst den Weg gefunden haben, aber sie ist vor dem Haus vom Kristóf und der Maria gestanden. Drinnen hat noch ein Licht gebrannt, und weil sie sich nicht anders zu helfen gewusst hat, hat sie geklopft. Der Kristóf hat aufgemacht, einen Arm hinter der Tür verborgen. Sie ist sich fast sicher gewesen, dass er etwas gehalten hat in dieser Hand, eine Waffe, vielleicht einen Hammer oder ein Stück Holz. Wie er die Ana gesehen hat, hat sich seine Haltung entspannt, aber sein Gesicht hat sich nicht gelöst. »Ich möchte gerne die Maria sprechen«, hat die Ana gesagt. Der Kristóf hat einen Moment gezögert, dann hat er die Maria gerufen. Sie ist zu ihrem Mann an die Tür getreten. »Alleine«, hat die Ana gesagt, »bitte.« Der Kristóf hat seine Frau angesehen, die hat ihm zugenickt. Sie hat die Tür hinter sich geschlossen, ist ein paar Schritte auf die Ana zugekommen. »Also?«, hat die Maria gesagt und gewartet. Die Ana hat lange gebraucht, bis sie gesprochen hat. »Weißt du, wo die Männer am Abend hingehen zum Trinken?«, hat sie gefragt. Die Maria hat sie angesehen. Sie hat langsam genickt.

»Ist es wegen dem Franz –«, hat sie angefangen, aber die Ana hat sie unterbrochen. »Ja«, hat sie gesagt, »Aber bitte frag mich nicht. Und bitte sag es nicht dem Kristóf. Er würde das nicht wollen.« Die Maria hat lange darüber nachgedacht, wie sie die Frage stellen hat sollen, die ihr so offensichtlich auf der Zunge gelegen ist. »Ist das schon öfter passiert«, hat die Maria schließlich gefragt, »dass er weggeblieben ist?« Die Ana hat genickt. Die Maria hat sie angesehen. Die Ana hat den Blick gesenkt gehalten, das sanfte Glitzern vom Schnee um ihre Schuhe. Die Maria hat begonnen, sich mit den Handflächen über die Oberarme zu reiben. Die Kälte ist durchdringend gewesen an diesem Abend und klar. »Kann ich euch irgendwie helfen –«, hat die Maria begonnen, aber die Ana hat den Kopf geschüttelt. »Vielen Dank. Nein. Nur wenn du mir bitte den Weg zeigen könntest –« Die Maria ist mit der Ana ans Gartentor gegangen und hat die Straße hinuntergezeigt. »Dorthin«, hat sie gesagt, »dann einmal links, bis du anstehst, dann rechts und wieder ans Ende von der Straße. Den Kristóf haben sie ein paar Mal mitgenommen, aber dem hat die Angelegenheit nicht gefallen. Jetzt geht er nicht mehr hin. Es ist ja hier nicht erlaubt, das Trinken, weißt du. Das Haus ist verfallen, hat er gesagt, und du sollst dich nicht wundern, wenn du kein Licht siehst, die Schank ist im Keller. Du musst klopfen, so« – die Maria hat es vorgemacht –, »dann lassen sie dich hinein.« Die Ana hat genickt. Sie hat durch das Gartentor auf die Straße treten wollen. Die Maria hat ihr die Hand auf die Schulter gelegt. »Wenn du Hilfe brauchst«, hat die Maria begonnen, aber sie hat den Satz nicht zu Ende gesprochen. Die Ana hat sie angesehen. »Danke«, hat sie gesagt, und sie hat es ernst gemeint. Die Ana hat sich nicht umgedreht, wie sie gegangen ist, jeder Schritt ein leises Rascheln im Schnee, aber sie hat gewusst, dass ihr die Maria nachgeschaut hat. Die Ana hat die Stelle, wo die Maria sie berührt hat, noch lange gespürt unter ihren Tüchern, und es ist ein schönes Gefühl gewesen, obwohl die Kälte schon längst wieder darüber hinweggezogen ist.

10.

Der Feri hat sich nicht gerne daran erinnert. Wie sie auf einmal im Schankraum gewesen ist, wie alle Männer um ihn herum die Ohren angelegt haben, und wie sie nur still vor ihm gestanden ist, während er sie beschimpft hat. Wie lächerlich er sich vorgekommen ist. Was sie hier tut, hat er geschrien, dass sie das nichts angeht, dass sie ihn in Ruhe lassen soll, dass er genau weiß, was sie sich ausgemacht hat mit dem Michel, damals, in dieser letzten Nacht, und dass er nie wieder nach Hause kann – sie hat geschwiegen. Am allermeisten hat ihn überrascht, dass er mit ihr mitgegangen ist, wie sie gesagt hat, ganz leise und ganz ruhig, »komm«, nur dieses eine Wort, sonst nichts. Es ist gewesen, als ob alle Spannung plötzlich draußen gewesen wäre aus ihm, gehorsam wie ein Hund hat er sich hinausführen lassen, die Stiegen hinauf, auf die Straße. Der Feri hat gespürt, dass er betrunken gewesen ist. Ihm ist elend zumute gewesen. »Wieso?«, hat er gesagt, wie er mit beiden Beinen im Schnee gestanden ist. Seine Stimme hat sich leise angehört und fremd. Die Ana hat ihn angeschaut. Ihr Tonfall ist ohne Vorwurf gewesen. »Du weißt wieso«, hat sie gesagt, »es ist die einzige Möglichkeit gewesen. Oder hast du dort bleiben wollen, einen Gerichtsprozess haben, dich anlegen mit ihm? Du hast wen umgebracht«, hat sie gesagt, »und auch wenn es nicht deine Schuld gewesen ist, so hätten sie deine Schuld daraus gemacht.« Der Feri hat geschwiegen. Er hat gewusst, dass sie recht gehabt hat mit allem. Und er hat sie gehasst dafür.

Sie haben nicht geredet beim Nachhausegehen. Er hat Mühe gehabt, dass er seine schweren Beine durch den Schnee bewegt.

Oben, an den Stufen, hat die Katica gewartet. Er hat gesehen, wie dankbar sie gewesen ist, dass die Schwester ihn zurückgebracht hat. Und wie die Katica ihn umarmt hat in dieser Nacht, wie sich ihr dicker Bauch an seine Seite gedrückt hat, da hat er sich gesagt, er hört damit auf. Er hört damit auf, gleich am nächsten Tag, er wird nicht mehr dorthin gehen, er fängt wieder an zu arbeiten, gleich am nächsten Tag. Drei Tage hat er durchgehalten, und dann ist er wieder dort gesessen. Von da an hat er nicht mehr viel gesprochen, weder mit der Katica noch mit der Ana. Wenn er gegangen ist, hat er den Blick gesenkt gehalten. Der Feri hätte nicht mit ihnen reden können, selbst wenn er wollen hätte. Er hat sich so geschämt, dass ihm die Worte gefehlt haben.

Es hat einen Tag gegeben, an den sich der Feri nicht gerne erinnert hat, an den er sich nur schwer erinnern hat können. Dieser Tag ist unförmig, vage in seinem Kopf dringelegen, so zerquetscht und verkeilt, dass er fast nicht drangekommen ist. Immer wenn er danach greifen hat wollen, ist er ihm entglitten, und doch ist das der Tag gewesen, wo sie – wo er – wo sich alles geändert hat. Und am meisten hat ihm wehgetan, dass er nicht einmal überrascht gewesen ist, wie dieser Tag gekommen ist.

Ihm ist vorgekommen, dass alles einer natürlichen Gesetzmäßigkeit gefolgt ist, einer Logik, die wehtun hat müssen. Der Frühling ist in der Welt um ihn gelegen, wie eine große Wolke hat er sich um den Feri herum ausgebreitet, ohne dass er ihn selbst betroffen hätte. Der Feri ist durch den gatschigen Vorgarten nach Hause gestapft, er hat wieder zu viel erwischt, alles verschwommen und verrutscht vor seinen Augen. Er ist die Treppe zum Haus hochgewankt, jeder Schritt eine Mühe. Ihm ist aufgefallen, dass da Licht gewesen ist im Fenster – und wie er näher gekommen ist, hat er Geräusche gehört, Rufe, Beschwörungen. Er hat die Tür aufgemacht, ist mit seinen dreckigen Schuhen mitten im Raum gestanden. Da hat er gesehen, das Licht ist aus dem Zimmer gekommen, in dem sie geschlafen haben, er und die Katica. Wieso ist da Licht gewesen? Wieso diese Laute? Er hat sich abgestützt, am Tisch, am Türrahmen, ist ins Zimmer getreten. Er hat die Katica nicht gesehen, aber sie muss dort gelegen sein – ihre Schwester ist neben dem Bett gesessen, über sie gebeugt. Sie hat sich aufgerichtet, wie er hereingetreten ist. »Du!«, hat sie gesagt, sie ist hochgefahren wie ein wildes Tier, »du!« Die Ana hat ihn angesehen, und der Feri hat geglaubt, gleich stürzt sie sich auf ihn, schlägt ihn zu Boden, tritt auf sein Gesicht – »Bleib bei ihr«, hat sie gesagt stattdessen, »und reiß dich zusammen.«

Sie ist an dem Feri vorbeigelaufen, ihre Schritte laut und unvorsichtig auf der Treppe vorm Haus. Der Feri ist zur Katica gegangen, nur ein paar Schritte – die Welt um ihn herum hat geschwankt. Der Boden unter seinen Füßen ist schief gelegen, alles unerhört, alles falsch. Er hat nicht verstanden, wieso sie so krank ausgesehen hat, wieso ihr Gesicht so seltsam verzogen gewesen ist – »Kati«, hat er gesagt, »Kati«, noch einmal lauter. Er hat sich ans Bett gesetzt, seine Hände sind nass gewesen und kalt vom Schweiß. Ihr Atem ist flach gegangen, schnell, als ob sie lange gelaufen wäre und das Ziel noch in weiter Ferne läge. »Kati«, hat er geflüstert, die Hand auf ihre Stirn gelegt, diese Hitze, auf ihre Wange, auf ihr Haar. Ihre Lider haben geflattert, sie hat still und unregelmäßig gezuckt, wie in einem hässlichen Traum. Er hätte ihr so gerne helfen wollen – der Feri hat den Alkohol in seinem Blut gespürt, er hat ihn sich weggewünscht, hat sich selbst weggewünscht, und ein derartiger Ekel ist in ihm hochgestiegen – »Hinaus«, hat er gehört, jemand hat ihn an der Schulter hochgerissen, aus der Tür gestoßen. Der Feri ist hinausgetaumelt, hat sich auf einen Sessel fallen lassen. Die Maria ist an ihm vorbei ins Zimmer gelaufen, eine Hand auf ihrem Bauch. Sie hat gekeucht, und hinter ihr eine fremde Frau mit einem großen Koffer in der Hand. »There she is«, hat er die Stimme von der Maria gehört. Jemand hat von innen die Tür zugeschlagen.

Der Feri hat nichts gespürt, nicht einmal sich selbst. Alles hat sich langsam aufgelöst vor seinen Augen, in seinen Ohren ein gewaltiges Rauschen. Er hat jemanden weinen gehört. Es ist nicht die Katica gewesen. Die Maria hat leise gesprochen durch die Wand hindurch, die fremde Frau, eindringlich, auf Englisch. Er hat nicht gewusst, was passiert, hat nichts verstanden, hat nicht gewusst, wie lange er dort gesessen ist. Die Tür ist aufgegangen, und die fremde Frau ist herausgekommen. Erst jetzt hat der Feri gesehen, dass ihr Gesicht alt gewesen ist und erschöpft. »I'm sorry«, hat sie gesagt, hinter sich ins Zimmer hinein. Dann hat sie die Tür geschlossen. Sie hat den Koffer enger gefasst, mit beiden Händen hat sie ihn an ihre Brust gepresst. Die Frau hat dem Feri zugenickt, und gleichzeitig hat sie durch ihn durchgeschaut, als hätte sie ihn nicht gesehen. Sie ist gegangen. Lange ist nichts passiert. Dann ist die Maria aus dem Nebenzimmer getreten, mit roten Augen und einem kleinen Bündel Stoff in ihrem Arm. Der Feri hat die Küchentücher entdeckt, einen Polsterbezug, ein Tuch, das die Ana sonst manchmal um die Schultern getragen hat, alles um das kleine Ding in ihrem Arm gewickelt. Die Maria hat dieses Bündel an sich gedrückt wie vorher die Frau den Koffer. Ihr eigener Bauch ist prall von ihr abgestanden, sie hat sich mühsam durchs Zimmer bewegt. Mit langsamen, schweren Schritten hat sie das Bündel in ihren Armen geküsst und gewiegt – »Wie geht es ihr?«, hat der Feri gefragt. Die Maria hat nur den Kopf geschüttelt und mit dem Kind gesprochen, leise, süße, traurige Worte. »Wie geht es der Katarina?«, hat der Feri wiederholt, lauter, wieso hat denn niemand mit ihm gesprochen, wieso hat ihn den niemand gesehen, was ist denn überhaupt passiert? Der Feri ist aufgestanden, seine Beine haben ihm nicht gehorcht, er hat sich am Tisch abstützen müssen. »Nicht«, hat er hinter sich gehört. Er hat sich zur Maria umgedreht, ihm ist übel geworden von dieser Bewegung. Sie hat ihre Augen nicht von dem Kind abgewendet. »Lass sie jetzt alleine«, hat die Maria gesagt, mit derselben verträumten Stimme, und der Feri hat eine leise Wut in sich hochsteigen gespürt. »Aber ich will sie sehen«, hat er gesagt, »ich will sie sehen, ich will wissen –« »Lass die Ana jetzt alleine«, hat die Maria gesagt, lauter. Der Feri hat innegehalten. »Wieso die Ana?«

Er hat die Maria angesehen, niemand hat ihn aufgehalten, niemand hätte ihn aufhalten können, wenn er wirklich in das Zimmer hätte wollen. Er hat ihren Blick gesucht, einen Grund für alles, was passiert ist, ein Zeichen. Mit dem Zeigefinger ist sie dem Kind über die Stirn gefahren, der Feri hat kaum sein Köpfchen ausmachen können in den Fetzen. »Sie will sich verabschieden«, hat die Maria gesagt und dem Kind einen Kuss gegeben, der kaum mehr als ein Hauch auf der Haut gewesen ist. Der Feri hat sie angeschaut, seine Augen haben sich auf nichts festgelegt, auf einmal ist die Welt um ihn herum zu groß geworden, unvollständig, Bruchstücke von etwas, das er nicht verstanden hat. Er hat sich hingesetzt. »Was soll das heißen, verabschieden?«, hat er gesagt, und seine Stimme ist neben ihm im Raum gestanden, die Worte undeutlich, der Alkohol darin. Die Maria hat nichts gesagt. Sie hat sich mit einem Seufzen auf das schmale Bett gesetzt, das der Ana gehört hat, das Köpfchen vom Kind vorsichtig in ihrer Hand – der Feri hat sie angesehen, und da hat er verstanden, das ist sein Kind gewesen, das sie da gehalten hat, sein eigenes Kind – und die Katica – Der Feri hat so oft nach der Erinnerung gesucht, aber sie ist weg gewesen, weg, als hätte man sie von ihm abgezogen, hinein in einen dichten Nebel. Der Feri hat es weinen gehört, ist er es selbst gewesen oder dieses Kind, dieses neue, fremde Kind, er hat es nicht gewusst. Über das Wort in seinem Kopf hat es laut drübergeweint, ein Jaulen, ein Japsen, ein Ziehen in der Luft, dass es ihm die Ohren verschlagen hat – verabschieden hat sie gesagt – und dann ist die Erinnerung vorbei gewesen. Mit einem kaum hörbaren Knacken hat sich der Raum aus den Angeln gehoben, alles ist gebrochen, das Holz, die Bretter, alles mitten durch den Feri hindurch, er hat sich selbst auseinanderfallen sehen, kaum ein Geräusch, wie er am Boden aufgeschlagen ist – ein Riss durch die Luft – und dann hat alles aufgehört.

11.

Die Ana hat die Hand vom Türknauf genommen. Sie ist ein paar Schritte zurückgetreten in den Raum, der noch finster gewesen ist. Der Feri im Nebenzimmer – sie hat den Mantel ausgezogen, hat sich im Dunklen Wasser ins Gesicht gespritzt, hat ihr Nachtgewand angelegt. Sie hat gewusst, was jetzt passieren würde. Die Ana ist die paar Schritte zu ihrem schmalen Bett gegangen. Sie hat dem Buben noch einmal über den Kopf gestreichelt, die weiche Haut, der Flaum an seinem Kopf, dann hat sie ihm seine kleine Haube aufgesetzt. Die Ana hat sich hingelegt. Sie hat die Augen geschlossen. Der halb volle Mond ist unschlüssig im Zimmer gehangen, aber hinter ihren Lidern eine große Dunkelheit. Die Ana hat gewartet, hat runtergezählt, kurz hat sie gehofft, dass es heute vielleicht anders kommen würde, dass heute der Tag sein würde, an dem er aufhören würde damit – dann hat sie ein Knacken im Nebenzimmer gehört, das Geräusch von einer Jacke, die jemand übergezogen hat, das leise metallische Klicken der Tür. Die Ana hat die Augen geöffnet, hat die Wand neben ihrem Bett angestarrt. Es hat doch keinen Sinn gemacht, zu hoffen, das hat sie gewusst, und wieso ist sie diese Hoffnung dann nicht losgeworden? Der Bub hat doch einen Vater gebraucht!

Sie hat seine Schritte gespürt. Er ist leise gegangen, dennoch bei jedem Auftreten diese kleine Erschütterung, von den Holzbrettern aus durch ihren Körper. Der Bub neben ihr hat sich in seinem Bettchen geregt – sie hat nur das Rascheln gehört, die Tuchent, die kleinen Kinderfüße, die in der Dunkelheit dagegengetreten haben. Die Schritte haben nicht innegehalten. Wie die von einem verlegenen Halbstarken haben sie sich durchs Zimmer gezogen, in einem unsteten Rhythmus, unentschlossen, holprig, als hätte man sie besser nicht gesetzt. Die Ana hat einen Luftzug gespürt. Eine dicke Scheibe Mondlicht, hell an der Wand neben ihrem Bett, nur ein paar Sekunden lang. Dann ist die Tür ins Schloss gefallen.

Die Ana hat sich gefreut, dass die Maria für sie da gewesen ist während dieser Zeit. Sie hat es ihr vielleicht nicht so oft gesagt, wie sie es sagen hätte sollen, aber sie ist ihr dankbar gewesen. Nach der Geburt vom Buben hat die Maria sie oft besucht, obwohl sie selbst in der Hoffnung gewesen ist. Später hat sie den Josip an ihrer Brust gesäugt, neben ihrem eigenen kleinen Mädchen. Die Maria hat ihn in ihre Arme genommen, mit einer Selbstverständlichkeit, die der Ana fremd gewesen ist. Sie selbst hat ihn immer gehalten, als ob er aus Porzellan gewesen wäre, hat Angst gehabt, dass sie ihn mit jedem noch so zarten Handgriff verletzt. Die Maria hat ihn an die Brust gelegt und er hat begonnen zu saugen, alles eine ununterbrochene, fließende Bewegung. Die Ana hat sie betrachtet, das glänzende Gesicht von der Maria, die zwei Säuglinge, die mit kleinen Händen nach ihren Brüsten getastet haben, die beschäftigte, volle Stille zwischen ihnen – sie hat sich weggedreht. Die Ana hat es nicht näher beschreiben können, aber sie hat das Gefühl gehabt, dass ihre Anwesenheit etwas gestört hat, etwas Heiliges, das sie nie ganz verstehen hat können. Und davor, vor dieser seltsamen Einheit, zu der sie nicht dazugehört hat, hat sie ihr Gesicht abgewendet.

Vor ein paar Wochen hat ihr die Maria einen Vorschlag gemacht. Sie ist zur Tür hereingekommen in ihrem dünnen Herbstmantel, die Wangen rot, das Kind in ihrem Arm in einem weißen Rüschenhäubchen, das sie selbst genäht hat. Die

Maria ist ganz aufgeregt gewesen. Sie hat von einer Stelle gehört, oben, in der Stadt, bei den reichen Leuten. Sie haben eine fleißige Person gesucht, die als Haushälterin arbeiten hat sollen. Deutsch hat sie sprechen müssen, aber die Maria hat nicht gewusst wieso – sie hat innegehalten. Das Kind hat versucht, sich die Haube vom Kopf zu ziehen. Die Maria hat sie ihm wieder gerichtet. Sie selbst hat die Stelle nicht annehmen können, wegen dem Kind und weil der Kristóf Vorarbeiter gewesen ist. Sie hätte umziehen müssen, hinauf in die Stadt, damit sie immer bei der Herrschaft sein hätte können, aber das ist eben nicht gegangen – das Kind in ihren Armen hat sein Gesicht verzogen, »sch!«, hat die Maria gesagt und die Haube aus seinen kleinen Händen gelöst, mit denen es die Rüschenborte umklammert hat. Aber wenn der Ana so etwas gefallen würde, dann könnte sie doch an ihrer statt die Stelle antreten.

Die Maria hat sie erwartungsvoll angesehen. Das Kind in ihren Armen hat mit seinen kurzen Beinchen in die Luft getreten. Die Ana hat sein ärgerliches kleines Gesicht angesehen. Sie hat doch auch den Buben zu versorgen gehabt, hat sie gesagt, sie hat doch nicht einfach wegziehen können, und dann der Feri – die Maria hat sich vorgebeugt und über das Kind drübergeredet, das nun zu weinen begonnen hat. Die Maria würde auf den Kleinen schauen, wenn das der Ana recht wäre, und der Feri könne schon auf sich selber aufpassen, der sei ja schließlich ein erwachsener Mann. Am Wochenende, oder wenn man ihr freigeben würde, könnte sie den Buben besuchen – sie hat die Ana angeschaut, dass ihre Augen nur so geblitzt haben. Ob das nicht eine gute Idee gewesen ist? Die Ana hat den Kopf hin und her gewiegt. Das Kind hat jetzt so laut geschrien, dass ihre Antwort untergegangen wäre, also hat sie geschwiegen.

Die Maria hat das Kind mit beiden Armen nachgefasst. Sie solle es sich doch überlegen, hat die Maria gesagt, laut, sie soll es sich doch einfach überlegen. Das Kind hat weitergeschrien, mit einer ungeahnten Wut über die Haube auf seinem Kopf. Die Maria ist in der Tür kurz stehen geblieben und hat ihr zugelächelt. Die Ana hat das Kind noch auf der Treppe schreien gehört. Sie hat an sein Gesicht gedacht, das dunkelrot gewesen ist unter der weißen Haube und verzagt. Eine Stelle, oben in der Stadt? Sie hat sich doch kaum ausgekannt dort oben – und dennoch, das Geld hat sie wohl gebrauchen können. Die Ana hat den Blick auf den Buben gesenkt, der in seiner Kiste neben dem Bett geschlafen hat, ernst und ruhig, und nichts gewusst hat von dem Gespräch, das ihn vielleicht mehr angegangen ist als irgendjemanden sonst.

12.

Die Welt hat sich nie mehr ganz zusammengefügt nach diesem Tag. Ihre losen Enden sind miteinander verwachsen, ja, aber die Grenzen sind brüchig gewesen und vernarbt. Oft ist er der Einzige gewesen im Gasthaus. Speakeasy haben sie es hier genannt, das seltsame Ritual an der Tür, der schlecht ausgeleuchtete Keller, die Heimlichtuerei. Niemand ist länger hier gesessen als er, niemand so oft. Der Wirt ist Ire gewesen, sein Sprechen ein torkelnder Singsang, der dem Feri Musik geblieben ist, weil er die Worte nicht verstanden hat. Meistens hat er an zu Hause gedacht. Das sind gute Erinnerungen gewesen, die Felder grün und gelb, das Korn, bevor es ausgetrieben hat, sogar die Dürre im Winter, alles schön in seiner Erinnerung und poliert wie farbiges Glas. Die Leute um ihn herum haben wenig gesprochen. Einzelne, schweigend, die Flüssigkeit in den Gläsern von einer unbestimmbaren Farbe, von unbestimmtem Geschmack. Zu Hause haben sie gesungen, manchmal, sie sind so eng am Tisch gesessen, dass sie geschwitzt haben, weil alle da gewesen sind, alle Männer aus dem Dorf. Hierher ist man nur zum Trinken gekommen. Der Feri würde jetzt mit seinen Freunden auf der Bank vor der Kirche sitzen und lachen, bis die alten Frauen sie aufscheuchen würden, vielleicht würden sie Hasen schießen gehen, und dann die Tänze zu Erntedank – Man hat in diesem Land eigentlich nicht trinken dürfen, das hat er gewusst, aber es hat niemanden gestört. Seine Augen haben sich in der Dunkelheit verfangen, der Wirt ist ruhig hinter der Schank gestanden, der Feri sein einziger Gast. Er hat an die Katarina gedacht, den Tanz, bei dem er sie kennengelernt hat, ihre leuchtenden Augen, den Wald, das leise Rauschen um sie herum, das Schnappen nach Luft – der Feri hat einen Schluck gemacht, einen großen. Er hat eine träge Hand nach dem Wirt gehoben. Die schönen Erinnerungen hat er sich hertrinken wollen, nicht die schlechten. Wieder Wald, das Mondlicht, das an seinen Augen gezerrt hat, die laubgedämpften Schritte vom Michel und sein entsetztes Gesicht.

Manchmal sind Leute hereingekommen, die wichtig gewesen sind, in großen, schweren, fellbesetzten Mänteln. Meistens sind nur Arbeiter hier gewesen, wenige, alle still. Heute nur er. Seltsam, ein Freitagabend, und doch nur er. Der Wirt ist mit langsamen Schritten zu ihm gekommen, ein Satz Musik, hat ihm das Glas hingestellt. Vielleicht hat es für all das eine Lösung gegeben, hat er sich gedacht, die er nur noch nicht gesehen hat. Irgendetwas Einfaches, etwas, das ihm im Nachhinein ganz offensichtlich vorkommen würde. Etwas, das ohne Aufwand – der Feri hat über diese Möglichkeit nachgedacht, wie er den Lärm gehört hat. Der Wirt hat aufgeschaut, seine Hand ist mit einer schnellen Bewegung unter der Schank verschwunden. Ein Rumpeln, der Feri hat den Blick gehoben, als hätte irgendwas in ihm schon darauf gewartet. Laute Rufe, Schritte, Trampeln auf der Treppe. Als hätte ihn das alles nicht betroffen, hat er es verfolgt. Der Wirt ist weg gewesen, plötzlich, die Tür ins Hinterzimmer hat leise geknarrt, wie sie zugeschwungen ist.

Dann Menschen im Raum, viele, Polizeiuniformen, Schreie. Ein paar von ihnen durch die Tür ins Hinterzimmer. Der Feri ist aufgestanden, er hat es schießen gehört, das verzerrte Gesicht von einem Gendarmen vor ihm. Er hat einen Schnurrbart getragen – der Feri ist auf ihn zugekommen. Es ist doch alles nicht so gemeint gewesen, das Leuchten seiner Augen in der Dunkelheit, die Schritte am Waldboden, der Schnurrbart – der Polizist hat etwas zu ihm gesagt, sein Gesicht ein offener

Rachen, das Blitzen der Waffe in seiner Hand. Der Feri hat sich doch nur entschuldigen wollen. Wieso sind sie denn so laut gewesen? Es ist alles ein großes Missverständnis – er ist auf den Gendarmen zu – Entschuldigung hat er sagen wollen, der Polizist, der Gendarm, der Schnurrbart, und dass er nie – der Feri hat ihn angesehen. Eine große Stille ist davorgestanden, ein einziger, zusammengepresster Moment, ein heller Augenblick danach. Der Feri hat seine Finger an die Brust gehoben. Kein Schmerz, nur Verwunderung. Ein Schuss.

13.

Mit einem Ruck ist die Ana aufgewacht. Das Mondlicht, es ist kein Morgen gewesen, wieso hat man sie aufgeweckt? Sie hat Lärm vor ihrer Tür gehört, Hämmern, Schläge. Das Zimmer ist ihr kurz vor den Augen verschwommen, wie sie sich aufgesetzt hat. Sie hat sich ein Tuch um die Schultern geschlungen, da sind Männer vor der Tür gewesen, viele. »Was ist denn los?«, hat sie gefragt. Sie hat nichts verstanden, die Männer haben durcheinandergeredet, haben ihr bedeutet zu folgen. Die Ana hat den Mantel angezogen, ihre Schuhe, sie hat den Buben aufgehoben, hat ihn in seine Tuchent eingepackt. Sie ist die Treppe hinuntergeschoben worden, das Kind im Arm, und wie sie langsam aufgewacht ist, da ist es ihr gekommen. Das muss etwas mit dem Ferenc zu tun gehabt haben. Man hat sie durch die Gassen getrieben, vage hat sie die Richtung gekannt, die Traube Männer um sie herum in ungebrochener Aufregung. Auf halbem Weg ist die Maria auf sie zugeeilt, ihr Gesicht entgeistert, die Augen groß und hell – »Es tut mir leid«, hat sie gerufen, »aber man kann nichts mehr tun.« Sie sind weitergegangen, die Maria hat sich an ihre Seite gedrängt. Die Ana hat jetzt gewusst, wohin sie gehen.

Vor dem Gasthaus sind eine Menge Leute in der Dunkelheit gestanden, Bewohner aus den umliegenden Häusern, gestikulierende Männer, Frauen, die sich eng in ihre Schals gewickelt haben. »Da ist er«, hat die Maria gesagt, und die Menge ist auseinandergeflossen, um der Ana Platz zu machen. Sie ist ein paar Schritte auf ihn zugegangen, dann hat sie innegehalten. Alle haben ihr Gesicht angeschaut, das sich nicht bewegt hat.

Die Ana hat ihn betrachtet. Da ist Blut um ihn gewesen, aber nicht viel. Er hat weiß ausgesehen und schmächtig, wie ein kleiner Bub, der eben schlafen gegangen ist, nur seine Augen – Die Leute haben geschwiegen, und es ist eine fordernde Stille gewesen. Hat sie denn nicht weinen wollen, sich hinunterbeugen zu ihm, mit der Hand über seine Wange streichen? Wer ist sie denn gewesen, dass sie dagestanden ist, still wie eine Statue, mit diesem unerklärlichen Ausdruck in ihrem Gesicht?

Die Ana hat den Buben enger gefasst, ruhig und warm ist er in ihren Armen gelegen. Sie hat den Ferenc durchaus gemocht, obwohl sie gewusst hat, was er über sie gedacht hat, und dass es nichts Schönes gewesen ist. Er hat halt nicht anders können, das hat sie sich immer wieder gesagt – und dennoch. Die Ana hat ihn angesehen, sein schlafendes Gesicht, der letzte Ausdruck darin, die eingeätzte Bitternis der letzten Monate wie ein kaum sichtbarer Schleier über seinen offenen Augen. Die Leute haben einander mit den Ellenbogen angestoßen, das Murmeln um sie herum ist lauter geworden. Hat sie ihm denn nicht die Augen schließen wollen, wie es sich gebührt? Die Ana hat ihn angeschaut, hat nichts gedacht, hat nichts gesagt, und das Gefühl in ihrer Brust ist das ihre gewesen. Einen Moment lang ist sie noch da gestanden, unbewegt, kein Ausdruck in ihrem Gesicht, dann ist sie mit einem Ruck gegangen.

1937

1.

Lily stand an der Kreuzung. Jenseits der viel befahrenen Straße lag Lincoln Park, noch weiter dahinter, kaum sichtbar von hier, der See. Sie steckte die Hände in ihre Manteltaschen. Es war heiß, die Sonne blendete sie, und dennoch hatte sie sich gedacht, sicherheitshalber, dieser Mantel. Der Mantel war hellbeige, fast weiß, aus einem dünnen, weichen Stoff, dieselbe Farbe wie ihr Hut. Der Hut, war das eine gute Idee gewesen? Sie wusste nicht, wie man sie betrachten würde, sie wollte nicht eine von den wohlbestallten Damen sein, die durch die Fabriken gingen wie durch einen Zoo. War ihre Kleidung bescheiden genug? Trugen sie Hüte dort unten? Was trugen sie überhaupt? Und wäre es nicht erst recht eine Anmaßung gewesen, sich bescheidener zu kleiden? Als ob sie irgendjemandem etwas hätte vormachen können. Man hätte doch wohl erkannt, dass es eine schlechte Posse gewesen wäre, sie als eine von ihnen, das hätte ihr doch niemand abgenommen. Lily sah an sich herab, die Schuhe flach, das Leder zweifarbig, beige und ein dunkles Grau. Die Schuhe waren teuer gewesen. Es machte keinen Unterschied, welche sie trug, alle ihre Schuhe waren teuer gewesen. Vielleicht war sie selbst eine Anmaßung in ihren Augen. Sie hätte sich das wohl alles besser überlegen sollen – Lily sah auf, das Sonnenlicht hell und weiß, fast flüssig in ihren Augen. Sie dachte, sie hätte ihn den Gehsteig herunterkommen sehen, die Hände in den Hosentaschen, den Kopf leicht geneigt, die Schultern trotzig nach vorne gezogen. Lily hob die Hand an die Stirn, blinzelte darunter hervor. Der Verkehr brauste in ungebremstem Strom an ihr vorbei. Sie bildete sich ein, in einem der Fahrzeuge das Automobil der Grahams von nebenan erkannt zu haben.

Lily hatte ihn nur einmal gesehen, vielleicht war ihr sein Gesicht falsch in Erinnerung geblieben, würde sie ihn denn überhaupt wiedererkennen? Die Haushälterin der Van Deeks bog gerade um die Ecke, Einkaufstüten schleppend, und grüßte freundlich. Sie ging weiter, vorbei an einer Baustelle, die verlassen war, die aussah, als hätten die Arbeiter ihre Geräte nur kurz zur Seite gestellt, als würden sie jeden Moment wieder aus der Mittagspause kommen und zu arbeiten beginnen. Es brauchte einen Moment, bis Lily sich erinnerte, dass Memorial Day war, ein Feiertag. Bestimmt trügen heute alle ihre besten Kleider, auch unten im Süden, vielleicht fiel ihr Mantel darunter ja gar nicht auf. Lily wandte sich zur Seite, blickte die Straße in die andere Richtung hinunter. Sie sah Menschen mit Picknickkörben, Familien unterwegs zum See, Kinder mit tropfenden Eistüten, Mädchen, die eingehängt dahinspazierten, junge Liebespaare, die Wangen rot vom Lachen und von der Sonne. Und keine Spur von ihm.

Vielleicht war das eine unvernünftige Idee gewesen. Sie hatte ihn doch immerhin nur einmal gesehen, knapp eine Woche war das jetzt her, am Abend. Sie war im Salon gesessen und hatte ein Buch gelesen, eines von Jane Addams' frühen Werken. Seit ihrem letzten Jahr an der Highschool hatte sie sich mit fast religiösem Eifer mit Hull House beschäftigt, mit der Geschichte der Wohltätigkeit bürgerlicher Ladys in der Stadt, mit der Gründerin dieser Institution an der Halsted Street. Ab und zu war sie sogar dort gewesen. Zaghaft hatte sie sich umgesehen und so getan, als wäre sie lediglich eine Besucherin. Sie hatte sich noch nicht getraut zu fragen, ob sie auch mitarbeiten dürfe. Zu Beginn waren ihrem Vater selbst diese sporadischen Besuche nicht recht gewesen. Es sei doch alles gut und schön, hatte er gemeint, und sie, Lily, sei in ihrem Enthusiasmus ausgesprochen lobenswert, aber könne man denn nicht auch spenden, müsse man sich persönlich in Gefahr bringen, indem man sich in diese schlechten Viertel hinunterbegebe? Ihre Mutter, Gott habe sie selig, ihre Mutter würde es ihm nie verzeihen, wenn ihr etwas passierte – Lily hatte verneint, hatte argumentiert, dass es doch genau um dieses persönliche Engagement ginge. Hieß es denn nicht, man solle seinen Nächsten lieben wie sich selbst, und waren diese Menschen denn nicht ihre Nächsten? Es wurde so viel über die Wirtschaftskrise gesprochen, hatte sie geschrieben, people on the dole, Schlangen vor den Suppenküchen, Leute, die aus Verzweiflung stahlen, all das könne man sich doch kaum vorstellen hier, in dieser guten Nachbarschaft im Norden der Stadt. Lily empfand eine Verpflichtung, sich der Wirklichkeit auszusetzen; mit diesen Worten hatte sie geendet. Gleichzeitig hatte sie beschlossen, dem Vater in ihrem nächsten Brief nichts mehr von ihren diesbezüglichen Vorhaben zu berichten, sodass er wohl annehmen musste, sie habe davon abgelassen.

Sie hatte ihren Vater sehr gern, und doch fiel es ihr immer schwerer, ihm gegenüber von den Dingen zu sprechen, die sie wirklich bewegten. Lily wusste gar nicht, wann sie das letzte richtige Gespräch mit ihm geführt hatte. Der Vater war meist auf Geschäftsreise, war alle paar Monate für wenige Tage in der Stadt, und seine Zeit hier reichte nie für tiefgehende Unterhaltungen. Momentan befand er sich in Europa; sein letzter Brief war aus Italien gekommen. Er schrieb ihr, fleißig und regelmäßig, schrieb auf dem Briefpapier der besten Hotels, aus Städten, mit deren Namen sie die aufregende Ferne verband. Seine Briefe waren voll ehrlicher Sorge, das wusste sie durchaus, doch leider waren diese aufmerksamen, körperlosen Zeilen alles, was sie von ihrem Vater zu Gesicht bekam.

Lily war sich mehr als bewusst, dass sie die eigentliche Herrin dieses Hauses war, und sie bemühte sich auch, sich so zu benehmen. Sie hatte wohl immer schon ernsthafter gewirkt als ihre Klassenkameradinnen, älter, als sie eigentlich war. Manche ihrer früheren Schulkolleginnen waren unerträgliche, quietschende Dinger, sie dachten nur an Jungs, an Frisuren, an Kleider, an schöne Ausfahrten im Automobil. Hatten sie sich für das interessiert, was um sie herum passierte? War ihnen überhaupt bewusst, in welch schlechter Verfassung sich das Land momentan befand, wie viele Leute keine Arbeit hatten, wie grässlich das Leben für die unteren Schichten war? Nein. Sie hatten fröhlich in ihrer eigenen, gepolsterten Welt gelebt, in der Annahme, dass das die einzige sei, die es gibt, und hatten Lily eine Spielverderberin geschimpft, wenn sie ihnen ihre eigene Engstirnigkeit bewusst machen wollte. To be fair, Lily selbst kannte auch nur diese Welt – ihre eigene, die der Van Deeks und Reichendorffs und Grahams hier oben an der Gold Coast. Aber sie bemühte sich zumindest, ein anderes Leben kennenzulernen. Sie war gewillt, sich weiterzubilden, ihr Wissen einzusetzen und ihre Umgebung ein Stück weit gerechter zu gestalten, wenn das denn möglich war. Lily war sich nicht sicher, was an ihm sie derartig aufgewühlt hatte und wieso sie so oft daran dachte, was vor einer Woche passiert war – aber sie sagte sich, dass es wohl das Versprechen war, diese andere Welt kennenzulernen, die ihr so unverständlich vorkam, die einen so großen Teil ihrer Gedanken einnahm und die durch diesen jungen Mann nun zum ersten Mal in aufregende, greifbare Nähe gerückt war.

Lily war auf der Sitzgarnitur gesessen und hatte sich bereit gemacht, einen Begriff zu unterstreichen, den sie nicht verstand, als sie Stimmen von unten hörte. Laute Stimmen, die sich bemühten, leise zu sein. Jemand war verärgert. Lily lauschte. Da war Aunt Annie, sie sprach Deutsch, und eine fremde Stimme. Nein, diese Stimme hatte sie noch nie gehört. Lily stand auf, ging durch das halbdunkle Zimmer auf den Gang. Von hier aus hörte sie deutlicher. Sie stellte sich vor die Tür zum Treppenabgang, der in die Angestelltenquartiere führte. »Wieso hast du mir nichts gesagt?«, hörte sie, eine männliche Stimme, sehr aufgebracht, »ihr habt mich verdammt noch einmal für dumm verkauft!« Er fluchte. Aunt Annie sagte nichts, aber dieses Schweigen schien Bände zu sprechen. »Teta, ich will Antworten!«, sagte die männliche Stimme, schrie es fast, »wieso hat mir niemand was gesagt? Antworten will ich von euch!« Lily hörte ein lautes Geräusch, hatte er aufgestampft, mit der Faust an den Türrahmen geschlagen, hatte er Aunt Annie denn am Ende –? Noch bevor sie wusste, was sie tat, stand Lily in der offenen Kellertür, die Hand auf dem Türknauf, und sah hinunter auf die Szene am Gang. Aunt Annie, den Kopf gesenkt, vor ihr ein junger Mann, die geballte Faust auf dem kleinen Beistelltisch, der zwischen ihnen stand. Als er Lily sah, löste sich seine Haltung. Da war eine Wut in seinen Augen, ein Blick, der ihr bis in die Zehenspitzen hinunterrieselte. »Ich will die Wahrheit hören«, sagte er, leiser jetzt, »über alles. Das seid ihr mir schuldig.« Er warf ihr einen letzten Blick zu, drehte sich um und verließ das Haus. Lily meinte, sich am Treppengeländer festhalten zu müssen. Hinter ihm fiel die Tür zum Bediensteteneingang mit einem metallischen Geräusch ins Schloss.

Lily wandte den Blick ab, und es schien ihr seltsam, dass es Aunt Annie war, die sie da stehen sah. Auntie sah sie nicht an. In der Stille zwischen ihnen lag eine Entfernung, die so groß war, dass sie ihr für einen Moment die Sprache verschlug. Das hier war Aunt Annie, die sie aufgezogen hatte, die immer für sie da gewesen war; wieso hatte sie dann plötzlich das Gefühl, dass sie ihr fremd war, als hätte sie sie noch nie gesehen? »Auntie«, fragte Lily, »geht es dir gut?« Aunt Annie nickte. Waren da Tränen in ihren Augen? Das schwache Licht musste sie getäuscht haben, noch nie hatte Lily Tränen in ihren Augen gesehen – Lily löste ihre Finger langsam, kam die Stiegen herunter, ein seltsames, taubes Gefühl in ihrem Körper. »Wer war denn das?«, fragte sie, blickte in Richtung Eingangstür, als ob sie ihn dort noch sehen könnte. »Das war mein Neffe, Miss Lily«, sagte Aunt Annie, in ihrer Stimme keine Regung, ihre Augen unbewegt an dem Punkt, an dem seine Faust auf dem Tisch aufgekommen war. »Was ist denn passiert?«, fragte Lily, und Auntie schüttelte ihren Kopf. »Machen Sie sich keine Sorgen, Miss Lily«, sagte sie. Auntie hob den Blick und Lily sah, dass sie kein Wort mehr darüber verlieren würde, soviel sie auch nachfragen mochte. Lily wollte etwas sagen, eine Brücke schlagen über das, was zwischen ihnen stand, aber sie konnte nicht. »Darf ich gehen, Miss Lily?«, fragte Aunt Annie schließlich. Ihre Worte klangen bestimmt und klar. Lily nickte. Was hätte sie denn auch sagen sollen? Auntie hatte beschlossen, dass die Sache beendet war. Sie machte einen Knicks – wie oft sie ihr gesagt hatte, dass sie das nicht tun solle, und doch bestand sie auf dieser lächerlichen Verbeugung. »Ist wirklich alles in Ordnung?«, fragte Lily, suchte ihren Blick und fand ihn nicht, eine Hilflosigkeit in ihrer eigenen Stimme, die ihr unheimlich war. »Ja«, sagte Aunt Annie, knickste wieder und ging, ohne sie anzusehen, in ihr Quartier.

2.

Gestern war Cathy vor dem Haus gestanden. Er hatte aus dem Fenster geschaut. Eine der Scheiben war gebrochen, durch das bröckelnde Glas war ihre Figur in seltsame Farben verschwommen, die Haare undurchsichtig, ihr Gesicht von kleinen Dellen durchzogen einen Stock unter ihm. Scheiße. Er hatte doch niemandem gesagt, wo er jetzt lebte, diese Stockbetten, die schimmligen Wände, die anderen Typen im Zimmer, wie hatte sie das herausgefunden? Scheiße, dachte er sich, nahm seine Kappe und ging die Stiegen hinunter. Er trat vors Haus, es war ein großer Bau, nur junge Typen, alle in Untermiete, alles verdammt noch einmal heruntergekommen. »Was machst du da?«, sagte er, sah sie an, sie trug ein anderes Kleid, er dachte nicht an ihren Rock, an den dunkelbraunen Rock, der harte Stoff rau und fasrig zwischen seinen Fingern – »Wie geht es dir?«, sagte sie, betrachtete ihn, ihre Stimme hätte nichts verraten, aber in ihren Augen wieder dieser Ausdruck, diese seltsame Neugier, als wäre all das noch nicht genug gewesen. »Lass mich in Ruhe«, sagte er, nach einer Pause, die widerwillig klang, »lass mich in Ruhe. That's it.« Er steckte die Hände in die Hosentaschen, wollte sich umdrehen, weggehen, aber er konnte nicht. Er dachte an ihre Haare im Abendlicht, das Knistern der Grashalme unter ihren Sohlen, die Fabriksschornsteine in der Ferne, ihr Geruch so nahe, dass er ihn schmecken konnte – in ihm war nichts als Scham. Cathy stand vor ihm, der Abstand zwischen ihnen unnatürlich groß, da war etwas, er spürte es, in ihrem Blick, in der Art, wie sie sich hielt. Er konnte es nicht benennen. Er verstand es nicht. »Joe«, sagte sie in dieser sanften Stimme, die er an ihr vor ein paar Monaten noch nicht gekannt hatte, »come back home. Wir machen uns Sorgen.« Cathy kam ein paar Schritte auf ihn zu, er hielt den Blick gesenkt, konnte die kleinen Härchen auf ihren Armen sehen. Er spürte ihren Blick auf seinem Gesicht, wieso stand sie denn so nah, was war denn ihr ganzes bisheriges Leben gewesen, wenn er sie jetzt so nah bei sich stehen ließ, in dieser Stille? Krank war das alles, krank und verlogen. Wie lange hatte sie es schon gewusst, verdammt, wie lange ihn wohl alle schon zum Narren gehalten hatten! »Ist doch alles nicht so schlimm«, sagte sie, »das war doch nicht böse gemeint.« Sie sprach, als ob er keinen Grund hätte, sich aufzuregen, er, der kleine Junge, der er längst schon nicht mehr war, und auf einmal war wieder diese Wut in ihm drinnen, und er musste sich beherrschen, dass er sie nicht – »Joe«, sagte sie wieder, er schüttelte die Hand ab, die sie auf seinen Arm gelegt hatte, es fühlte sich an, als hätte sie ihm ein heißes Eisen über die Haut gezogen. »Fass mich nicht an«, zischte er, »und lass mich jetzt endlich in Ruhe.« Er blickte zur Seite, ihre Berührung brannte noch auf seinem Arm, zwischen ihnen ein stummer Kampf, und niemand gab auf. »Wie du meinst«, sagte sie, legte ihren Kopf schief, er sah sie an, bereute es, ihre Augen so tief in seinem Inneren, dass es wehtat. Wann hatte er ihr die verdammte Erlaubnis gegeben, das mit ihm zu machen, wann war er denn überhaupt in diese Sache hineingeraten, niemand hatte ihn je gefragt – »Wenn du es dir anders überlegst«, sagte sie, machte eine Pause, »wir vermissen dich, Bruder.«

Es war gut, dass sie dann gegangen war. Dass sie seine geballten Fäuste nicht gesehen hatte, nicht das Zittern um seinen Mund. Cathy hatte sich umgedreht, einen Moment nur, und zu ihm zurückgeschaut. Bruder, hatte sie gesagt, das Kleid mit schwingenden Bewegungen um ihre Beine. Bruder. Was für eine verdammte Verlogenheit. Es war gut, dass sie nicht mehr gesagt hatte, er konnte nicht mehr, er kannte sich nicht mehr, er spürte nur mehr diese Wut in seinem Inneren, und hätte sie nur ein Wort mehr gesagt, nur ein Wort mehr, dann hätte er –

Ja sicher war es scheiße. Konnte Joe denn was dafür, dass es keine Arbeit gab? Dass ihn alle um ihn herum zum Narren hielten? Aber er ließ sich nicht verarschen, von niemandem! Die reichen Frauen mit ihren Suppenküchen, die Schlangen vor der Fabrik, die ganze verdammte Wohltätigkeit, all das kotzte ihn an, und seine Eltern – seine Eltern erst –

Da war ein Gefühl in seiner Brust, das früher, vor ein paar Monaten, noch nicht da gewesen war. Eine Wut auf alles, auf jeden. Teta Ana hatte ihm gesagt, einfach weitermachen – einfach weitermachen, womit denn? Er hatte ja noch nicht einmal angefangen. Jeden Tag vor der Fabrik, Fleischgeruch, heruntergekommene Typen, nichts als Verachtung in ihren Augen. Bei den Railways, nichts. Am Bau, nichts. Oben in der Stadt, are you kidding me? Nichts. Die Ältesten standen am längsten an. Die Jungen hatten schon aufgegeben. Die Jungen wussten, dass es keinen Sinn hatte. Die Jungen hatten ein Gespür für Heuchelei, die Alten hatten das schon verloren. Teta Ana hatte ihm gesagt, weitermachen, es gebe ja ohnehin keinen anderen Weg – früher hätte er ihr geglaubt, seiner Tante, die gescheit war und langsam und oft genug unverständlich, aber jetzt wusste er, dass sie genauso eine Lügnerin war wie alle anderen.

Manchmal dachte er daran wegzufahren, einfach so, ohne ein Wort an irgendjemanden. Er hatte schon ein paar Typen getroffen, hobos, a bunch of funny guys, die mit den Zügen quer durchs Land fuhren. Sie sprangen auf, ließen sich wieder herunterfallen, blieben, wo es ihnen gefiel, dann verschwanden sie wieder. Ein bisschen Arbeit am Feld – wenn etwas wuchs, dann musste geerntet werden, dann gab es auch etwas zu essen. Joe mochte die Vorstellung sehr. Er würde sich einfach umdrehen und gehen, über die Straße an den Fabriken vorbei und dorthin, wo sie die Züge verluden, er würde warten, bis es Nacht war, würde sich umsehen, würde einen passenden Waggon suchen, und dann würde er aufsteigen. Der Zug würde wegfahren, keine Ahnung wohin, Louisiana vielleicht, oder die Great Plains, oder vielleicht auch nach Osten, ans Meer. Joe war noch kein einziges Mal über Chicago hinausgekommen, verdammt, er kannte sich ja nicht mal in den besseren Vierteln im Norden aus. Joe dachte an den Nachtwind, der ihm ins Gesicht fahren würde, an die nackten Sterne über ihm, die Geschwindigkeit des Zuges ein einziges großes Rauschen in seinen Ohren –

Aber dann dachte er wieder, to hell with it, wofür denn überhaupt das Ganze? Wofür denn dieses Scheiß-Leben hier, diese beschissene Stadt, seine wirklichen Eltern hätten drüben bleiben sollen, wer auch immer sie gewesen waren, wo auch immer das war. Joe hasste alles, seine Schwester, seine falschen Eltern, seinen eigenen verdammten Kopf, der nicht aufhören wollte zu denken. Überall, überall verdammt noch einmal besser als hier.

3.

Die Ana hat es irgendwie schon erwartet gehabt, und so hat sie sich nicht gewundert, wie er plötzlich vor der Tür gestanden ist. Er will Antworten, hat er gesagt und mit der Faust auf den Tisch geschlagen, Antworten will er! Wieso sie ihn alle betrogen, wieso sie ihm denn nichts gesagt haben, ob denn alle glauben, er sei noch ein kleines Kind, dem man so einfach etwas vormachen könne? Die Ana hat ihn nicht angesehen. Sie hat geschwiegen. Die Ana hat nicht verstanden, wo das hergekommen ist, diese Wut in ihm drin, es hat sie stumm gemacht und traurig. Er hat sie wieder angezischt, nur mühsam unterdrückt die Lautstärke in seiner Stimme, dass er Antworten wolle, endlich, Antworten – Die Ana hat das Holz vom Tisch betrachtet, die feine Maserung, seine Hand darauf, die sich langsam gelöst hat. Welche Antworten hätte sie ihm denn geben können, wenn er ihr die falschen Fragen gestellt hat?

Ein Knacken auf den Holzbrettern, Miss Lily ist die Stiegen heruntergekommen, vom Josip nur mehr der Wind, der durch die offene Tür hereingezogen ist. Die Ana hat den Kopf gehoben. Die junge Miss, ihr Blick zur Tür gewandt, sie hat es selbst noch nicht gewusst, aber die Ana hat es schon gesehen. Ihre Augen haben den Buben nicht losgelassen, auch wenn er schon lange weg gewesen ist, in ihrem Gesicht ein Ausdruck von kindlicher Verwunderung. Sie hat unschuldig ausgesehen und sehr jung, und mit einem Mal hat die Ana gewusst, dass die wirklichen Schwierigkeiten damit erst begonnen haben.

Der Josip ist ein hübscher Junge gewesen, mit breiten Schultern und einem ernsten Gesicht. Die Ana hat gewusst, dass er den Mädchen gefallen hat, und sie hat sich gefragt, wann er das selbst auch feststellen würde. Er hat wild gewirkt, aber nicht grob, und in seinen Zügen ist etwas Feines gelegen, das er von seiner Mutter gehabt hat. Die Ana hat ihn oft gemustert, wenn er es nicht gemerkt hat, sein gleichmäßiges Gesicht, die dunklen Augenbrauen, den Mund – sie hat lange danach gesucht, aber sie hat nichts vom Ferenc in ihm gefunden. Und dann hat sie sich gefragt, ob es nicht doch etwas gegeben hat, das ihr entgangen ist. Manchmal hat etwas durchgeblitzt in seinen Augen, das ihr so fremd vorgekommen ist und so unverständlich, dass sie schlussendlich nicht einmal gewusst hat, ob es vom Ferenc gekommen ist oder von etwas anderem, von einer höheren Gewalt oder von dem Leben hier in dieser unwirtlichen Stadt, die einen allenthalben verschlingen hat wollen –

Wenn der Josip so dahingegangen ist, die Hände in den Hosentaschen, den Oberkörper leicht vorgebeugt, auf seiner Stirn eine Ernsthaftigkeit, die nur sehr junge Menschen tragen können, dann hat er die Ana an ihren eigenen Vater erinnert. Es sind kleine Dinge gewesen, die ihr aufgefallen sind, die ihr vorgekommen sind wie eine unregelmäßige Wiederholung der Vergangenheit. Sein Gang, die Art, wie er die Augen zusammengekniffen hat gegen die Sonne, wie eindringlich er schauen hat können, wenn er einem zugehört hat, alles eine verzerrte, schiefe Erinnerung in ihrem Kopf. Aber der Vater ist ein sanfter Mensch gewesen, und der Bub – Sie hat ihm ja keinen Vorwurf machen wollen. Da ist etwas in ihm gewesen, von dem er selbst nichts gewusst hat. Es hat sich eingerollt in ihm, ist still dagelegen, dass man manchmal geglaubt hat, es ist weg, es kommt nicht wieder, aber das hat nicht gestimmt. Die Ana hat es gespürt. Es hat nur auf den richtigen Moment gewartet, dass es ihn überfällt, dass es ihm aus dem Mund herausspringt und aus den Augen, dass es ihn selbst frisst und alle anderen um ihn herum. Und obwohl sie ihn geliebt hat, ist es das gewesen, was der Ana am meisten Angst gemacht hat.

4.

In der letzten Woche hatte Lily viel nachgedacht. Aunt Annie war im Haus gewesen, seit sie denken konnte, und ihr war nicht einmal bewusst gewesen, dass sie einen Neffen hatte. Im Grunde genommen wusste Lily gar nichts von ihr, und die Scham darüber saß ihr wie ein pelziges Tier im Nacken. Sie hatte sich immer über die eingebildeten Leute in ihrer Nachbarschaft geärgert, die ausschließlich über ihre Golfclubs sprachen, über die riesigen Anwesen Upstate am See, über das neue Automobil, das sie soeben erworben hatten. Sie hatte sich geärgert, wie sie mit ihren Hausangestellten umgingen, mit der Art, wie sie über die Arbeiter sprachen, die im Süden Chicagos lebten, über die Einwanderer und die Schwarzen, als wären sie alle Verbrecher, wo doch ihr gesamtes Personal aus Migranten und Schwarzen bestand. Lily hatte so viel Zeit damit verbracht, sich über den Hochmut der anderen zu ärgern, dass ihr gar nicht aufgefallen war, dass sie in ihrem Desinteresse nie besser gewesen war als ihre uneinsichtigen Nachbarn. Und war es nicht noch schlimmer, sich für etwas gar nicht zu interessieren, als schlecht darüber zu sprechen? – Lily konnte sich nicht erklären, wie ihr das hatte passieren können, eine der wichtigsten Personen in ihrem Leben einfach zu übersehen.

Sicher, an ihrem freien Tag war Aunt Annie immer weg gewesen. Wohin sie gegangen war und was sie dort getan hatte, darüber hatte sich Lily nie Gedanken gemacht. Abends war sie wieder nach Hause gekommen, und alles andere hatte die kleine Lily nie interessiert. Dass Aunt Annie im Haus war, war selbstverständlich gewesen. Wenn Lily sich als Kind das Knie aufgeschlagen hatte, wenn sie spazieren gehen wollte, wenn sie jemandem von einem Buch erzählen musste, das sie gerade gelesen hatte, weil es viel zu spannend gewesen war, um es für sich zu behalten – immer war Aunt Annie da gewesen. Aunt Annie hatte nie viel gesprochen, aber Lily mochte das. Ihre Aufmerksamkeit war eine stille, aber ehrliche. Lily hatte sich immer ein bisschen besser gefühlt als Aunt Annie, insgeheim hatte sie sie immer für etwas langsam gehalten, doch das hatte ihr nichts ausgemacht. Aunt Annie war da gewesen für sie, und das war alles, was sie hatte wissen müssen.

Und dann, auf einmal, hatte sich Aunt Annies Leben vor Lily aufgetan, ein ganz kleines Stückchen nur, aber weit genug, um ihr zu zeigen, dass es da noch etwas gab außer ihr selbst. Der junge Mann, der am Gang gestanden war, eine schlecht unterdrückte Wut in seinen Augen, die Art, wie er sich gehalten, wie er sich bewegt hatte – Lily wusste nicht, wie er hieß, wie alt er war, wie sein Leben bisher ausgesehen hatte, wie er zu Aunt Annie stand, ob er sie am Ende bedroht hatte oder doch vielleicht nicht – Mit ihm hatte ein Teil von etwas gänzlich Neuem in ihr Leben hineingeragt, er war Sinnbild für alles, was sie wissen wollte, für die Viertel dort unten, für die Leute, die sie nicht kannte, für das Leben, das ihr fremd war.

Lily wusste, dass es ungerechtfertigt war, in einem Menschen eine ganze soziale Situation zu suchen, aber sie glaubte, sie in ihm gefunden zu haben. Lily ertappte sich dabei, sich vorzustellen, wie er am Fließband arbeitete, die Ärmel bis zum Ellenbogen hinaufgekrempelt, wie er eine Kuh nach der anderen von ihrer Haut befreite, den Boden wischte, Konservendosen unter der Einspritzdüse arrangierte. Was er überhaupt machte, wo er beschäftigt war? Sie sah ihn, an einem Waggon die Schrauben anziehend – tat man das überhaupt? –, Ruß im Gesicht, den Schraubenschlüssel fest in seinen kräftigen, geschwärzten

Fingern – diese Gedanken ließen eine seltsame Aufregung in ihr zurück. Ohne dass sie es merkte, hatte sich ein Plan in ihr geformt. Und als er ihr schließlich zu Bewusstsein kam, schien ihr nichts selbstverständlicher als diese Idee.

Ein paar Tage nach ihrer abendlichen Begegnung war Lily zu Aunt Annie hinuntergegangen. Auntie hatte gerade den Strudelteig gezogen, es war später Vormittag, als Lily sich in den Türrahmen der Küche lehnte. Lily hatte ihre Finger vor ihrem Schoß zu einem Knäuel geflochten, ihre Hände sahen aus, als wollten sie einander gegenseitig erwürgen. Lily blickte auf den großen Weitling voller Äpfel auf der Anrichte, daneben im Glas Rosinen, Zucker, Zimt. Apfelstrudel, das war auch so eine Sache in diesem Haus. Ihr Vater hielt darauf, dass die Kultur ihrer Ahnen nicht vergessen wurde, und dazu gehörten Goethe, Schiller, deutsch sprechendes Servierpersonal und eben Apfelstrudel. Zumindest Apfelstrudel. Lily verfolgte Aunt Annies Bewegungen, die starken Arme, die mit stiller Kraft immer wieder den Strudelteig auswalzten, zusammenklappten und wieder auswalzten. Sie hörte das Knacksen ihrer eigenen Finger, vielleicht war das doch keine so gute Idee, aber jetzt gab es kein Zurück mehr, sie hatte sich die Sache in den Kopf gesetzt, und so, wie sie sich das vorgenommen hatte, musste sie auch geschehen.

»Ich habe eine Frage an dich, Auntie«, sagte Lily, und sie bemühte sich, ihre Stimme unbeschwert klingen zu lassen. Aunt Annie sah auf, beide Hände noch auf dem Nudelholz, ihr Blick offen und ohne Verdacht. Lily kam sich vor, als würde sie sie in einen verbrecherischen Plan einweihen, wo es doch gar keinen Grund für dieses schlechte Gewissen gab, das ihr so unverhohlen in der Magengrube saß. »Meinst du, dein Neffe – ich denke, er heißt Josip – meinst du, er könnte mir den Süden zeigen?« Aunt Annie sah sie an, dann senkte sie langsam den Kopf und nahm ihre Arbeit wieder auf. Ein paar Momente lang war nur das feuchte Klatschen des Teiges zu hören, wenn Aunt Annie ihn wieder umschlug. Lilys Unruhe wurde größer. »Auntie?«, wiederholte sie, »gefällt dir meine Idee nicht?« Lily hielt inne, blickte auf die Apfelstücke im Weitling, die an den Rändern schon braun geworden waren. »Weißt du«, sagte sie, »ich wollte schon lange hinunter, ich lese gerade darüber und ich möchte endlich sehen, wie man dort wirklich lebt. Es kommt mir so seltsam vor, nur nach Hull House zu fahren, als wäre es eine Sehenswürdigkeit. Dein Neffe kennt sich aus. Er könnte mir zeigen, wie es dort wirklich ist.«

Auntie legte endlich das Nudelholz weg, strich sich mit dem Handrücken über die Wangen. Die Falten auf ihrer Stirn waren tiefer als Lily sie in Erinnerung hatte. »Miss Lily«, sagte sie, und es klang, als hätte sie über ihre Worte lange nachgedacht, »sind Sie sich sicher, dass das eine gute Idee ist? Was erhoffen Sie sich denn davon?« Lily trat zur Anrichte, nahm ein Stück Apfel aus dem Weitling und bohrte ihren Daumennagel hinein. Sie spürte den dünnen Saft auf ihrer Fingerkuppe. »Ich würde ihn auch bezahlen«, sagte sie, »ich bin mir sicher, er könnte einen kleinen Zuschuss gebrauchen.«

Lily hob den Blick, fragte sich, was Auntie wohl dachte und ob sie verstand, warum ihr das so wichtig war. »Ich habe mir gedacht«, sagte Lily, »er könnte mich zu Memorial Day abholen, wenn er noch nichts vorhat. Papa ist ja in Europa, ich werde ihm einfach sagen, ich mache ein Picknick mit Freundinnen, damit er sich keine Sorgen macht.« Auntie schwieg. Lily folgte ihrem Blick, betrachtete die kleinen, sechseckigen Fliesen unter ihren Füßen, die helle und dunkle Ringe am Boden bildeten. »Wie Sie meinen, Miss Lily«, sagte Aunt Annie schließlich, »ich werde es ihm sagen.« Auntie machte wieder einen dieser lächerlichen Knickse, mit denen sie Gespräche auf ihre Art zu beenden pflegte, drehte sich um und griff mit beiden Händen auf das Nudelholz. Lily betrachtete ihren breiten Rücken, die Arme, die unablässig weiterarbeiteten, als hätten sie nie aufgehört. »Danke«, sagte sie leise und steckte das Stück Apfel in den Mund, das von ihrem Daumennagel ganz zerfurcht war. Lily biss hinein und spürte eine eigenartige Freude in sich hochsteigen, eine geheime Freude, die sich in ihrem ganzen Körper ausbreitete und deren Honigsüße sie sich durch nichts erklären konnte.

5.

Es war noch nicht lange her, der Abendwind um ihre Beine, gerade Frühling und schon so heiß der Tag, der nun langsam verklang – er spürte die Grashalme auf seiner Haut, dort, wo ihm die Hose zu kurz geworden war, nicht einmal mehr bis über seine Knöchel, abgenutzter, ausgefranster Stoff. Er wusste nicht, wieso sie ihn herausgeführt hatte, diese Halde hinter der Fabrik, Müll, Geröll, Grasland, nichts. Er solle mitkommen, hatte sie gesagt, sie müsse ihm etwas zeigen. Joe hatte nicht verstanden, was sie ihm zeigen wollte. Er ging nicht gerne mit.

Alles, was sie taten, alles, was sie unterließen, war neuerdings von einer unangenehmen Befangenheit, alles hatte diese Färbung in letzter Zeit, diese seltsame zartrote Färbung, und sie, seine Schwester – sie hielt inne, drehte sich zu ihm um. Der Ausdruck in ihren Augen deutete in eine Zukunft, die er nicht verstand, er sah sie nur, betrachtete, wusste nicht, was vor ihm stand.

»Wollen wir Fangen spielen?«, sagte sie, blieb stehen, die Hände in die Hüften gestemmt, hinter ihr die Sonne rot und verschwommen knapp über dem Horizont. »Fangen?«, wiederholte er, seit Jahren hatte er mit niemandem mehr Fangen gespielt, wieso wollte sie denn plötzlich – Sie lachte, lief weg, lief viel zu langsam, was sollte das denn, sie ließ sich fangen, auf einmal lag sie in seinen Armen, sie drückte sich an ihn, seine Hand auf ihrem Schenkel, der Stoff, der abgeschundene braune Rock zwischen seinen Fingern – was um alles in der Welt!

Sie sah ihn an, machte ihm Angst, alles machte ihm Angst. Wieder diese Zukunft in ihren Augen, ein Aufblitzen, das ihn blendete – dann küsste sie ihn. Da war ein Pochen in seinem Körper, das alles andere übertönte, die Abendsonne, die Geräusche der Stadt, Fabriksgeruch, ihr Geruch, die Haut ihrer Wangen, das Licht wie warmes Gold auf ihren zittrigen Lidern – er stieß sie weg. »Bist du wahnsinnig?«, sagte er, holte Luft, wischte sich mit der Hand über den Mund. »Was machst du denn da?« Sie zupfte Staub von ihrer Bluse, Staub, den er nicht sehen konnte, und zuckte mit den Schultern. »Wieso?«, sagte sie. »Ist ja nichts gewesen.« Er sah sie an, das rötliche Licht in ihren Haaren, er schüttelte sich, irgendetwas in ihm schüttelte sich – »Pfäh«, sagte er, spuckte auf den Boden, trat mit der Ferse danach hin.

»Was hast du denn?«, sagte sie, steckte sich die Bluse in den Bund. »Du wirst dich ja wohl nicht aufregen wegen so was.« Sie sagte den Satz, als ob er sich lächerlich machte mit seinen Bedenken, aber das ging doch alles nicht, das war doch alles – »Das ist krank!«, sagte er, trat wieder auf, er fühlte sich verloren, er kannte das Spiel nicht, das sie spielte, kannte keine Regeln, wusste nicht, wann sie gebrochen wären – »Ich bin doch dein Bruder«, murmelte er, die Hände in den Hosentaschen, sie musste doch sehen, wie unsicher er war, er kam sich vor wie das Kind, das er nicht mehr sein wollte. »Nein«, sagte sie. Er hob den Blick. »Was nein?« »Nein«, wiederholte sie, »du bist nicht mein Bruder. Also reg dich wieder ab.« Ihre Silhouette gegen den Abendhimmel, sie richtete ihr Haar, er kannte sie nicht mehr – das halb abgewandte Gesicht, ihre Bewegungen, weich und fließend und fremd – ihm schien, als hätte er sie noch nie gesehen.

»Was soll das heißen?«, sagte er. »Was ich gesagt habe«, erwiderte sie. Er brauchte einen Moment, zu verstehen, wie ein Kieselstein steckte der Satz in seinem Kopf, und auf einmal sah er wieder das Kind in ihrem Blick, die ewigen Ringkämpfe, das Haarereißen, das Kaputtmachen, die Bösartigkeit, das Geschrei. »Deine Eltern sind tot und du bist nicht mein Bruder«, sagte sie, zu ihm gewandt, »Mama hat mir das erzählt. Und du hast es nicht gewusst.« Sie ging einige Schritte rückwärts, lachte, sie drehte sich um und begann zu laufen. »Das stimmt doch nicht«, rief ihr Joe nach, wovon sprach sie denn, das konnte doch nicht möglich sein – »Frag sie doch«, sagte Cathy, rief es über ihre Schulter zu ihm zurück. »Alle haben es gewusst. Alle, außer dir.« Joe sah ihr nach, wie sie über die Heide lief, die Sonne schon fast untergegangen, das Gras um ihre Beine, Kieselsteine, der zerschlissene braune Rock, ein unwirsches Flattern knapp über ihren Knien.

Joe hievte sich auf, er war im Bett gelegen bis jetzt, Scheiße, er wollte nicht aufstehen, er wollte liegen bleiben, aber da war nichts zu machen. Es war leise, keiner von den anderen im Zimmer, alle auf irgendwelchen Feiern zum Memorial Day, bei ihren Familien vielleicht, Freundinnen, whatever. Joe lauschte in die Stille, draußen Hitze, das konnte er spüren, drinnen stickig und keine Luft. Er stieg aus dem Bett, zog seine Hose an, sie konnte kriegen, was sie wollte, diese verdammte Schnepfe aus der Oberschicht. Das echte Leben wollte sie sehen, gut, bitte, das konnte sie haben. Joe setzte seine Kappe auf, schob sie so weit aus der Stirn, dass sie gerade nicht hinunterfiel.

Immer, wenn er an Cathy dachte, kam diese verdammte Wut in seinen Bauch zurück. Was bildete sie sich eigentlich ein, was bildeten sie sich alle ein – Joe ging die Treppen hinunter, er hatte von einer Veranstaltung gehört, die dieser Miss Working Class sicher gefallen würde, drüben bei Republic Steel. Ein Typ hatte ihm gesteckt, dass etwas passieren würde, der hatte es aus ganz sicherer Quelle. Joe schlug die Eingangstür hinter sich zu, verdammt, das würde lustig werden, die würde sich noch in ihr Spitzenhöschen machen, diese Miss Whiter than White. Wenn er fertig wäre mit seiner kleinen Tour, dann hätte sie genug gesehen, dann wäre sie vom echten Leben verdammt noch mal geheilt.

6.

Ein paar Tage danach ist die Ana in den Süden hinuntergefahren. Sie ist schon lange nicht mehr dort gewesen, sicher ein paar Monate nicht. In den letzten Jahren sind ihre Besuche immer seltener geworden. Sie hat verstanden wieso und dass das der Lauf der Dinge gewesen ist. Trotzdem hat es ihr leidgetan.

Es ist ein Frühlingstag gewesen, die Sonne warm, aber noch nicht hart wie im Sommer. Ein Aufblühen ist in der Luft gelegen, sogar in dieser Gegend hier unten. Der Kristóf und die Maria sind zu Beginn ein paar Mal umgezogen. Seit es weniger Arbeit gegeben hat, sind sie im selben Haus wohnen geblieben. Es ist größer gewesen als das erste, ein Bau am Eck, zweistöckig, mit einem kleinen Geschäftslokal im Erdgeschoss. Die Ana hat sich umgesehen. Es ist nicht mehr weit gewesen bis dorthin, das Haus ist näher an der Halsted Street gelegen als das erste. Seit der Kristóf den Unfall gehabt hat, haben sie von den Zimmern gelebt, die sie weitervermietet haben, und das ist nun auch schon einige Jahre her gewesen.

Die Ana ist an der Greißlerei vorbeigegangen, auch die haben sie untervermietet, und hat an die Hintertür geklopft. Sie hat den Kristóf nicht erwartet gehabt, und so ist sie ein paar Schritte zurückgewichen, wie er aufgemacht hat. Die Ana hat ihn begrüßt, zaghaft. Der Kristóf hat ihr nur zugenickt, wie es seine Art gewesen ist. Er hat sich umgedreht und ist den Gang hinuntergeschlurft zu den Zimmern, die die Familie Ribovics selbst bewohnt hat. Er hat müde gewirkt und abgeschunden, und die Ana hat es ihm nicht verübeln können. Der Kristóf hat der Ana ein Zimmer bedeutet und ist selbst in einem anderen verschwunden. Er hat die Tür hinter sich geschlossen.

Die Ana ist eingetreten und hat die Maria in ihrer üblichen Eile vorgefunden. Immer hat sie irgendetwas gekocht oder geräumt oder gerichtet, meist ist sie ein fröhlicher Knopf von einer Frau gewesen, die vor sich hingeredet hat in einem steten, angenehmen Strom. »Grüß dich, Ana«, hat die Maria gesagt. Die Ana hat den Gruß erwidert. Die Maria ist zwischen der Anrichte und dem kleinen Tisch hin- und hergeschossen wie eine Kanonenkugel, aber die sonst so geschmeidigen Bewegungen sind heute voller Ungeduld gewesen, ein unglücklicher Ausdruck auf ihrem Gesicht. Bei der Maria ist alles immer ein wenig zu nah an der Oberfläche dahingeschwommen, sie ist durchsichtig gewesen wie ein klarer Teich. Ohne Mühe hat die Ana bis an ihren Grund gesehen.

Die Ana hat sich auf das schmale Bett gesetzt, das in einer Ecke des Raumes gestanden ist, damit sie ihr nicht im Weg steht. Es hat ausgesehen, als ob es schon lang nicht mehr benutzt worden wäre. Die Maria ist um den Tisch herumgewuselt und hat der Ana einen Tee angeboten. »Nur keine Mühe«, hat die Ana gesagt. Aber die Maria hat keine Ruhe geben können, sie hat der Ana trotzdem einen Tee gemacht, hat erzählt, fast ohne Luft zu holen, dass es schlimm gewesen ist, wie wenig Arbeit es gegeben hat, die Cathy hat nur etwas gefunden, weil sie jung gewesen ist und flinke Finger gehabt hat, als Näherin, aber nicht hier in der Gegend, sie hat so weit fahren müssen, jeden Tag, und der Kristóf ist auch schon ganz frustriert gewesen, es hat gar keinen Sinn gehabt, sich hinzustellen, mit seiner Hand nimmt ihn ja doch niemand mehr, aber es ist ihm so ein Trost gewesen, sich trotzdem anzustellen, es zu versuchen, aber seit der Bub – die Maria hat innegehalten, hat sich mit der freien Hand über die Augen gewischt, mit der anderen das Wasser aus dem Kessel gegossen – also es ist überhaupt eine Schande gewesen, jetzt ist ihnen auch noch ein Untermieter ausgezogen, und das war ein vernünftiger Kerl, hat keinen Lärm geschlagen, was sie jetzt wieder bekommen würden –

Die Ana hat die Maria betrachtet, wie sie den Tee eingestreut hat, da ist keine Sicherheit mehr in ihren Handgriffen gelegen, nur Zucken und Nervosität. Die Ana hat eine Pause abgewartet, die sie ja doch einmal machen hat müssen, dann hat sie gesagt: »Der Josip ist vor ein paar Tagen bei mir gewesen.« Es hat gescheppert, die Maria hat das Häferl so fest abgestellt, dass es fast zerbrochen wäre. »Jetzt habe ich mich verbrannt«, hat sie gesagt, an ihrem Finger gesaugt und die Ana vorwurfsvoll angeschaut. »Maria«, hat die Ana schließlich gesagt, »was ist denn eigentlich passiert?« Die Maria hat sich weggedreht und die Ana hat gesehen, dass sie das Beben in ihren Schultern nur mühsam unterdrücken hat können. »Ich weiß es nicht«, hat die Maria gesagt, nach einer Zeit. »Ich weiß nicht, von wem er das auf einmal gehabt hat. Ob das stimmt, hat er uns gefragt. Ob das stimmt, dass wir nicht seine Eltern sind?« Die Maria hat sich zur Ana umgedreht. Ihr Gesicht ist weich gewesen, die Züge haben leise gezittert, und wie sie den Mund wieder aufgemacht hat, ist ein Schluchzen herausgekommen. Ihre Rede ist nur schwer verständlich gewesen, so unregelmäßig hat sie die Worte hervorgeweint. »Wieso er das denn fragt, hab ich gesagt, und er hat nur wiederholt, ob das stimmt, dass wir nicht seine Eltern sind? Da habe ich zu weinen begonnen und der Bub ist aus dem Haus gestürmt, und seitdem haben wir ihn nicht mehr gesehen.« Die Maria hat sich über die Nase gewischt, ihre Wangen sind nass gewesen und rosarot. Sie hat die Ana angesehen mit einem Blick, aus dem ehrliches Unverständnis gesprochen hat. »Das ist doch alles schon so lange her«, hat sie gesagt, »das ist doch nicht wichtig für ihn, was muss er das denn alles wissen? Es hätte ihn ja doch nur unglücklich gemacht.«

Die Ana hat den Blick gesenkt. Sie hätte ihr sagen können, dass sie das kommen gesehen hat, seit die Maria da gesessen ist, mit einem Kind in jedem Arm und diesem verzückten Blick in ihren Augen, seit sie ihre Tochter Katarina genannt hat, in einem jähen Überschwang, und gemeint hat, damit ist ihre Schuldigkeit getan. Sie hätte ihr sagen können, dass sie es kommen gesehen hat, seit sie den Buben ferngehalten hat von aller Rede über die Vergangenheit, aber die Maria hat auf alle Vorschläge, es ihm doch einmal zu erzählen, mit einem unerschütterlichen Lächeln reagiert, mit einem blanken Gesicht, das solche Aufrufe überhört hat, als wären sie nie gesagt worden. Der Bub ist ihr Kind gewesen, so hat sie es haben wollen, und der Ana ist nichts anderes übrig geblieben, als die eigenartige Tante zu sein, die jede Woche einmal im Haus gestanden ist, ohne Grund, ohne Zusammenhang mit dem Bub und seinem Leben. Der Bub hat kein Kroatisch gesprochen, er hat nichts über seine Mutter gewusst, nichts über seinen Vater. Die Ana hätte der Maria sagen können, dass sie es kommen gesehen hat, seit die Maria begonnen hat, diese Täuschung für die Wahrheit zu halten. Aber es hätte ja doch nichts gebracht. Und so hat die Ana nur geschwiegen und die Hände in ihrem Schoß gefaltet und den gedehnten Seufzern von der Maria zugehört, die sich langsam in ein leises Weinen gewandelt haben.

7.

Eine Viertelstunde. Die Baustelle war nach wie vor verlassen, sie stand an der Kreuzung, der Mantel schien ihr mehr und mehr wie ein lächerliches Kostüm. Lily sah sich um, nichts, vielleicht war das alles eine dumme Idee gewesen. Was er wohl über sie dachte? Sie hatte zu schwitzen begonnen, versuchte, es sich nicht anmerken zu lassen. Lily zog den Mantel aus, wischte sich mit der Handfläche über den Nacken. Ihr Kleid hatte kurze Ärmel, zu kurz vielleicht, was er wohl denken würde über sie? Sollte er doch denken, was er mochte, sie ließ es nicht zu, dieses Gefühl, Enttäuschung vielleicht, Scham, als hätte man sie auf frischer Tat ertappt. Aber Aunt Annie hatte ihr doch versprochen, dass er kommen würde, sie hatte mehrmals nachgefragt, und Auntie hatte geschworen, dass diese ganze Sache in Ordnung sei –

»Sorry«, hörte sie hinter sich. Lily brauchte einen Moment, das Wort wie ein Klumpen Eis in ihrem Bewusstsein, jetzt, endlich, war es so weit. Lily drehte sich um. Eine ältere Dame stand ungeduldig hinter ihr. Ihr war gar nicht aufgefallen, dass sie den Gehsteig blockiert hatte. »Oh«, sagte Lily, nahm vor Verlegenheit den Hut vom Kopf und trat einige Schritte zurück, in den Schatten der Gebäude hinter ihr. »Thank you«, sagte die alte Dame in strengem Tonfall und wackelte mit kleinen Schritten an ihr vorbei. Lily versuchte sich zu beruhigen. Wieso sie sich denn so seltsam fühlte? Es musste die Sonne sein, sagte sie sich, diese Aufregung war gänzlich ungerechtfertigt. Wie lächerlich sie sich doch machte, hier auf einen Jungen zu warten, den sie einmal gesehen hatte, benahm sich so eine

Wissenschaftlerin, eine Sozialarbeiterin? Was bildete sie sich eigentlich ein? Aunt Annie hatte recht gehabt – was erhoffte sie sich denn von diesem Treffen? Lily strich über den Mantel, den sie über ihren Arm gehängt hatte. Sein Stoff blendete, sie schloss die Augen. Der Hut baumelte noch immer zwischen ihren Fingern, sie setzte ihn wieder auf, versuchte, sich darunter zu verstecken. Lily hoffte, dass niemand sah, wie ihre Wangen brannten, wie furchtbar ungelenk sie sich vorkam, alles fühlte sich entsetzlich falsch an, als steckte sie quer in ihrem eigenen Körper!

»Sorry«, hörte sie wieder, ein Anstupsen an ihrer Schulter, »Miss Lily White?« Sie holte Luft, ihr Atem ein Zittern in der Kehle. »Ja«, sagte sie schließlich und drehte sich zur Seite. Sie blickte auf, sah ihn kaum gegen die Sonne, seine Schiebermütze hob sich wie ein eingedellter Heiligenschein von seinem Kopf ab. Sie nahm den Mantel von dem einen auf den anderen Arm, »hallo«, sagte sie, streckte ihm ihre Hand entgegen, was für eine lächerliche Geste, all das hier war lächerlich, sie war eine einzige verquere Unbeholfenheit. »Josip, ja?«, sagte sie, bemühte sich, erwachsen zu klingen, vielleicht merkte er ja nichts, sie hoffte das, was sollte er denn merken, da war doch nichts, und war sie auch nicht zu verschwitzt? Bevor er seine Hand noch ausstrecken konnte, hatte sie die ihre schon zurückgezogen, wischte sie ab an dem Stoff ihres Kleides. Was für ein furchtbares Missgeschick, auf der Stelle würde sie tot umfallen, jetzt, sofort.

Josip sah sie an, sie konnte seinen Blick nicht ausmachen, seine Augen lagen im Dunkeln. Lily schob ihre überzählige Hand ebenfalls unter den Mantel, damit sie nicht in Verlegenheit käme, sich noch einmal durch ihre Ungeschicktheit zu blamieren. »Joe«, sagte er. Lily hob den Kopf. »Was?«, sie war so in Gedanken gewesen, dass sie ihre Frage vergessen hatte. »Bitte nennen Sie mich Joe«, sagte er, »Josip nennt mich nur meine Tante.« Lily sah ihn an, »gut«, sagte sie und nickte gleichzeitig.

Lily war heiß unter ihrem Kleid, Nervosität wie ein dünner Film auf ihrem Körper. Längst hatte sie die Augen wieder gesenkt, da war eine Pause zwischen ihnen, eine Stille, ein dünner, tiefer Schnitt, der alles sagte. »Wollen wir?«, fragte er schließlich. Lily kam sich unendlich dumm vor, sie schwieg, jedes Wort aus ihrem Mund würde verstümmelt klingen, als wäre sie im Fieber, es wäre zu viel verlangt, auch nur den Blick zu heben – sie nickte in den Boden hinein. Als sie fühlte, dass er sie nicht mehr ansah, folgte sie ihm dankbar und stumm die Straße hinunter bis zur nächsten Bahnstation.

8.

Was für ein seltsames Mädchen. Joe hatte seine Kappe tief in die Stirn gezogen, aus den Augenwinkeln blickte er zu ihr hin. Es war ein Fehler gewesen, sich neben sie zu setzen, steif saß sie da, als hätte man durch alle ihre Gliedmaßen Draht gezogen. Sie steckte in ihrem feinen Gewand wie ein Fremdkörper, es schien ihr fast ein bisschen zu groß zu sein. Ihre Brust hob und senkte sich zaghaft, als müsste sie mit jedem Atemzug das Atmen neu erfinden. Der Hut, der auf ihrem Schoß lag, bedeckte ihre Hände völlig. Seit sie eingestiegen waren, hatte sich ihr Blick nicht vom Fenster gelöst. Sie schien die Hochhäuser nicht zu sehen, die an ihnen vorbeizogen, nicht die Straßenschluchten unter ihnen, nicht ihre eigene Spiegelung im Glas. Ihr Blick war nach innen gekehrt, die Augen weit, als hätte sie Angst davor, was sie dort drinnen sah. Joe verschränkte die Arme vor der Brust. Das Rattern des L-Trains war derartig ohrenbetäubend, dass ein Gespräch sowieso unmöglich gewesen wäre, und Joe war froh darüber. Insgeheim begann er, sie für nicht ganz dicht zu halten, dieses seltsame, dünne Mädchen neben ihm. Joe wagte noch einen Seitenblick. Sie sah aus, als würde sie jeden Moment aus dem Sitz kippen, die Augen starrten unbewegt auf ein angsteinflößendes Nichts. So hatte er sich die reichen Schnepfen nicht vorgestellt, aber wer weiß, vielleicht hatten die ja alle einen ganz eigenen Sprung in der Schüssel.

Joe richtete sich auf, berührte sie versehentlich. Zerstreut entschuldigte sie sich bei ihm, zog den Mantel über ihren Schultern zurecht, rückte näher zum Fenster. Zuerst hatte er ihr Verhalten für Hochnäsigkeit gehalten. Mittlerweile glaubte er nur mehr, dass sie nicht ganz richtig im Kopf war. Sie hatte noch keine drei Worte zu ihm gesagt und war ihm vorhin mit kaum hörbaren Schritten zum Zug gefolgt, still und ergeben wie sein eigener Schatten. Wenn er ehrlich war, wäre es ihm lieber gewesen, sie hätte ihn durch irgendetwas gegen sich aufgebracht, damit er sich hätte aufregen können über sie und über ihresgleichen. Stattdessen war sie ihm nur unheimlich, die Haut auf ihrem papierweißen Gesicht so angespannt, als würde sie jeden Moment reißen.

Miss White neben ihm regte sich, strich sich mehrmals mit kurzen Bewegungen das Haar hinters Ohr. Es sah aus, als würde sie einen stillen Kampf mit sich ausfechten. »Joe«, sagte sie schließlich, »wo werden wir denn genau hingehen?« Ihre blassen Wangen waren rot angelaufen, es sah aus, als stünde sie im Fieber. »Was?«, sagte Joe und beugte sich zu ihr hin, obwohl er sehr wohl verstanden hatte. Miss White zuckte zurück, schluckte, sprach lauter. Ihre Stimme klang ängstlich, unbehaglich quälte sie sich die Worte aus der Kehle. »Wo du mich hinführen willst«, wiederholte sie, schrie es fast über das metallische Rattern hinweg. Joe fühlte nichts, als er sich zurücklehnte und sagte, »ist eine Überraschung, Miss White.«

Miss White wusste nicht, was sie sagen sollte, er meinte, die Drähte in ihrem Körper knirschen zu hören, als sie sich zu ihm hindrehte. »Nenn mich bitte Lily«, sagte sie, in derselben unnatürlichen Lautstärke. Draußen rasten gerade die letzten Hochhäuser Downtowns hinweg, die über ihnen eine betonfarbene Laube gebildet hatten. Es schien, als führte der L-Train auf seiner erhöhten Trasse erst jetzt ins Freie. Joe nickte, verschränkte wieder die Arme und zog seine Kappe tief in die Stirn. Lily also. Lily White. Was für ein lächerlicher Name, was für eine verdammt große Geste. Joe überlegte eine Sekunde, aber er blieb dabei. Sie hatte es verdient, sie oder die Ihren, egal. Joe hatte kein Mitleid mit ihr, und trotzdem tat sie ihm in ihrer undurchdringlichen Starrheit irgendwie leid.

9.

Es hat nicht lange gedauert, und die Ana hat herausgefunden, wo der Bub jetzt gewohnt hat. Ein heruntergekommenes Haus, das ausgeschaut hat, als ob es nicht mehr lange stehen würde, lauter Junggesellen, manche Fensterscheiben eingeschlagen, die Eingangstür nur angelehnt. Die Ana hat sich auf den Bordstein vors Haus gesetzt und gewartet.

Wie er gekommen ist, ist schon eine halbe Stunde vergangen gewesen. Er hat innegehalten, hat die Hände mit einer Wucht in die Hosentaschen gesteckt, dass es die Hose ein Stück weit an seiner Hüfte hinuntergeschoben hat. Die Ana hat sich aufgehievt und ist ein paar Schritte auf ihn zugegangen. Der Bub hat seine Augen gehoben, und die Ana hat gemerkt, dass es ziemlich unordentlich ausgesehen hat in ihm drinnen. »Was willst du von mir, Teta?«, hat der Bub gesagt, »ich werd nicht mehr dorthin zurückgehen, wenn es das ist.« Er hat sich bemüht, kämpferisch zu klingen, aber jetzt ist nicht mehr viel da gewesen von der Wut, die die Ana noch vor ein paar Tagen gespürt hat. Er hat gewirkt wie ein verwirrtes Kind. »Josip«, hat sie gesagt, »ich hab eine Bitte an dich.« Der Bub hat seine Ferse in den Schotter unter seinen Sohlen gegraben. Er hat sie nicht angeschaut.

»Und wieso soll ich das machen?«, hat er gesagt, wie sie fertig gewesen ist mit dem Erzählen. »Weil es ihr wichtig ist«, hat die Ana gesagt, und der Bub hat leise geschnaubt. »Das ist mir doch egal, was der wichtig ist, was hab ich denn zu tun mit dieser Miss?« Die Ana hat ihn angesehen, seine trotzige Haltung, das vorgeschobene Kinn, die Hände in seinen Taschen, das Leder von seinen Schuhen, das schon ganz staubig gewesen ist vom Schotter. »Sie hat dir Geld auch versprochen«, hat die Ana schließlich hinzugefügt. Es ist kurz still gewesen, dann hat der Bub mit den Schultern gezuckt. »Gut«, hat er gesagt, »whatever.«

Wie er weggegangen ist, in Richtung von diesem desolaten Haus, und die Eingangstür mit einem Quietschen in ihre halb offene Position zurückgefallen ist, da hat sich die Ana gedacht, es ist nicht gut gewesen, dass sie ihn so gerne gehabt hat. Der Bub ist undankbar gewesen, er hat niemanden gesehen außer sich selbst und seine eigenen Sorgen – aber sie hat die Verantwortung für ihn übernommen, ganz selbstverständlich und vor langer Zeit. Das hat man nicht mehr rückgängig machen können. Versprechen, die man Toten gibt, die gelten für immer. Wie sie daran gedacht hat, an alles, was damals passiert ist, und es in seiner ganzen erschreckenden Klarheit plötzlich wieder vor ihr gestanden ist, da hat es ihr noch mehr wehgetan, dass er sie noch kein einziges Mal gefragt hat, wer seine Eltern denn eigentlich gewesen sind.

Die Ana hat die Whites sehr gerne gehabt. Sie sind ihre Familie hier gewesen, und zwar in jedem Sinne – die gescheite, fragile junge Miss, der Vater, die viel zu früh verstorbene Mutter, Gott hab sie selig. Die Whites haben es nicht leicht gehabt, obwohl sie so reiche Leute gewesen sind, das hat die Ana am besten von allen gewusst. Wie sie in die Familie gekommen ist, ist ihr nicht klar gewesen, was vorgegangen ist in diesem Haus, wieso eine Haushälterin nach der anderen gekündigt hat und sich sogar die schwarzen Serviermädchen aus der Nachbarschaft mit Angst in den Augen von Geistern und von Spuk erzählt haben und einen großen Bogen um das Haus gemacht haben. Es ist ihr seltsam vorgekommen, aber mit der Zeit hat sie verstanden.

Die erste Begegnung mit der Missis hat sie gehabt, wie sie gerade erst in ihre Kammer im untersten Stockwerk des Hauses eingezogen ist. Es ist Nacht gewesen, die Ana hat sich schlafen legen wollen, und auf einmal hat sie etwas gehört, Schritte auf der Stiege, Einbildung vielleicht, ein leises Knarzen. Sie hat dieses Haus noch nicht gekannt, hat sich gedacht, vielleicht hat sie eine Tür übersehen, die leise im Luftzug gegangen ist. Das Licht am Gang ist schwach gewesen, kaum heller als das Kerzenlicht zu Hause. Die Ana hat ein, zwei Schritte gemacht, dann ist sie stehen geblieben. Das Licht hat durch eine Bewegung geflattert, die nicht die ihre gewesen ist. Jetzt hat sie es wieder gehört, ein Geräusch von der Stiege. Die Ana hat ihren Schlafrock enger gefasst, ein paar Schritte noch, dann ist sie am Treppenabsatz gestanden. Sie hat ihren Blick gewendet – und einen Moment lang hat die Ana geglaubt, sie fällt um.

Ihre Hand hat nach dem kleinen Beistelltisch gegriffen, der auf dem Gang gestanden ist, langsam hat sie sich rücklings daran angelehnt. Die Ana ist wirklich kein schreckhafter Mensch gewesen, aber das – diese Gestalt – die Ana hat sich gezwungen, sie wieder anzusehen, und mit einem Mal hat sie das Gehörte zusammengesetzt. In einem großen weißen Nachthemd ist sie vor ihr gestanden, eine zarte, blonde Frau mit entrücktem Gesichtsausdruck, die Hände gespenstisch weiß, das Gesicht klein wie das von einem Kind. Das Nachthemd ist an ihr gehangen wie ein Leichentuch. Die Frau ist auf der Stiege stehen geblieben, die Augen voller seltsamer Erscheinungen, sie hat die Ana gesehen, und doch ist sie ganz weit weg gewesen. Die Ana hat tief Luft geholt, dann ist sie Stufe für Stufe hinaufgestiegen. Sie hat die Frau vom Geländer abgepflückt, ihre Finger gelöst und langsam wieder die Stiegen hinaufgelotst. Ohne Widerstand hat sie sich führen lassen. Ab und zu hat sie einen leisen Seufzer ausgestoßen, als ob sie irgendwo eine zauberhafte Musik gehört hätte, die ihr alleine vorbehalten gewesen ist. Die Ana hat gerade den letzten Schritt mit ihr getan, wie die Tür am Ende der Stiege aufgegangen ist. Herr White ist zurückgeprallt, sein Haar zerzaust, das Gesicht voller Sorge, in seinem Blick der ganze Umfang der Misere. Die Ana hat ihn einen Moment lang angesehen, dann hat sie eine knappe Verbeugung gemacht, ohne die Missis auszulassen. »Ob Sie mir vielleicht helfen können, Herr White?«, hat sie gefragt, denn so hat er genannt werden wollen, Herr und nicht vielleicht Mister, und sie hat sich daran gehalten. Herr White hat stumm genickt und seine Frau von der anderen Seite gefasst. Gemeinsam haben sie sie zu ihrem Schlafgemach gelotst. Sie haben die Frau ins Doppelbett gelegt, verschwindend klein hat sie ausgesehen in dem übergroßen Meer an Pölstern. Sie hat der Ana leidgetan, ihr kleines, verträumtes Gesicht hat angestrengt gewirkt, auch im Schlaf. Herr White hat nichts weiter gesagt als »Danke« und die Ana mit einem kurzen Nicken aus dem Zimmer hinausgebeten.

Sie haben nicht mehr darüber gesprochen. Auch am nächsten Tag nicht. Auch nicht, wie es wieder und wieder passiert ist und die Ana die Missis bald schon allein mit sanfter Gewalt wieder in ihr Zimmer zurückgebracht hat. Sie haben nicht darüber gesprochen, wie die Missis nach ein paar Monaten in eine hübsche Anstalt weiter nördlich in Wisconsin verlegt worden ist und die Ana die kleine Lily fast selbständig aufgezogen hat. Sie haben auch nicht darüber gesprochen bei dem Tod von der Missis wenige Jahre später. Sie haben nicht darüber gesprochen, wie Herr White begonnen hat, immer häufiger auf Geschäftsreise zu fahren, wohl um das leere Haus nicht ertragen zu müssen und weil er seine Tochter nicht ansehen hat können, die seiner Frau so ähnlich gewesen ist, dass es ihn wahrscheinlich bei jedem Blick ins Herz geschnitten hat. Sie haben nie mehr darüber gesprochen, und trotzdem ist alles klar gewesen. Die Ana hat gewusst, was sie wissen hat müssen, und das hat ihr genügt.

10.

Lily ging in einigem Abstand neben ihm her. Keiner von beiden sagte etwas. Der Schotter unter ihren Sohlen knirschte, die Straße war nicht asphaltiert, die Hitze schien sich um ihren Körper zusammenzuziehen. Wo hatte er sie nur hingeführt?

Lily hatte schon lange die Übersicht verloren. Sie hatten den L-Train genommen und dann die Tram, und seit etwa einer halben Stunde gingen sie, wohin genau, das wusste sie nicht. »Hier herüber«, sagte er, sie nickte, folgte ihm. Lily sah sich schweigend um. Kleine Häuser nach allen Richtungen, dahinter aufblitzend und immer näher kommend Grasland, Fabriken, ein heißes Flimmern über der Prärie. Sie hatte das Gefühl, dass das die Wildnis war, die rauchheiße, schmutzige, unbekannte Wildnis der Industrie, die sie nur von Erzählungen kannte. Lily senkte den Blick. Sie folgte dem Zucken ihres Schattens mit den Augen, fahrige, staksende Schritte, ihre eigenen dunkelgrauen Schattenbeine neben ihm her. Sie war froh über den Mantel um ihre Schultern, der sie verdeckte, war froh über den Hut, der den zähen Schweiß auf ihrer Stirn aufsog. Lily stellte sich vor, wie das wohl aussehen musste, sie, leuchtend, hell und weiß wie ein nachmittäglicher Stern in dieser Hitze auf der Prärie. Sie kam sich lächerlich vor, in diesem Aufzug, schwitzend neben einem jungen Mann, den sie im Grunde genommen gar nicht kannte, an einem Ort, der sie abstieß, der sie mit aller Kraft von sich schob. Was um Himmels willen war ihr nur eingefallen?

Sie bogen um eine Ecke, hier waren mehr Menschen, die meisten von ihnen schlenderten langsam ans Ende der Straße, dorthin, wo die Siedlung in Grasland überging. Sie gingen weiter, schwatzende Menschen um sie herum, Lily sah ein Lokal, »Sam's Place«, davor in fröhlichen Trauben eine Menge Arbeiter. Es sah so aus, als wäre eine Veranstaltung im Gange.

»Wir sind da, Miss White«, hörte Lily neben sich. Sie blieb stehen, richtete den Mantel um ihre Schultern. »Gut«, sagte sie und sah sich um. Sie vermied seinen Blick. Was hätte sie denn sonst sagen sollen? Sie hatte diese Gegend sehen wollen, und jetzt konnte sie sich schlecht beklagen. Sie standen am Rand der Siedlung, vor ihnen braun und trocken das Grasland, dahinter, in einiger Entfernung, eine Fabrik. Lily fiel auf, wie ungewöhnlich das alles war – sie hatte das Gefühl, in ein großes Fest geplatzt zu sein, zu dem sie nicht geladen war. Familien saßen auf Picknickdecken auf der Wiese, die von abgebrochenen Flaschen, verrottenden Holzbrettern und weggeworfenen Ziegelsteinen übersät war. Lachende Frauen scherzten miteinander, kleine Kinder liefen zwischen den Decken herum, steckten sich bröseligen Kuchen in den Mund oder bewarfen sich mit Kieselsteinen. Auf der Straße Männer, die Reden schwangen, ein Wagen mit aufmontierten Lautsprechern vor dem Lokal, ab und zu kurz aufbrandender Jubel aus der Menge, die sich um die Redner gebildet hatte.

»Wo sind wir hier?«, fragte Lily endlich. Joe deutete mit dem Kopf auf die Fabrik in der Ferne. »Eine Versammlung«, sagte er, »sie streiken bei Republic Steel.« Lily sah ihn an. »Ein Streik?«, sagte sie, »wirklich? Ein echter Streik?« Joe nickte. Er hatte sie zu einem Streik geführt! Wie aufregend – wie ungewöhnlich –, davon hätte sie nicht zu träumen gewagt! Lily betrachtete die Fabrik, ein aschfarbenes Ungetüm, aus dessen Schornsteinen Rauch stieg. »Aber ist die Fabrik denn nicht noch in Betrieb?«, sagte Lily und zeigte auf die Rauchsäulen am Horizont. Joe zuckte mit den Schultern, »sieht wohl so aus.«

Nach einer kurzen Pause fügte er hinzu, »die Polizei bewacht die Fabrik, und diese Leute hier möchten vor dem Haupttor protestieren, aber die Polizei lässt sie nicht. Steckt unter einer Decke mit der Corporation. Beschützt die Streikbrecher, die drinnen sind. Es sind nicht viele.« Lily nickte, aber sie war sich nicht sicher, ob sie verstand. Die Sache hörte sich kompliziert an. »Bist du engagiert in dieser … Bewegung?«, fragte sie. Joe zuckte wieder mit den Schultern. »Nein«, sagte er, »aber man hört so einiges.«

Beide wurden sie leise, hörten den Männern zu, die sich vor dem Mikrofon in Rage redeten. Lily sah sich die Menschen um sie herum genauer an. Die Familien auf den Picknickdecken, junge, aufgekratzte Männer, Frauen in ihren schönsten Kleidern, Arbeiter jeden Alters, Schwarze, Weiße, Mexikaner. Lily hatte noch nie so eine bunte Menge an Leuten gesehen. Irgendetwas daran faszinierte sie. Die vereinigten Arbeiter, die Gewerkschaftsbewegung, David gegen einen stahlproduzierenden Goliath – sie erinnerte sich daran, was sie über den Pullman-Streik gelesen hatte, wie schwer jeder Fortschritt erkämpft worden war – Lily kam sich vor wie in ihrer eigenen Abenteuergeschichte. Die fröhliche Aufregung, die Feiertagsstimmung, die lachenden Gesichter – langsam ließ sich Lily selbst davon anstecken. Es gefiel ihr hier und sie war dankbar, dass Joe sie mitgenommen hatte. Lily sah ihn an, kurz, sodass er es nicht merkte. Schade, dass er so finster dreinsah. Er wirkte, als ob er nicht glücklich wäre, mit ihr hier zu sein.

Lily wusste nicht, wer es als Erstes gesagt hatte, aber auf einmal war es klar: Man würde auf die Fabrik losmarschieren. Sie merkte, wie sich die Aufregung ausbreitete, durch die Menge, durch die Einzelnen, bis in ihre eigene Magengrube hinein. Wo es doch das Recht der Arbeiter war, friedlich vor den Toren zu protestieren! Man konnte sie nicht daran hindern! Es wurden Fahnen ausgegeben, die Leute standen auf, begannen zu singen. Viele Familien mit Kindern blieben zurück, doch die anderen marschierten los, auf einem ausgetretenen Pfad mitten durchs Feld hin zur Fabrik. Lily lachte, lachte laut, spürte, wie ihr Mund sich in ein Lächeln breitete, das Zähne zeigte – doch Joe blickte zur Seite, ins Prärieland hinaus, als wäre ihm ganz egal, was hier Großes passierte. Lily sah Frauen, die Fahnen schwangen, sah einen Mann mit Filmkamera, und erst die Arbeiter, den Stolz in ihren Gesichtern, die Freude, die Entschlossenheit! Die Leute sangen, sangen einander gegenseitig Mut zu, und das Gefühl in Lily wurde dichter. Was für eine schöne Überraschung er ihr da bereitet hatte! Lily war ganz aufgewühlt, die Sonne und die Lieder in ihr vermischten sich, bis sie ein Gleißen in sich spürte, das sie nicht für sich behalten konnte. In einem plötzlichen Impuls griff sie zu Joes Hand neben ihr und ließ sie erst wieder los, als ihr bewusst wurde, was sie da getan hatte. Lily lachte die Röte in ihren Wangen weg, das kam nur von der Hitze – bestimmt – und fast glaubte sie sich selbst diese Ausrede sogar.

Joe blickte sie kurz an, ein seltsamer Ausdruck in seinen Augen, dann verschwand sein Gesicht wieder unter der Schirmmütze. Er ging lässig dahin, wurde schneller, wenn sie es wurde, blieb mit ihr zurück, und trotzdem schien es, als wäre er angespannt. Er sah sich um, wenn er meinte, sie würde es nicht bemerken. Ob er auf etwas wartete? Lily dachte nicht lange darüber nach. Die Menschen gingen über die Wiese, Fahnen schwingend, Aufregung und Lieder um sie herum, und die Hitze schmolz sie alle zusammen. Lily atmete die stickige Luft, als wäre sie eine frische Brise, sie hatte längst schon vergessen, wie befangen sie vor einer halben Stunde noch gewesen war. Sie hätte ewig so dahingehen können, im unregelmäßigen Takt der Menschen um sie herum, in dieser so aufregend fremden Menge – auf einmal hatte sie das Gefühl, der Marsch werde langsamer. Lily blieb stehen. Ein Raunen ging durch die Arbeiter, tatsächlich, sie kamen nicht mehr voran. Ohne nach Joe zu sehen, drängte sie nach vorne. Was war da los? Quer über das Feld ging eine Linie von Polizisten, die ihren Weg blockierte. Lily verstand das nicht, es war doch ihr Recht, hier zu marschieren! Sie drängte weiter, schob sich nach vorne, wusste nicht, ob Joe noch neben ihr stand oder nicht. Nun war fast kein Durchkommen mehr. Ein paar Schritte noch, dann sah sie es. Dort, wo sich Polizei und Demonstranten trafen, gab es Diskussionen. Lily spürte die Anspannung in der Menge, die Münder, die sich gegenseitig etwas zuflüsterten, die Ellenbogen, von vorne laute Stimmen, Schimpfworte, Flüche und dann, auf einmal, ein lauter Knall. Es dauerte nur ein paar Sekunden, eine entsetzliche, papierdünne Stille, und plötzlich war es, als hätte man ein Streichholz in ein Fass Benzin geworfen. Das Weideland um sie herum begann zu kochen. Menschen liefen an Lily vorbei, Schreie auf ihren Mündern, zurück in die Richtung, aus der sie gekommen waren. Wieder und wieder knallte es – Menschen fielen – das waren Schüsse! Die Polizei schoss scharf! Lily stand da, ohne sich zu regen. Ätzender Rauch breitete sich über die Prärie, ein Verletzter, er blutete aus der Hüfte, ein anderer zog seinen geschlagenen Kameraden mit aller Kraft vom Boden auf, nur weiter, nur weiter, nur weg von der Polizei. Lilys Hände glitten zu ihrem Mund, sie spürte ihre Lippen auf der Handfläche, was passierte da? Das war doch alles gar nicht möglich! Lily sah Polizisten mit Schlagstöcken, sie holten aus, drei, vier Mann über einem am Boden liegenden Arbeiter. Die Polizei schlug, schlug auf diejenigen, die schon lagen, schlug den Fliehenden in den Rücken, auf die Beine, die Polizei lachte – Menschen auf der Wiese, die da lagen, als hätte man sie achtlos hingeschmissen, Menschen, die fielen, die Hände über dem Kopf, als ob sie das schützen könnte. Lily sah eine Frau, die ihr bekannt vorkam – eine Sozialarbeiterin, Hull House, sie erinnerte sich – ein Polizist schrie sie an, stieß sie, drängte die Stolpernde in ein Automobil. Ein Gefallener nach dem anderen wurde von der Polizei vom Feld gezerrt und in die Wagen geprügelt, die vorfuhren, gestoßen, gedrängt, geschlagen wie die Tiere. Lily biss zu, sie spürte die Zähne auf ihrer Handfläche, war das real, passierte es wirklich? Lily konnte nicht glauben, was sie da sah – ihre Augen auf dem Mann mit der Kamera – die Wagen – die lachenden Polizisten – die Fliehenden, Geschlagenen – ein Rinnsal Blut unter einer Lippe, Blut über den Augenbrauen, rote Flecken auf einem schweißnassen Hemd. Da war Rauch um sie herum, Tränen stiegen ihr in die Augen, diese Knüppel und das Blut, die Menschen, die Frauen, die jungen, jungen Männer, was hatte sie da nur gesehen? In ihr wurde alles flüssig und lose, sie spürte, dass sie das nicht eine Sekunde länger ertragen konnte. Die Hitze, dieses Schlagen, alles schwamm ineinander, sie gab nach, das Gras um ihre Beine wuchs ihrem Blick entgegen – und als sie jemand um die Taille fasste, konnte sie nicht mehr, da fiel sie diesem Arm in sanfter Schwärze entgegen.

11.

Das Mädchen war wahnsinnig, jetzt war er sich sicher. Joe bog um die Ecke, lief, bis er im Schatten der Gebäude stand. Er sah sich um, lehnte sie vorsichtig an eine Hausmauer und fasste sie an den Schultern. Joe versuchte, ihr ins Gesicht zu sehen, doch ihr Kopf hing vornüber. Langsam ließ er sie die Mauer hinuntersinken, bis sie am Boden saß, die Beine ausgestreckt, die Arme schlaff neben ihrem Körper. Wie einen Mehlsack hatte er sie sich über die Schulter geschmissen, war vom Feld gelaufen, zwischen den Häusern hin und her, in einem Höllentempo –

Was hatte sie sich nur dabei gedacht? Was war verdammt noch einmal in sie gefahren, sich fast ganz nach vorne zu stellen, diese dumme Gans! Er hoffte mit einem tauben Gefühl darauf, dass ihr nichts geschehen war. Das konnte er wirklich nicht bringen, die Tochter von einem reichen Oberstadtheini wie ein verdammtes Schwein abknallen lassen, so mir nichts, dir nichts auf einem Feld, bei einer verdammten Gewerkschaftsdemo, was für eine beschissene Idee das alles gewesen war! Er sah sie an, griff hinter ihren Rücken, ihr Oberkörper klappte schlaff nach vorne. Kein Blut, keine Wunden. Die Arme bis zu den Händen. Nichts. Hüfte, Brustkorb, Beine – dreckig, aber intakt. Joe atmete hörbar aus. Wie eine Tontaube war sie am Feld gestanden, weiß und gleißend, die Hände vor dem Mund, man hätte nicht einmal zielen müssen und man hätte getroffen. Verdammt noch mal, sie hatte Glück gehabt – nein, er hatte Glück gehabt, Scheiße, wenn er gewusst hätte, in welche Schwierigkeiten er sich hätte bringen können, wenn er gewusst hätte, dass sie schießen würden, diese Idioten, dann hätte er die ganze Sache bleiben lassen.

Ab dem Zeitpunkt, wo sie aufs Feld getreten waren, war ihm die Angelegenheit entglitten. Vorher hatte Miss White keinen Ton herausgebracht, war wie ein verängstigter kleiner Schoßhund hinter ihm hergetrottet, aber kaum hatte sie die Leute gesehen, war ein Glühen in ihre Augen getreten, das ihm Angst gemacht hatte. Sie hatte die Menschen angeschaut, als hätte sie noch nie im Leben welche gesehen, war hin und her gelaufen, war aufgeregt gewesen wie ein kleines Kind. Joe hatte sie aus den Augen verloren, und dann, ein paar Minuten später – Tränengasgranaten, Schüsse, Blutige, Verletzte und, verdammt noch mal, Tote!

Joe war gelaufen, bis er seine Beine nicht mehr gespürt hatte, diese seltsame Miss auf seiner Schulter. Er wandte den Blick ab, stützte die Hände auf die Knie, hörte nur sein eigenes Keuchen. Aber jetzt waren sie hier, in Sicherheit. Joe wartete, bis sein Atem langsamer wurde, dann ließ er sich neben ihr auf den Boden gleiten. Er lehnte seinen Rücken an die Backsteinmauer, der Schatten kühl wie ein frisches Leintuch in einer Sommernacht. Ein paar Minuten war gar nichts in seinem Kopf, nur Atem, nur Rauschen. Er schloss die Augen. Die Leere um ihn herum beruhigte ihn. In der Ferne konnte er Autos hören, ganz leise nur, um sie herum nichts als Lagerhallen und Schuppen, kein Mensch weit und breit. Joe spürte die Erleichterung durch seinen Körper rieseln. Es war noch einmal alles gut gegangen. Alles war gut. Alles gut.

Dass so etwas auch immer ihm passieren musste! Er hatte das doch alles nicht böse gemeint, es hätte doch nur ein harmloser Streich werden sollen, mehr nicht. Joe öffnete mühsam die Augen, wandte seinen Kopf zu ihr, und einen Moment lang schämte er sich. Sie sah aus, als ob sie schliefe, ihr Kopf war zur

Seite gerollt, das Haar hing ihr ins Gesicht, kitzelte ihre Nase, ihren Mund. Vielleicht hätte sie ihm sogar gefallen, wenn sie nicht so verdammt seltsam gewesen wäre. Joe wandte seinen Blick ab, spürte die kühle Backsteinmauer an seinem Schädel, an der Haut in seinem Nacken. Der Himmel leuchtete in einem breiten blauen Streifen über den angrenzenden Hallen, die Sonne hart vor seinen ausgestreckten Beinen. Joe starrte ins Blau, bis seine Augen brannten. Er hatte Mühe, nicht einzuschlafen, jetzt, sofort, und alles gründlich zu vergessen, diesen Tag, diese wahnsinnige Schnepfe neben ihm, seine Schwester, seine Eltern, diese Stadt und dieses ganze verdammte, beschissene Leben gleich mit dazu.

12.

Es ist Abend gewesen, wie sie heimgekommen sind. Die Ana hat ihn nicht erwartet gehabt. Sie hat die Tür zu den Angestelltenquartieren aufgemacht, und da sind sie gestanden. Die Ana hat kein Wort gesagt, hat ihn angesehen, das Mädchen, das mit glasigen Augen an seiner Schulter gelehnt ist, ihr schöner Mantel dreckig, Grashalme und Erdflecken auf ihrem Kleid. »Sorry, Teta«, hat er gesagt, kaum hörbar. Er hat mit der jungen Miss ein paar zaghafte Schritte herein gemacht. Miss Lily hat sich kaum aufrecht halten können. Die Ana hat sie unter dem anderen Arm gefasst, und gemeinsam haben sie sie die Stiegen hinaufgetragen. Ihre Füße haben nur bei jedem zweiten Schritt den Boden berührt. Die Ana hat das Bad eingelassen und der Bub ist im Wohnzimmer gestanden, mit seinen dreckigen Schuhen auf dem teuren Brokatteppich, sein Blick auf den Vorhängen, den Vasen, auf dem goldenen Teeservice in der Vitrine – sie hat gesehen, wie er sich gefühlt hat. Er hat die Kappe, die er in den Händen gehalten hat, mit seinen Fingern malträtiert, hat versucht, nichts anzustarren in diesem Raum, und endlich hat er den Blick gesenkt.

Wie die Ana die junge Miss zu Bett gebracht hat, ist sie zum Buben getreten. Er hat sofort begonnen zu reden. »Es ist nichts passiert, wirklich, es sieht nur so aus –«, hat er angefangen, dann hat er wieder aufgehört. Seine Augen sind im Raum hin und her geschossen, von der Decke zum Kamin, zum Fenster und wieder auf den Boden. Dann hat der Bub Luft geholt, und seine Stimme ist sehr schwer zu verstehen gewesen. »Es hat eine Demonstration gegeben, unten, bei Republic Steel. Ich habe sie mitgenommen, weil sie doch etwas sehen wollte. Sie ist nur dagestanden und hat geschaut. Und dann ist sie plötzlich umgefallen.« Er hat die Augen von der Ana gesucht. »Wenn ich gewusst hätte, dass das so wild wird und dass die Polizei zu schießen beginnt, dann hätte ich sie wirklich nicht –« »Bist du dir sicher, dass ihr nichts passiert ist?«, hat die Ana ihn unterbrochen. Der Bub hat so heftig genickt, dass ihm das Haar in die Stirn gefallen ist. »Ja«, hat er gesagt, »ihr ist wirklich nichts passiert, ich schwörs.«

Die Ana hat ihn angeschaut, und ihr Blick ist so intensiv gewesen, dass er die Augen abwenden hat müssen. Ein paar Sekunden lang ist es leise gewesen. »Du wirst kommen«, hat die Ana schließlich gesagt, »jeden Tag wirst du kommen und nach ihr sehen. Du wirst kein Geld nehmen dafür. Du wirst gewaschen sein und höflich. Das schuldest du ihr. Hast du verstanden?« Der Bub hat genickt, in den Boden hinein, in den Brokatteppich mit seinen verschlungenen persischen Mustern von Granatäpfeln und halb verdorrten Blumen. »Dann geh jetzt«, hat die Ana gesagt und hat alles andere zurückgehalten, was ihr sonst noch auf der Zunge gelegen wäre. Der Bub hat sich auf den Fersen umgedreht und ist die Stiege hinuntergelaufen, so schnell er können hat, der Klang der Tür nur mehr ein dumpfer Nachhall im Untergeschoss.

Die Ana hat auf die Fußabdrücke geschaut, die er am Teppich hinterlassen hat, auf die Dreckklümpchen und die verschmierten Stellen auf dem kostbaren Material. Sie hat gespürt, wie sich alles in ihrem Gesicht zusammengezogen hat, wie es gebrannt hat hinter ihren Lidern. Die Ana hat den Blick gehoben und auf die Kellertür gestarrt, die sich kaum merklich im Luftzug bewegt hat. Ein paar Momente lang hat sie sich nicht geregt, dann ist ein Ruck durch ihren Körper gegangen. Sie würde nach Miss Lily sehen, ihr einen Tee bringen oder eine heiße Milch, vielleicht ein Buch, wenn sie Ablenkung wünschte. Die Ana hat sich aufgerichtet, hat sich die Falten aus dem Kleid gewischt und sich die Frage nicht gestellt, wer dieser fremde junge Mann, den sie zu kennen geglaubt hat, denn eigentlich gewesen ist.

13.

Die letzten Tage hatte Lily in einem Zustand seltsamer Erhitzung verbracht, ihr Kopf, ihre Wangen so heiß, als hätte sie Feuer gefangen. Sie war die ganze Zeit über im Bett gelegen, hatte unbewegt auf die schweren Vorhänge geschaut, die Baumkronen draußen mit ihrem blendend hellen Grün wie unerklärliche Zeichen aus einer anderen Welt. Lily träumte.

Joe hatte sie besucht. Beim ersten Mal hatte er so etwas wie Blumen in der Hand gehabt, ein ganzes Sträußchen davon, vielleicht hatte er sie auf seinem Weg herauf in die Stadt irgendwo ausgerissen, in einem unschuldigen Vorgarten, einem Petunienbusch, einer halb verdorrten Wiese wie der, auf der sie – die Polizei – die Knüppel – und all das Blut – Lily hatte so getan, als ob sie schliefe. Aus den Augenwinkeln hatte sie ihn angeblickt, hatte ihre Lider kaum geöffnet, ihr Atem gleichmäßig und leise. Sie hatte sein Gesicht nicht gesehen, nur den Abschnitt zwischen Schultern und Knien. Er hatte sich gesetzt, vorsichtig, die Blumen auf seinem Schoß. Lily hatte stillgehalten, das Geräusch der Bettdecke, die sich in ihrem eigenen Rhythmus sacht bewegt hatte. Sie hatte Joe betrachtet, ihre Wimpern wie ein Schatten über seinem Körper, er, eingekeilt in den hauchdünnen Spalt zwischen ihren Lidern. Sie stellte sich vor, wie er sie gehalten hatte, wie er sie abgepflückt hatte vom Feld, kurz bevor sie gefallen war, wie er sie über seine Schulter gelegt hatte, dicht an dicht an seine Brust – sie hatte sich bewegt, hatte ihr Gesicht zu ihm hingedreht, ohne aufzuwachen. Er war erstarrt auf seinem Stuhl. Mit einem Seufzer hatte sie sich unter der Bettdecke gestreckt, hatte ihre kleinen

Fäustchen bis weit über den Kopf hinausgeschoben, den Rücken gebogen bis zu einem Knacksen. Das Hemd, das er getragen hatte, war aufgekrempelt gewesen bis zu den Ellenbogen.

Lily träumte. Sie lauschte in die Stille in ihrem Zimmer. Er war da, auch wenn sie nicht an ihn dachte. Wie eine ferne Erinnerung schwamm er am Rand ihres Bewusstseins, immer, die Lachfältchen um seine Augen, sein Geruch, sein Hemd, die Adern, die sich unter seiner Haut abgehoben hatten, dick und kräftig und gesund. Alles war ineinandergeflossen in ihrem Kopf, eine gleichgültige, zuckende Masse in der Hitze ihrer Gedanken. Joe, die Toten, Menschen, die niederfielen neben ihr, verzogene Grimassen, Blut und Erde in ihren Mündern, ein junges Mädchen in einem Wagen, sie selbst vielleicht, es hätte genauso gut sie selbst sein können, die man dort hineingestoßen hatte, ein Rocksaum, der hinter einer schwarz lackierten Tür verschwand. Sie stellte sich vor, dass er sie gehalten hatte, als sie über seiner Schulter gelegen war, er musste ihre Beine gegriffen haben, die Schenkel vielleicht, ihre Hüfte ganz nah an seiner Wange – sie sah alles so klar vor sich, dass es ihr unwirklich erschien. Hatte sie denn nicht geschlafen, hatte sie denn nicht geträumt? Was, wenn das alles gar nicht passiert war? Sie hatte ihn hinter eine undurchdringliche Barriere aus Wimpern und Atem verbannt, weil sie Angst hatte, vor ihm, vor sich, vor der Welt, die plötzlich schwerelos geworden war, so durchlässig nach allen Richtungen hin.

Lily wachte nicht auf, wenn er kam. Sie träumte. Ihre Gedanken hätten Spuren hinterlassen in ihrem wachenden Gesicht, das wusste sie. Ihre Augen hätten nichts verleugnet, er hätte alles gesehen, die Toten in ihrem Kopf, die Gefallenen, das, was sie mit ihm gemacht hatte, wenn er gegangen war. Ihr Seufzen zwischen den schweren Vorhängen, die Hand, die knapp unter ihrer Hüfte brannte, wenn sie an ihn dachte, sie selbst, die einen sengenden Umriss auf ihrer Matratze hinterlassen haben musste, der süße, dünne Film von Schweiß auf ihrer Haut – sie träumte von ihm und von den Toten, das Knistern von trockenem Gras unter ihren Sohlen, dieser einzige Tag ein unzertrennliches, dichtes Amalgam in ihrem Kopf. Aufwachen, in die Sonne hinein aufwachen schien ihr verlogen, diese unschuldige Sonne stimmte nicht mehr für sie. Aufwachen konnte und wollte sie nicht.

14.

Joe war tatsächlich hingefahren, jeden verdammten Tag, wie seine Tante angeordnet hatte. Wie ein Idiot war er an ihrem Bett gesessen, die ganzen letzten zwei Wochen schon, und hatte die halbe Stunde abgewartet, die er hier verbringen musste, bis er wieder gehen durfte. Joe beklagte sich nicht, kam jeden Tag um dieselbe Zeit und trat mit gesenktem Kopf und großem Widerwillen in dieses grässliche, finstere Zimmer. Er wusste, dass es eine besondere Form von Strafe war, die sich seine Tante für ihn ausgedacht hatte.

Ja, er hatte ein verdammt schlechtes Gewissen wegen dieser Sache. Das Mädchen hatte es nicht verdient, das stimmte schon, aber noch mehr schämte er sich für die Sorgen, die er seiner Tante bereitet hatte. Sie hatte ihm erzählt, dass die Miss ihr Zimmer nicht verließ, nur ganz selten wachte sie aus ihrem Halbschlaf auf, forderte Essen, Tee vielleicht, niemals ein Buch, nichts, um sich abzulenken. Er hatte seine Tante selten so besorgt gesehen.

Joe war es recht, dass das Mädchen nie wach war, wenn er kam. Er saß da, jeden Tag, in diesem dunklen Zimmer, halb zugezogene Vorhänge bei der Hitze da draußen, die Luft voller Staub und ohne Leben. Er sah sie selten an, ihr Gesicht war fast verschwunden, eingesunken in den Berg aus Decken und Pölstern, hinter denen sie sich verbarrikadiert hatte. Joe blickte abwechselnd auf die schwach beleuchteten Bilder an den Wänden, auf ihren Schreibtisch, auf den Schrank mit dem schmalen Spiegel davor. Er war froh, dass er nicht mit ihr reden musste. Was um Gottes willen hätte er denn auch sagen sollen? Diese

Miss White hatte ein derartig zartes Gemüt, dass sie bei einem falschen Wort von ihm vielleicht der Schlag getroffen hätte. Wer weiß, was er beim letzten Mal falsch gemacht hatte – es war ihr doch im Grunde genommen nichts passiert –, und wer weiß, was er nun wieder falsch machen würde. Noch so eine Sache wollte er wirklich nicht riskieren, und wenn schon nur um seiner Tante willen.

Immer, wenn er sie wieder verließ, war Joe wie befreit. Es ging ihm besser mit jedem Meter, den er sich von diesem unglücklichen Haus entfernte. Joe fuhr mit dem L-Train, legte den Kopf an das Fenster des Zuges, die Sonnenstrahlen schnitten schräg in den Waggon hinein. Ein lautes, metallisches Rattern um ihn herum und dennoch drang der Abend warm und duftend und unaufhaltsam durch die gekippten Fenster. Joe beschloss, den letzten Weg zu Fuß zu gehen. Er konnte gar nicht anders als zu laufen, das Blut in seinen Adern schien Blasen zu schlagen, und mit einem Mal war so viel Kraft in ihm, dass er gar nicht wusste wohin damit. Joe lief und lief und merkte erst, wo er hingelaufen war, als er schon angekommen war. Er hielt an, drehte sich um, hoffte, dass ihn niemand gesehen hatte. Wieso war er hierhergelaufen? Er hatte hier nichts mehr verloren. Joe ging in die entgegengesetzte Richtung weiter, seine Fersen hart auf dem Boden, sein Blut in ungeduldigen Wellen in seinem Körper, und doch wollte sich der Ärger, den er so gut kannte, nicht einstellen – dann hörte er Schritte hinter sich. »Joe«, sagte sie, er musste sich nicht einmal umsehen, »lauf nicht schon wieder davon. Bleib doch mal kurz da.« Er ging langsamer, ohne es zu wollen, er sollte weg, weglaufen, weiterlaufen, er sollte aufstampfen, denn sie hatte es verdient. Und dennoch wartete er, bis sie aufschloss zu ihm. Er sah sie an, von der Seite. Ihre festen Schuhe, das dunkelblaue Kleid mit dem abgewetzten Spitzenkragen, ein Kleid für kleine Mädchen, es sah seltsam aus an ihrem Körper. »Weiß nicht«, sagte er, »wieso soll ich denn nicht weglaufen? Bringt doch alles nichts mehr hier.« Sein Ton verriet ihn, er klang nachgiebig und scherzend, er glaubte sich selbst nicht mehr, dass er noch böse war auf sie.

Cathy schwieg, ging neben ihm hin, und er hatte den Eindruck, dass es ihr nicht leichtfiel, ihre Frage zu stellen. »Und«, sagte sie schließlich, »ist sie hübsch?« Joe hielt inne, seine Schritte wurden langsamer, aber er hörte nicht auf zu gehen. »Was?«, sagte er, »wer soll hübsch sein?« Er zog die Stirn zusammen, wandte seinen Kopf zu ihr. Was fragte sie denn noch – sie selbst war schön, ihre Haut rosig, rot an den Wangen, die Zöpfe dick und glänzend bis unter ihre Brust. Er bemühte sich, nicht hinzusehen. Sie zuckte mit den Schultern. »Du weißt schon«, sagte sie schließlich. Ihre Worte hingen in der Luft wie lose Trauben, und er hatte das Gefühl, er hätte sie verstehen sollen. »Du bist hübsch«, sagte er, er hatte nicht nachgedacht, es war ihm einfach so herausgerutscht. Er hatte sie vermisst, ihre wilden Augen, ihr Lachen, dieses unverständliche Spiel, das sich zwischen ihnen wie eine Seuche ausgebreitet hatte. Er war zu lange in diesem verdammten Zimmer gesessen, um den Blick nicht zu schätzen, den sie ihm jetzt zuwarf. »Danke«, sagte sie nur, drehte die Spitze ihres Zopfes um den Zeigefinger und lächelte.

Sie gingen die Straße nahe ihres Elternhauses entlang, die bekannten Alleen mit den mickrigen graustichigen Bäumen, die Arbeiterkinder, die mit dreckigen Bällen auf der Straße spielten, Geschrei, Wäsche an achtlos quer gezogenen Leinen vor den Häusern. Er zuckte nicht zurück, als sie seine Hand fasste, als sie dahingingen wie ein Liebespaar, als wäre das das Natürlichste auf der Welt. Sein Atem, das Blut in seinen Adern stieg ihm zu Kopf, irgendwas in ihm wurde dichter, zerteilte ihn langsam von innen, und es war ihm nicht unangenehm. Er sah sie an mit einem Blick, der ihm fremd vorkam, ihr Gesicht von der Seite, ihre Zöpfe, das Wippen in ihrem Gang, alles bekam eine neue Bedeutung für ihn. Sie schien zu wissen, wo sie hingingen; ihm war die Richtung vage bekannt. Alles war still und friedlich, der Himmel über ihnen weich vom schwindenden Licht und verwaschen. Sie setzten die ersten Schritte auf die Prärie, als die Sonne begann, unwirkliche Muster in die Wolken zu zeichnen und die Dunkelheit langsam und fordernd an ihren Gliedern zog.

15.

Die Ana hat einen Pass für den Buben besorgt, ohne viel darüber nachzudenken. Sie hat die Münzen gezählt, die sie in einem kleinen Säckchen zwischen den Kleidern in ihrer Kommode versteckt gehabt hat. Es ist nicht wenig gewesen, genug für eine Überfahrt für zwei. Die Ana hat das Gefühl gehabt, dass irgendwas zu Ende gegangen ist. Es hat sie traurig gemacht, aber sie hat es nicht ändern können. Eines Abends hat die Ana die alte Kiste vom Dachboden geholt, mit der sie vor so langer Zeit ins Amerika herübergekommen ist. Sie hat sie in ihr Zimmer gestellt, hat sie in eine Ecke geschoben und ein kleines, besticktes Tuch darübergebreitet. Es hat ausgesehen, als ob die Kiste schon immer da gestanden wäre, als ob diese Geste im Grunde genommen nichts bedeutet hätte. Aber die Ana hat genau gewusst, dass es anders gewesen ist.

Sie ist viel spazieren gegangen in den nächsten Tagen. Die Ana hat das Gefühl gehabt, es ist ihre Pflicht gewesen, sich alles noch einmal genau anzusehen – den Park am See, die jungen Leute auf den großen Steinen an seinem Ufer, Hunde, Frauen mit Kinderwagen, Sonnenschirme. Die Ana hat Nachbarn erkannt, Dienstmädchen, Köchinnen, Bediener. Sie ist in den Zoo gegangen und hat die Tiere betrachtet, hat den Radfahrern zugesehen und vereinzelten Läufern. Ab und zu hat sie sich auf einer Parkbank niedergelassen, der See eine weite, unbewegte Fläche vor ihr, und hat beobachtet, wie sich das Licht in den Baumkronen über ihr zaghaft gebrochen hat.

Wie der Josip zum ersten Mal in Miss Lilys Zimmer gesessen ist, schweigend, die junge Miss unerreichbar und vergraben in ihren eigenen Gedanken, hat diese große Traurigkeit in der Ana drin angefangen. Kein Wort ist in über einer halben Stunde aus dem Zimmer gedrungen, und wie der Bub das Haus verlassen hat, hat sie seine Erleichterung so deutlich gespürt, als wäre es ihre eigene gewesen. Sie hat gehofft, dass seine Besuche die junge Miss aufheitern, dass sie ihr helfen würden, aber die junge Miss hat selbst mit ihr kaum ein Wort gewechselt. Die Ana hat nicht daran denken wollen, an diese Ähnlichkeit, an den Eindruck, der sie manchmal überkommen ist, wenn sie die junge Miss angesehen hat – das zarte, kleine Gesicht, diese Müdigkeit, der weit entfernte Blick in ihren Augen – dann hat sich die Ana jedes Mal umdrehen und das Zimmer verlassen müssen, denn die junge Miss hat sie ja schließlich nicht traurig sehen sollen.

Die Ana hat gewusst, dass es Dinge gibt, die man nicht ändern hat können, und so hat sie sich damit abgefunden. Sie ist nach Downtown gefahren, ist die Michigan Avenue hinunterspaziert. Sie hat gar nicht mehr gewusst, wann sie das letzte Mal dort gewesen ist. Die Ana hat die Leute angesehen, die auf der Magnificent Mile ihre Besorgungen erledigt haben, die feinen Damen mit ihren teuren Kostümen, die Herren mit Zigarre und imposanten Schnurrbärten. Sie ist an der Redaktion der Chicago Tribune vorbeigegangen, an diesem großen Haus, das wie ein modernes Geisterschloss neben der Flussbiegung gestanden ist, über die Brücke und schließlich hinunter bis an den Fluss. Sie hat ins Wasser geschaut, das in träger grauer Masse an ihr vorbeigezogen ist, ein paar Meter unterhalb der Stadt; über ihr Lärm und Rauschen, hier nur das viele, unbeirrbare Wasser in seinem betonierten Strom. Die Ana ist die Stufen wieder hinaufgestiegen, Automobile in großer Zahl, Omnibusse, ein geschäftiges Brausen um sie herum. Sie ist in den Loop gegangen, der L-Train auf seinen rostigen Stahlträgern über ihr, ab und zu ein ohrenbetäubendes Scheppern, wenn ein Zug vorbeigefahren ist. An den Straßenecken Imbissbuden voll mit den unterschiedlichsten Menschen, laute, fordernde, scherzende und drohende Stimmen in allen erdenklichen Sprachen. Die Ana ist lange geblieben, ist mit bedächtigen Schritten durch die Gassen und Straßenzüge gegangen. Abends hat sie sich das Theaterpublikum angesehen, geschminkte Frauen in dicken Pelzmänteln, die Männer ernsthaft bemüht, ihre Begleiterinnen zu beeindrucken – die Musik aus den Bars – die hell erleuchteten Gesichter – die blinkende Reklame in Leuchtschrift über ihnen – und mit einem Mal hat die Ana das Gefühl gehabt, dass das alles ein großer Abschied gewesen ist. Es hat nicht lange gedauert, dann ist das Gefühl wieder weggewesen. Es hat eine große Klarheit in ihr zurückgelassen. Diese Stadt ist nie ihre Welt gewesen, das hat die Ana gewusst, und so wäre es nur recht, wenn all das hier einmal ein Ende finden müsste.

16.

Lily spürte die Tage nicht mehr, die Zeit war in der Hitze des Sommers zu einem großen Klumpen verschmolzen. Dinge passierten vor ihrem Fenster, hier drinnen war Stille, es herrschte immer derselbe Tag, immer dieselbe Nacht, und es war gut so.

Joe war heute später gekommen als sonst. Er hatte ein paar Worte mit seiner Tante gewechselt, das hatte sie durch die geschlossene Tür gehört. Dann war er ins Zimmer getreten. Der Abend hing schon über der Stadt, die Sonne fast nicht mehr da, bloß eine dunkelviolette Ahnung ihrer Strahlen am Himmel. Joe drehte das Licht auf, eine kleine Schreiblampe auf ihrem Sekretär, die kaum heller leuchtete als eine Kerze. Lily blinzelte, sah ihm zu, während er sich bewegte. Schien es nur so oder waren da schwache dunkle Flecken auf seiner Hose, Erde auf seinen Händen? Sie könnte sich auch täuschen in dieser Dunkelheit – Joe setzte sich, zupfte einen Grashalm von seiner Hose, dann noch einen, einen dritten, ein Klümpchen Erde. Sie hatte es sich nicht eingebildet. Lily bemühte sich, ruhig zu bleiben, obwohl es sie brennend interessierte, wo er gewesen war, wieso die Erde, wieso das Gras? Sie spürte einen seltsamen Widerstand, einen Aufruhr in ihm, den sie nicht deuten konnte. Er betrachtete seine Hände, rieb sie auf seinen Oberschenkeln, versuchte, die Erde auf seinen Handflächen mit Speichel zu lösen, aber die dunklen Flecken blieben.

Lily hörte es im selben Moment wie er, ein scharfes, spitzes Geräusch am Fenster. Ihre Augen tränten von der Anstrengung, die es sie kostete, ruhig zu bleiben. Zum ersten Mal lähmte sie ihre Regungslosigkeit, aber sie konnte, sie durfte sich nicht bewegen. Joe stand auf, ging aus ihrem Blickfeld, noch einmal dieses Geräusch, ganz deutlich, Kieselstein auf Fensterglas. Lily öffnete die Augen, starrte in die andere Ecke des Zimmers, ihr Schrank, ihre Kommode nichts als verschwommene Schatten an der Wand. Lily hörte, wie Joe das Fenster hinaufschob, sie hatte sein Zögern förmlich gespürt, und dann, mit einem lauten Ruck, war es offen gewesen. Sie fühlte seinen Blick auf ihrem Hinterkopf, merkte, wie er die Luft anhielt – er schien ihr zu glauben, dass sie schlief. Er musste sich hinausgebeugt haben, versuchte nun leise zu sprechen. »Was machst du hier?«, hörte sie, es war ein lautes Flüstern, dann eine kaum hörbare Antwort von unten. »Warte«, sagte er. Lily hörte seine Schritte näher kommen. Sie presste ihre Lider aufeinander. Joe nahm seine Jacke vom Stuhl, das Rascheln von Stoff auf Stoff, mit einer einzigen flüssigen Bewegung zog er sie an. Dann war er aus dem Zimmer.

Lily wartete einige Sekunden, dann richtete sie sich auf. Sie ging barfuß zum Fenster, ihr Gesicht halb hinter dem Vorhang verborgen, unsichtbar im Halbdunkel des Zimmers. Zuerst sah Lily ihre Zöpfe, dick und gleichmäßig geflochten, und das ungeduldig dreinblickende Gesicht. Eine junge Frau, ein Mädchen vielleicht, klar sichtbar im Licht der Straßenlaterne. Sie ging vor dem Haus auf und ab, einmal trat sie aus dem Lichtkegel, dann setzte sie wieder einen Schritt hinein. Lily hatte sie noch nie gesehen. Sie hörte die Tür gehen, sah, wie Joe auf die Straße trat. Er stand da, schüchtern, fast verlegen. An seiner Körperhaltung merkte sie, dass das Mädchen ihm nicht gleichgültig war. »Was machst du hier?«, sagte er, sie hörte seine Frage nur schwach. Das Mädchen verschränkte ihre Hände vor der Brust und sah ihn aus schmalen Augen an. Lily spürte ihren Ärger bis zum Fenster herauf. »Ich habe es ja gewusst«, sagte sie, »du hast hier oben eine Freundin. Du lügst mich an!« Das Mädchen hatte lauter gesprochen als Joe. Er antwortete. Was er sagte, war nicht zu verstehen. Joe sah sich um, warf einen ängstlichen Blick über seine Schulter auf das Haus hinter sich, hinauf zu ihrem Fenster. Lily hielt die Luft an. Eine Sekunde lang drohte ihr der Boden unter den Füßen wegzubrechen. Dann wandte er sich wieder dem Mädchen zu. Er hatte Lily nicht gesehen.

Das Mädchen vor ihm wurde lauter. »Verarsch mich nicht«, sagte sie, stieß ihn mit beiden Händen vor die Brust. »Was für eine ist es? Eine Reiche? Eine Dienstmagd? Eine Schwarze vielleicht?« Joe sah sich um, er wusste, dass so eine Auseinandersetzung in der Nachbarschaft nicht unbemerkt bleiben würde. Das Mädchen schrie schon fast. Joe griff sie an beiden Handgelenken, als sie ihn wieder stoßen wollte. Er sprach auf sie ein. Was er sagte, klang beruhigend und schön. »Pah«, sagte das Mädchen, riss ihre Hände los und sah ihn mit einem wilden Gesichtsausdruck an. Ein paar Sekunden stand alles still. Dann spuckte sie vor ihm auf den Boden. Das Mädchen drehte sich um und ging aus dem Lichtkegel davon, die Zöpfe ein straffes Peitschen um ihre Schultern. Joe sah ihr nach. Die Art, wie er dastand, wie er seine Schultern hängen ließ, wie er dem Mädchen schließlich folgte, als ob sie durch einen unsichtbaren Faden verbunden wären, ließ ein Gefühl in Lily hochsteigen, das sie nicht verstand. Es war unbekannt und aufregend und traurig zugleich. Dieses Gefühl war viel zu groß für sie.

Lily ließ den Vorhang sinken, der schwere Stoff schwitzig und heiß in ihren Händen. Die Nachtluft, die durch das geöffnete Fenster ins Zimmer drang, war angenehm kühl. Lily trat einen Schritt zurück. Sie dachte nicht darüber nach, es kam ihr ganz selbstverständlich vor. Sie war ein Teil dieser Geschichte, ob sie wollte oder nicht. Sie musste verstehen. Lily raffte ihr Nachthemd ein Stück hoch, damit sie nicht stolperte. Sie huschte vom Zimmer auf den Gang, und ihre nackten Füße tapsten leise auf dem glatten, lackierten Holz der Treppe.

17.

Joe folgte ihr, ihre Schritte ein ungeduldiges Aufstampfen am Asphalt, ihre Wut fast mit der Hand zu greifen. Joe wagte nicht, zu ihr aufzuschließen. Sie verließen die bewohnte Gegend, kreuzten den Lake Shore Drive, der um diese Zeit stark befahren war. Cathy ging ohne zu schauen zwischen den Wagen hindurch, sie hupten und blinkten, aber Cathy marschierte weiter, als ginge sie all das nichts an. Joe wusste genau, wo sie hinwollte. Er folgte ihr, hob entschuldigend die Hände, wenn ein Wagen wegen ihm abbremsen musste. Joe konnte ihre Silhouette kaum ausmachen. Auf der anderen Seite der Straße war sie in den Park getreten, ihre Bewegungen ein dunkles Zucken zwischen den Bäumen, manchmal kurz deutlicher in dem schwachen Licht, das an wenigen Stellen durch die Blätter schnitt. Joe ging hinter ihr her in die Dunkelheit hinein. Der See lag in einer schwarzgrauen Masse jenseits des Parks. Er wirkte von hier wie ein schmales Band, obwohl er sich bis zum Horizont erstreckte. Wenn man näher herantrat, konnte man sehen, dass sich die Lichter der Wolkenkratzer von Downtown in seinen schwachen Wellen spiegelten, als wäre er von kleinen, silbrigen Splittern durchzogen. Für Joe sah der See aus wie er sich das Meer vorstellte, und er war ihm ebenso fremd.

Früher hatte Cathy immer um Ausflüge an den See gebettelt. Sie waren nur an einer Handvoll Gelegenheiten mit ihren Eltern dort gewesen, als sie beide sehr klein gewesen waren, an einem der Strände im Süden der Stadt. Er konnte sich erinnern, wie Cathy ihre Beine bis zu den Waden eingetaucht und ihre Füße betrachtet hatte, die ungestalt und verzogen ausgesehen hatten unter der Wasseroberfläche. Sie hatte sich hingehockt, ihre Hände langsam ins Wasser geschoben, der kleine Sonnenhut auf ihrem Kopf hatte ihr Gesicht verdeckt. Joe hatte gesehen, wie sie ihre Finger unter Wasser mehrfach ausgestreckt hatte, vorsichtig, voller Ehrfurcht und Neugierde, als hätte sie all das noch nie gesehen –

Cathy trat aus dem Schatten der Bäume. Ein paar Schritte noch, dann stand sie am Ufer, knapp an der betonierten Kante, eineinhalb Meter unter ihr der See. Joe hatte sich gedacht, sie würde weitergehen, bis sie an einen Strand kämen, sie würde ihre Schuhe ausziehen, würde die Zehen ins Wasser strecken, baden vielleicht, ihn umarmen, wenn ihre Wut verraucht wäre. »Wieso läufst du mir nach?«, sagte sie, Ärger und Trotz in ihrer Stimme. Cathy drehte sich zu ihm um, das Wasser eine unüberschaubare, schwach glitzernde Fläche hinter ihr. Joe machte ein paar Schritte auf sie zu. Sie sprach weiter, bevor er überhaupt beginnen konnte zu antworten. »Wieso wolltest du nicht mit mir reden, dort, wo die ganzen feinen Leute leben? Schämst du dich für mich? Schämst du dich für deine Schwester?« Joe spürte ihren Widerstand. Ihr Ärger drohte, ihn wegzudrücken, aber er wich nicht zurück. »Cathy«, sagte er, er wollte ihr alles erklären, sie könne doch nicht ernsthaft annehmen, dass er und dieses seltsame Mädchen in ihrem ununterbrochenen Dämmerschlaf – »Du brauchst dir gar nichts einbilden«, sagte sie, »nur weil dich jetzt eine von hier oben mag.« Sie machte einen Schritt auf ihn zu. Noch ein kleines Stück, und er hätte sie in seine Arme schließen können. »Du bist ja selbst ein Niemand«, sagte sie, »verdammt noch einmal, du weißt ja nicht mal, wer deine Eltern sind! Pah!« Joe hörte ihre Worte kaum. Vor ein paar Wochen hätten sie sein Blut zum Kochen gebracht, aber jetzt schienen sie ihm nebensächlich, unwichtig, banal. Er sah zu, wie sich ihr schöner Mund bewegte, ihre Lippen, wie ihre

Augen in der Dunkelheit blitzten, so nah vor seinem eigenen Gesicht. Wenn sie doch nur zu reden aufgehört hätte. »Hörst du mir überhaupt zu?«, sagte sie, versuchte freizukommen, wand sich in seinem Griff. Er hatte gar nicht bemerkt, dass er ihre Handgelenke gepackt hatte. »Cathy«, sagte er, flüsterte es fast, aber sie wollte sich nicht beruhigen. »Lass mich los!«, sagte sie und versuchte ihre Hände den seinen zu entziehen, aber er ließ nicht los. Er wollte sie küssen, ihr zeigen, dass das alles ein Missverständnis gewesen war, dass doch gar nichts dahinterlag – »Lass mich los!«, sagte sie, lauter, er merkte, dass sie Angst hatte, eine dünne Spur davon lag unüberhörbar in ihren Worten. Das war doch alles nicht so gemeint gewesen, sie hätte nur leise sein sollen – Cathy sah sich um, ihre Augen schossen hin und her, ihre Beine versuchten, nach ihm zu treten, »Hilfe!«, schrie sie jetzt, laut, »so helft mir doch!« Joe wusste nicht, was er tun sollte, er hatte sie doch nur beruhigen wollen, wieso hielt sie denn nicht endlich still – Cathy kämpfte mit aller Kraft gegen ihn an, er packte sie fester, er wollte ihr alles erklären, wenn sie nur eine Ruhe gäbe! Joe spürte, wie sie seinem Griff entglitt, sie stolperte, plötzlich, sie stürzte – Er hörte es mehr, als dass er es sah. Ein dumpfes Geräusch, endgültig, ein hässliches, totes Geräusch. Dann Wasser.

Die dünne, blutverschmierte Stelle an der Betonkante, kaum auszumachen im schummrigen Licht. Joe betrachtete den Fleck, ohne ihn zu sehen. Seine Augen glitten ins Wasser, blickten durch sie hindurch, sahen nicht, wie sie da schwamm, die Arme und Beine ausgestreckt, verzogen wie in seiner Erinnerung, die Zöpfe ungerade Linien, die vom Kopf abstanden, ihre Augen weit geöffnet und ohne Blinzeln. Joe hörte ein Geräusch hinter sich – nein, das konnte nicht sein – das war nicht möglich – doch als er sich umdrehte, wusste er es eigentlich schon. Der Schrecken hatte ihrem blassen Gesicht jegliches Bewusstsein genommen. Die Nägel in die Baumrinde gekrallt, die bloßen Füße auf der feuchten Erde, die Augen weit und ohne Blinzeln. Sie stand im Schatten, aber das Licht stieß sich ab an ihrem riesigen weißen Nachthemd, das im Zittern ihres Körpers kleine, unregelmäßige Wellen schlug.

18.

Die Ana hat die Tür geöffnet und es ist klar gewesen. Der Bub hat nichts gesagt. Er hat sie mehr getragen als gestützt. Die junge Miss ist an der Wand fast umgesunken, ihre Hände schlaff, ihre Beine ohne Bewegung. Gemeinsam haben sie sie die Treppe hinaufbefördert, haben sie ins Bett gelegt, ohne sie zu waschen. Dann ist der Bub zusammengebrochen. »Ich hab doch nicht wollen –«, hat er geschluchzt, »Es ist einfach passiert – was kann ich denn –« Er hat sich niedersinken lassen, auf die Bettkante, und hat geschluchzt wie ein kleines Kind, verzweifelt, erstickend, ohne Luft. Die Ana hat ihn angesehen. Dann hat sie ihm eine Ohrfeige gegeben, schallend, laut und klar. »Komm mit«, hat sie gesagt, »und erzähl mir, was passiert ist.«

Sie haben sich an den kleinen Tisch im Bedienstetenquartier gesetzt. Der Bub hat kaum sprechen können, so stark hat er gezittert. Die Ana hat das fahle Mondlicht gesehen, das durchs Fenster gegangen ist, oder ist es die Straßenlaterne gewesen, sie hat es nicht gewusst – und auf einmal ist der Feri vor ihr gesessen, fünfzehn Jahre früher, in einem anderen Leben, in einem anderen Land. Das Gesicht von dem Buben ist vor ihren Augen zerfallen und hat in die Vergangenheit gedeutet, die gleiche Verzweiflung, die gleiche Hilflosigkeit, die gleiche armselige Verlassenheit – die Ana hat sich zusammengerissen. »Also?«, hat sie gesagt, hat einen Sessel herausgezogen und sich dem Buben gegenüber gesetzt. »Ich hab die Cathy umgebracht«, hat er gesagt, seine Stimme fast unhörbar in seiner Kehle. »Wir haben gestritten, sie ist mir hier herauf gefolgt – und dann, am See –

ich hab sie zurückhalten wollen, ihr alles erklären – und dann ist sie gestolpert, und ihr Kopf, so, am Beton –« Der Josip ist sich mit der Hand an den Hinterkopf gefahren, als hätte er erwartet, dort Blut zu ertasten. Die Ana hat nicht ganz verstanden, aber sie hat begonnen, alles zusammenzusetzen. Die hübsche Stiefschwester – der Grund, wieso er erfahren hat, dass seine Eltern nicht die ihren sind – die Unpünktlichkeit in den letzten Wochen – die Grasflecken auf seiner Hose. »Ist sie eifersüchtig gewesen?«, hat die Ana gefragt. Der Bub hat genickt, »aber das hat doch alles nicht gestimmt –«, hat er angefangen, doch die Ana ist ihm ins Wort gefallen. »Und was hat Miss Lily am See gemacht?« Der Bub hat aufgeschaut. Er hat für einen Moment zu zittern aufgehört. »Das weiß ich nicht«, hat er gesagt, mit einer echten Verwunderung in der Stimme, und die Ana hat gespürt, dass das die Wahrheit gewesen ist.

Die nächsten Tage sind für die Ana wie in einem Nebel vorbeigezogen. Es hat schnell gehen müssen, in kaum einer Woche hat Herr White aus Europa zurückkehren sollen. Die Ana hat die Adresse von dem Doktor herausgesucht, der die Missis damals begleitet hat. Sie hat ihm erzählt, dass die junge Miss ganz plötzlich einen Anfall bekommen hat und dass sie seitdem gänzlich weggetreten gewesen ist. Der Doktor hat nur genickt. Es hat keinen Grund gegeben, wieso er ihr nicht glauben hat sollen. Nervenerkrankungen sind in der Familie gelegen. Es wäre gelogen gewesen zu sagen, dass man so etwas nicht schon erwartet hätte.

Die junge Miss ist nach Wisconsin gekommen, in dieselbe Klinik, in der ihre Mutter damals gelegen ist. Die Ana hat den Doktor gebeten, sie bei Herrn White zu entschuldigen, und der Doktor hat sie gut verstanden. Es hat hier nichts mehr für sie zu tun gegeben, hat er gesagt, sie hat jedes Recht gehabt, dass sie jetzt geht. Die Ana hat überlegt, ob sie der jungen Miss gute Besserung wünschen soll, aber sie hat genauso gut gewusst wie der Doktor, dass das nichts bringt. Also hat sie sich nur bedankt und ist gegangen.

Der Abschied von dem Kristóf und der Maria ist ihr am schwersten gefallen. Wie sie ihr von dem verschwundenen Mädchen erzählt haben, hat sie geschwiegen, und wie sie ihr Mitleid geheischt haben, hat sie gesagt, sie hofft, dass sie sie bald finden. Wenn nur der Bub wiederkommen würde, hat die Maria gesagt, und die Ana hat gesagt, wer weiß, vielleicht ist er auch schon auf dem Weg zurück ins Burgenland – wo es ihn doch immer schon so stark hingezogen hat dorthin. Auf das hinauf hat sich die Ana verabschieden müssen, endgültig, weil die Maria in derartiges Schluchzen ausgebrochen ist, dass man nicht mehr reden können hat mit ihr.

Der Josip ist die Tage über bei ihr geblieben. Was er gehabt hat, hat kaum eine Ecke in ihrer Kiste eingenommen. Die Ana hat alles geordnet, hat die Billetts für den Zug nach New York gekauft, um die Überfahrt hat sie sich erst vor Ort kümmern wollen. All das hat kaum drei Tage gedauert. Es ist früher Morgen gewesen, wie sie gegangen sind. Der Josip hat vor der Tür auf sie gewartet. Sie ist noch eine Runde gegangen, einmal durch alle Kammern. Im riesigen Wohnzimmer ist sie stehen geblieben, hat sich den Wandteppich über dem Kamin angesehen, die Sitzgarnitur, die kostbaren Porzellanteller mit den Jagdmotiven in der Vitrine. Die Ana hat sich bemüht, sich alles ganz genau zu merken. Sie hat sich umgedreht und ist gegangen.

Die Ana hat den Schlüssel auf den kleinen Beistelltisch am Treppenabsatz gelegt. Dann ist sie ins Freie getreten. Die Tür ist hinter ihr ins Schloss gefallen, ein fremdes, metallisches Scheppern in dieser frühen Stille. Der Bub hat der Ana zugenickt, und gemeinsam haben sie die Kiste genommen, jeder an einem Ende. Die Sonne ist gerade hinter ihnen aufgegangen und hat ihnen in den Rücken geleuchtet, ihre Schatten lang und spindeldürr vor ihnen auf dem Asphalt. Die Ana hat einen letzten Blick zurück geworfen, über ihre Schulter, in den Morgen hinein. In der Ferne, hinter dem Park, hat sie den See gesehen, eine einzige flammend helle Fläche, auf der sich das Sonnenlicht ohne jeden Widerstand abgestoßen hat.

1937

1.

Der Josef hat sich zurückgelehnt. Einen Moment ist er in der Schwebe gestanden, dann ist sein Rücken auf der Hausmauer aufgekommen. Er hat ein Bein angewinkelt, hat es an der Wand abgestellt, sich bemüht, möglichst unbeteiligt auszusehen. Er ist ja auch unbeteiligt gewesen. An was hätte er denn beteiligt sein sollen? Und wenn ihn jemand fragt, dann hat er von nichts gewusst, und wenn sie jemand erwischt, dann leugnen, leugnen, leugnen, das hat ihm der Hans so eingeschärft. Als ob nie irgendwas passiert wäre.

Der Josef hat sich umgesehen. Es ist müßig gewesen, hier ist sowieso niemand vorbeigekommen. Der Hof ist leer gestanden, angeblich schon jahrelang. Die Familie, die ausgewandert ist, hätte ihn verkaufen wollen, aber es hat sich niemand gefunden dafür. Das Tor zum Innenhof ist halb geöffnet in den Angeln gehangen, manche Bretter ausgebrochen, nur träge Katzen auf den sonnenwarmen Steinen und Unkraut, das langsam die Wände hochgewachsen ist. Hier haben sie sich immer getroffen. Der Hans hat davor nie gesagt, was genau sie machen haben wollen. Er hat dem Josef nur auf die Schulter geklopft, kräftig und zurückhaltend zugleich, als ob er noch viel stärker hinschlagen hätte können, wenn er nur wollen hätte. »Josef«, hat er gesagt mit diesem nachdenklichen Ausdruck in seinem Gesicht, »heut wirds wieder lustig. Damit die Leute nicht vergessen, dass es uns gibt.« Der Josef hat nie etwas anderes getan als nicken. Es ist immer ein eigenartiges Geheimnis in den Worten vom Hans gelegen, etwas Dunkles, Verwegenes, das den Josef fasziniert hat. Seine blonden Haare, unordentlich aus der Stirn gewischt und an den Seiten geschoren, die kurzen Hosen mit den dreckigen Knien, der Grashalm in seinem Mund, immer ein Grashalm, ohne Ausnahme. Der Hans ist stark gewesen und schön, sein Traum hat durch ihn durchgeschienen wie durch ein Blatt die Sonne. Der Hans hat an etwas geglaubt, das hat man gesehen. Er ist vollkommen erfüllt gewesen davon, keinen Moment hat er gezögert, nie, und der Josef hat ihn um nichts mehr beneidet als um diese Entschlossenheit.

Der Josef hat manchmal gar nicht glauben können, wie viel sich geändert hat in diesem Sommer. Alles, was davor passiert ist, ist ihm unwirklich vorgekommen, als hätte das alles jemand anderer erlebt und nicht er. Er hat jetzt auf Deutsch geträumt, hat auf Deutsch gedacht, und der rostige, schale Geruch der Stadt ist weg gewesen. Sein altes Leben ist so weit in der Ferne gelegen, dass er sich nicht einmal mehr erinnern hätte können, wenn er wollen hätte. Zum ersten Mal hat er jetzt Freunde gehabt, richtige Freunde, die ihm die richtigen Dinge gesagt haben, gute und wichtige und starke Dinge. Sie haben ihm die Angst genommen, sie haben nicht in die Vergangenheit geschaut, sondern immer nur nach vorne, immer geradeaus in die Zukunft, die ihre gewesen ist, die ganz selbstverständlich nur ihnen gehört hat und niemandem sonst.

Der Josef hat sich ein Beispiel genommen, am Hans und an den anderen Burschen. Er hat sich bemüht, immer nur an die Dinge zu denken, die vor ihm gelegen sind. Nur ganz selten hat er noch an das gedacht, was davor passiert ist. Er hat das nicht wollen, aber manchmal ist es einfach so in sein Bewusstsein geglitten – ihre schönen Haare im Sonnenlicht, ihr Rock, wie sie sich angefühlt hat unter seinen Händen, und dann, auf einmal, überall das Wasser – der Josef hat dann geschluckt, hat geradeaus geschaut und ist weitergegangen, und nach einer

Zeit sind die Gedanken weg gewesen. Alles vorbei, alles in der Vergangenheit, so hat es der Hans auch gemacht. Das hat er von ihm gelernt. Er hat sein wollen wie der Hans, schön und stark und durchdrungen von einem Gedanken, der weit über ihn selbst hinausgeleuchtet hat. Geradeaus, das hat der Josef gelernt, nur geradeaus, und vor ihm ein ganz neues Leben.

2.

Die Ana hat dem Buben nicht viel erzählt von seinen Eltern. Sie haben ein bisschen geredet auf der Überfahrt, und in der seltsamen Herberge im Hafen von New York, wo sie ein paar Tage warten haben müssen, bis sie einen Platz auf einem Schiff bekommen haben. Sie hat dem Buben erzählt, dass seine Mutter im Kindbett gestorben ist wie ihre eigene Mutter, und dass ihr, der Ana, das fast schon vorgekommen ist wie ein seltsamer Fluch. Sie hat dem Josip erzählt, dass sein Vater das nicht ausgehalten hat, dass er sich mehr erhofft hat, als er bekommen hat können im Amerika, dass er getrunken hat und dass er vor lauter Kummer gestorben ist.

Der Bub hat nicht viel nachgefragt, wie ihm die Ana über seine Eltern erzählt hat. Sie hat nicht einmal gewusst, ob ihn wirklich interessiert hat, was damals passiert ist. Er hat ihr auch nicht gesagt, was ihm sonst im Kopf umgegangen ist. Der Bub ist schweigsam gewesen und hat über die Reling hinausgeschaut, eine deutliche Falte auf seiner Stirn, die die Ana so noch nicht an ihm gesehen hat. Sie hat verstanden, dass das für ihn eine Fahrt ins Ungewisse gewesen ist, noch viel mehr als für sie. Er hat niemanden gekannt dort, seine Großeltern sind schon lange tot gewesen, und die zwei jüngeren Brüder von seinem Vater sind vor Jahren ins Amerika zurückgekehrt, in den Westen angeblich, auf eine Farm. Im Grunde hat ihn ja nichts mit der Welt dort drüben verbunden. Wenn der Josip so dagestanden ist, den Blick in die Ferne gerichtet, die Kappe auf seinem Kopf weit in den Nacken geschoben, dann hat sie ihn meistens allein gelassen. Sie hat gespürt, dass der

Bub nicht sprechen hat wollen, und das hat ihr recht sein sollen.

Wie sie im Dorf angekommen sind, ist es Hochsommer gewesen. Die Sonne ist so heiß gewesen und so nackt, dass sie alles ausgebrannt hat, was sie berührt hat, und die Luft am Horizont hat ohne Unterlass gezittert. Die Ana hat sich Sorgen gemacht, dass es Probleme geben würde an den Grenzen, aber alle Bedenken, die aufgekommen sind, hat sie mit ein paar amerikanischen Dollars beigelegt. Wie sie am Dorfplatz aus dem Bus gestiegen sind, hat die Ana in sich hineingehorcht. Sie hat die Kirche gesehen, die wohlbekannten Häuserzeilen. Die Straße hat jetzt weniger Schlaglöcher gehabt als früher, aber sonst hat alles gleich ausgeschaut. Sie hat sich umgesehen, hat ihren Blick auf einzelnen Häusern hängen lassen und gewartet, ob sie etwas empfindet. Die Ana hat sich gedacht, dass sie mehr spüren hätte sollen, aber da ist nicht viel gewesen außer Durst und Erschöpfung. Gemeinsam mit dem Buben hat sie die Kiste mit ihren Besitztümern durch die Gassen getragen. Kinder, die sie nicht gekannt hat, haben ihnen zugeschaut, Frauen, die früher Kinder gewesen sind, sind in den Türen gestanden und haben ihnen skeptische Blicke nachgeschickt. Langsam sind sie an den Dorfrand gekommen. Dort, wo früher die Zigeuner gelagert haben, ist jetzt nichts mehr gewesen, nur trockenes, kniehohes Gras. Fast hat die Ana erwartet, dass sie die Schmiede auch niedergerissen haben und dass sie alles wieder neu aufbauen hätte müssen, aber dann hat sie sie gesehen – die hohen Bäume um sie herum, die Werkstätte, das kleine Haus. Die Ana ist stehen geblieben und hat die Kiste sinken lassen. Der Bub hat es ihr gleichgetan. Er hat sie angeschaut, dann hat er seine Arme vor der Brust verschränkt und seinen Blick abgewendet. Die Ana ist ihm dankbar gewesen. Der Josip hat gemerkt, dass sie allein sein hat wollen mit dem Gefühl in ihrer Brust, das traurig gewesen ist und schön zugleich. Sie hat die Nässe in ihren Augen weggeblinzelt, während das Gefühl immer größer geworden ist in ihr drinnen, wie ein feiner, wehmütiger Duft aus einer anderen Zeit.

3.

Am Anfang ist ihm hier alles seltsam vorgekommen. Sie haben kein Fließwasser gehabt in der Schmiede, jeden Tag das Wasser in Kübeln aus dem Brunnen, keinen Strom, das ganze Haus aus alten Steinen, die Mauern dick wie ein Verlies. Wenn sie einmal hereingekommen ist, dann ist die Hitze drinnen gestanden wie ein fester Block.

Der Josef hat das Haus gehasst. Er hat so viel Zeit wie möglich draußen verbracht, ist durch die Wälder gegangen, an der Staatsgrenze entlang, hat den Fuhrwerken zugeschaut, die die Straße hinuntergefahren sind. Nur ganz selten ist ein Automobil vorbeigekommen, und wenn, dann haben ihm die Leute nachgeschaut. Wie der Josef einmal am Hauptplatz gesessen ist und ein paar Kieselsteine zwischen seinen Füßen hin und her getreten hat, ist ein Mann aus dem Amtshaus herausgekommen. Er hat den Josef gesehen, dann hat er innegehalten. Der Mann ist gut gekleidet gewesen, ein teures Jackett, eine lederne Aktentasche unter dem Arm, die Haare mit viel Pomade straff am Kopf zurückgekämmt. Eine kurze Pause ist zwischen ihnen gelegen, quer über den Dorfplatz hat sie sich gezogen. Dann hat der Mann den Josef gegrüßt, als ob er ihn schon ewig gekannt hätte. Der Mann ist auf den Josef zugegangen. Ein paar Schritte vor ihm ist er stehen geblieben. Der Josef hat den Kopf gehoben und seine Augen gegen die Sonne zusammengezwickt. »Bist du nicht der Bub vom Ribovics Ferenc?«, hat der Mann gesagt, sein Ton hat jovial geklungen, vertraut, so wie alte Freunde miteinander sprechen. Der Josef hat sein Gesicht nicht genau gesehen. Er hat hinaufgenickt und dort hingeschaut, wo die Augen des Mannes nur dunkle Schatten gewesen sind. »Was du nicht sagst!«, hat der Mann gesagt, freundlich, scherzend, »ich hab schon gehört, dass ihr zurückgekommen seids.« Der Mann hat gewartet, bis der Josef aufgestanden ist, dann hat er weitergesprochen. »Weißt du, dein Vater ist ein guter Freund gewesen von mir«, hat er gesagt. Er hat dem Josef auf die Schulter geklopft. »Komm mit mit mir in die Amtsstube, damit wir uns einmal miteinander bekannt machen können.« Der Josef hat die Hände in die Hosentaschen gesteckt. Dann hat er die Augen gesenkt und ist dem Mann ins Amtshaus hinein gefolgt.

Der Mann ist vor ihm in den Raum getreten, hat sein Jackett abgelegt und auf einen Haken hinter seinem Schreibtisch gehängt. Der Josef hat die dunklen Ärmelschoner an seinen Ellenbogen gesehen. Die Art, wie er sich bewegt hat, die Geschmeidigkeit seiner Bewegungen hat eine Selbstsicherheit ausgestrahlt, die den Josef beeindruckt hat. Der Mann hat sich ihm gegenüber hinter den schweren Eichenholzschreibtisch gesetzt, der fast das ganze Zimmer eingenommen hat. Dann hat er dem Josef einen Sessel gewiesen. »Amtmann« ist auf einem metallenen Schild gestanden, das vor ihm auf dem Tisch angebracht gewesen ist. Es hat in der müden Nachmittagssonne, die durch die halb zugezogenen Vorhänge hereingekommen ist, nur schwach geschimmert.

Dem Josef ist heiß gewesen. Er hat nicht recht gewusst, wo er hinschauen hat sollen. Die Luft hier drinnen ist stickig gewesen und so voller Staub, dass sie ihn im Hals gekratzt hat. Der Josef hat den Blick auf seine Händen fallen lassen, die unschlüssig auf seinen Knien gelegen sind. Es ist eine schwere Stille im Zimmer gestanden, bis der Amtmann zu sprechen angefangen hat. »Es tut mir leid um deinen Vater«, hat er gesagt,

»der ist wirklich ein guter Mann gewesen. Und deine Mutter, wunderschön, obwohl sie eine halbe Kroatin gewesen ist.« Der Josef hat den Kopf gehoben. Er hat den Eindruck gehabt, der Amtmann wartet, dass er spricht, aber er hat nicht gewusst, was er sagen hätte sollen. »Und du bist gut angekommen hier?«, hat der Amtmann gesagt, »gefällt es dir?« Der Josef hat genickt. »Das freut mich«, hat der ältere Mann erwidert. Dann wieder diese Stille, schwer und matt in der abgestandenen Sommerhitze. »Und wie geht es deiner Tante?«, hat er den Josef gefragt. Der Josef hat den Blick wieder auf seine Knie gesenkt. »Gut«, hat er gesagt, mehr nicht. »Was hat sie denn gemacht, wie sie drüben gewesen ist? Hat sie eine gute Position gehabt?«, hat der Amtmann gefragt. »Sie ist Haushälterin gewesen«, hat der Josef erwidert. Der Amtmann hat kurz geschwiegen. »Man hat gehört, dass sie für Juden gearbeitet hat«, hat er gemeint, »für einen gewissen Weiss, drüben im Amerika. Der soll sehr reich gewesen sein. Stimmt das?« Der Josef hat genickt. Dass das Juden gewesen sind, ist ihm bis dato nicht sonderlich wichtig vorgekommen. Aber so, wie der Amtmann das gesagt hat, hat es auf einmal sehr bedeutsam geklungen. »Für reiche Juden hat sie gearbeitet«, hat der Amtmann gesagt, leise, wie zu sich selbst, »so so.« Der Josef hat ihn angeschaut, aber er hat nicht gewusst, was in seinem Kopf drin vorgegangen ist. Der Amtmann hat ein paar Momente geschwiegen, dann hat er sich zum Josef vorgebeugt. »Kann ich dich etwas fragen?«, hat er gesagt. Der Josef hat genickt. Der Amtmann hat leise gesprochen, verschwörerisch, als ob er ihn eingeweiht hätte in ein großes Geheimnis. »Kurz bevor dein Vater ausgewandert ist«, hat er gesagt, »ist hier im Dorf etwas passiert, eine komische Geschichte … Hat dir deine Tante etwas davon erzählt?« Der Josef hat den älteren Mann angeschaut, der mit ihm geredet hat, als ob sie Freunde wären. Er hat nicht ganz verstanden, was er gemeint hat, oder was er wollen hat von ihm. Selten hat ihm jemand Wichtiger so viel Aufmerksamkeit entgegengebracht. »Nein«, hat der Josef gesagt. »Gar nichts hat sie dir erzählt?«, hat der Amtmann wiederholt. Der Josef hat verneint. Der Mann hat selbst den Kopf geschüttelt, als ob er es kaum glauben hat können. »So so«, hat er gesagt, »das wird wohl auch seine Gründe haben …« Sein Satz hat plötzlich aufgehört, er ist im Raum gehangen wie ein abgerissener Strick. Der Josef hat ihn angeschaut. »Wie meinen Sie das?«, hat er gefragt. Der Amtmann hat sich in seinem Sessel zurückgelehnt, langsam, und einen Stift hergenommen, den er zwischen seinen Fingern gedreht hat. Er hat den Stift so eingehend betrachtet, als würde er ihn zum ersten Mal sehen. »Damals ist ein Gendarm erschossen worden«, hat der Amtmann gesagt, »man hat nie herausgefunden, wer das gewesen ist. Eine tragische Geschichte. Und manche Leute …«, der Amtmann hat zu sprechen aufgehört und den Josef prüfend angeschaut. »Was?«, hat der Josef gesagt und gewartet, dass er weiterspricht. »Manche Leute haben deine Tante damit in Verbindung gebracht«, hat der Amtmann schließlich gesagt, »man hat gemunkelt, sie als Zigeunerin … man kann ja den Zigeunern nicht trauen, weißt du, und da haben die Leute angenommen …« Der Amtmann hat den Stift zur Seite gelegt und sich aufgesetzt. »Aber das ist sicher alles an den Haaren herbeigezogen«, hat er gesagt, »man muss ja nicht alles glauben, was die Leute so erzählen, nicht?«

Der Amtmann hat wieder eine Pause gemacht, und der Josef hat sich gefühlt, als ob man ihm in die Magengrube geschlagen hätte. Seine Tante und ein toter Gendarm? Hätte sie ihm nicht etwas erzählen müssen davon? Wenigstens irgendetwas? Die Hitze ist dick und von matten Staubflankerln durchzogen im Raum gestanden, und mit einem Mal hat der Josef gemeint, er bekommt keine Luft. Er hat den Amtmann angesehen. Einen

Moment lang ist ein Blick in seinen Augen gelegen, den der Josef nicht verstanden hat. Dann hat der Amtmann laut aufgelacht und mit einer Hand so kräftig auf den Tisch geschlagen, dass es den Josef gerissen hat. »Justament«, hat er gesagt, »jetzt haben wir uns ja noch nicht einmal vorgestellt!« Er hat weitergelacht, ein großes, freundliches, helles Lachen, und dem Josef die Hand entgegengestreckt, die gerade noch in einer Faust auf dem Tisch gelegen ist. »Ich bin der Tiefenbrunner Michael«, hat er gesagt. »Ich führ hier die Geschäfte für den Herrn Bürgermeister. Und jetzt komm mit mit mir, dann stell ich dir jemanden vor, damit du gleich die richtigen Freunde findest in diesem Dorf.«

4.

Wie sie angekommen sind, hat die Ana die Schmiede fast nicht wiedererkannt. Das Haus ist halb von Efeu überwuchert gewesen, in grünen Bärten ist er bis über die Fenster gehangen. Die Ana ist stumm bis zum Tor von der Werkstatt gegangen. Die schwere Holztür ist aufgebrochen gewesen. Natürlich haben sie die Werkzeuge gestohlen. Die Ana hat sich hinuntergebeugt, einen Moment lang hat sie gezögert, aber der Schlüssel ist noch genau dort gelegen, wo sie ihn damals versteckt hat. Langsam hat sie den Stein wieder sinken lassen. Die Ana ist zum Haus gegangen, hat die Eingangstür unter dem Efeu ertastet, ein widerspenstiges, metallisches Geräusch, dann ist sie eingetreten. Die Ana hat ein paar Schritte gemacht. Die Stille in der Kammer ist künstlich gewesen und unecht, als ob das Haus den Atem angehalten hätte, die ganze Zeit über. Alles ist noch genauso dagestanden, wie sie es verlassen haben, nicht einmal die Fenster haben sie eingeschlagen. Wahrscheinlich haben die Leute gewusst, dass es bei ihnen nichts zu holen gegeben hat. Der Staub ist dick über den Dingen gelegen, in einer einzigen, unversehrten Schicht. Alles hat ausgesehen wie eine alte Fotografie, und wie sich die Ana umgedreht und den ungläubigen Blick vom Josip gesehen hat, da hätte sie fast lächeln müssen.

In den nächsten Wochen hat sie viel gearbeitet. Sie hat den Efeu geschnitten und das Dach gedichtet. Sie hat gewaschen, Vorhänge, Kleider, Bettzeug, hat die Matratzen ausgeklopft. Die Ana hat die Räume ausgeweißt, den Staub aus den Ecken und Kabinetten gewischt, sie hat nicht geruht, bis alles wieder blitzsauber gewesen ist. Die Ana hätte sich gewünscht, dass der

Josip ihr ein bisschen dabei geholfen hätte, aber der hat keinen Finger gerührt. Der Bub hat im Zimmer vom seligen Vater geschlafen, meistens hat er noch vor Sonnenaufgang das Haus verlassen und geglaubt, die Ana merkt es nicht. Er hat ihr nie erzählt, wohin er geht, was er macht oder was ihm am Herzen liegt, und das hat die Ana traurig gemacht. Sie hat das Gefühl gehabt, dass sie mit einem Fremden unter einem Dach lebt. Und dass sie diesen Fremden so gut gekannt hat, hat es auch nicht besser gemacht.

Die Ana hat die Schwester ganz besonders vermisst, jetzt, wo sie wieder hier gewesen ist. Sie ist allein in ihrem Bett gelegen und hat die Decke angestarrt, die Muster und Verästelungen, die sie so gut gekannt hat. Sie hat das Geräusch von den Bäumen gehört vor dem Fenster, alles ist so gewesen wie früher, und trotzdem ist ihr nichts mehr richtig vorgekommen. Die Ana hat an die Zeit gedacht, die vergangen ist, und daran, dass so schrecklich viel passiert ist, seit sie das letzte Mal in diesem Bett geschlafen hat. Als ob sie nur geträumt, als ob es jemand anderer erlebt und ihr nur davon erzählt hätte. Je mehr die Ana versucht hat darüber nachzudenken, desto weniger hat sie verstanden. Alles ist gleich weit entfernt gewesen von ihr, die Zeit im Amerika, die Räume um sie herum, alles hat sich miteinander vermischt, wie in einem dichten Nebel, aus dem sie nicht mehr herausgesehen hat. Und wenn der Bub heimgekommen ist, spät am Abend, und die Bodenbretter geknarrt haben unter seinen Schritten, dann hat die Ana gemeint, es ist die Schwester. Sie hat gewusst, es kann nicht sein, und dennoch hat sie sich gedacht, gleich kommt sie zur Tür herein, gleich legt sie sich neben sie ins Bett und flüstert ihr in der Dunkelheit ein kaum hörbares »Lahku noć« entgegen. Aber die Tür ist jeden Abend geschlossen geblieben und niemand ist gekommen und die Ana hätte am liebsten weinen mögen von all der Zeit, die so still und unbeirrt an ihr vorbeigegangen ist.

5.

Der Josef hat nach wie vor gewartet. Die Dunkelheit ist langsam in den Hof hineingekrochen. Untertags ist es noch heiß gewesen, aber am Abend hat man schon den Herbst gespürt. Den Josef hat gefröstelt. Er hat sich gewundert, wo sie geblieben sind und wieso alles so lange gedauert hat – aber er hat seine Unruhe hinuntergeschluckt. Es hat ja schließlich etwas Größeres werden sollen, das hat der Hans gesagt, etwas Größeres als die bisherigen Aktionen. Der Josef hat gleichzeitig Aufgeregtheit gespürt in sich drinnen und eine dünne Schicht Angst, die über allem gelegen ist, was ihn mit dem Hans verbunden hat.

Der Herr Amtmann ist damals mit ihm über den Hauptplatz gegangen, der Josef, den Blick gesenkt, immer einige Schritte hinter ihm her. Auf einer Bank vor der Kirche sind ein paar Burschen gesessen, die der Josef schon in den Tagen davor gesehen hat, aus weiter Entfernung, am Hauptplatz, in den Seitengassen an Häuserwänden lehnend, mit den Händen in den Hosentaschen über die Feldwege schlendernd. Einer von ihnen, der blonde Bursch in der Mitte, ist mit weit gespreizten Beinen dagesessen und mit einem Grashalm im Mund. Seine Hände hat er lässig über die Lehne hängen lassen. Er hat ausgesehen, als ginge ihn nichts etwas an. Wie er den Amtmann auf sich zukommen sehen hat, hat er sich aufgesetzt. »Grüß Gott, Onkel«, hat der blonde Bursch gesagt und ist aufgestanden. »Grüß dich, Hans«, hat der Amtmann gesagt und dem Burschen auf die Schulter gehaut, »alles in Ordnung bei euch?«

»Alles in Ordnung«, hat der Bursch gesagt, als ob er Bericht erstatten würde, »wir haben heute schon eine Übungseinheit absolviert.« Der Herr Amtmann hat gelächelt, »sehr gut«, hat er gesagt, »es wird sich lohnen, glaubts mir, Entschlossenheit lohnt sich immer.« Der Bursch hat genickt, und es ist das erste und einzige Mal gewesen, dass der Josef ihn den Grashalm aus dem Mund nehmen sehen hat, bis heute. Er hat den Josef keines Blickes gewürdigt, bis der Herr Amtmann hingedeutet hat auf ihn. »Und das«, hat er gesagt, »das ist ein sehr vernünftiger junger Mann. Wollts ihr ihn nicht morgen mitnehmen zu euren Übungen?«

Der Hans hat ihn prüfend angeschaut. Dem Josef ist das unangenehm gewesen, dieser durchdringende Blick, vor dem er sich kleiner gefühlt hat, als er gewesen ist. »Ist das der Amerikaner?«, hat der Hans gesagt, und dann, nach einer kurzen, aber deutlichen Pause, »ein Deutscher wär mir lieber gewesen.« Der Amtmann hat sich zum Hans nach vorn gebeugt und mit einem verschmitzten Ausdruck in den Augen erwidert, »pass auf, was du sagst. Dein Onkel ist auch im Amerika geboren. Solange einem das richtige Blut in den Adern fließt, ist so etwas egal, nicht?« Der Amtmann hat sich wieder aufgerichtet und dem Hans noch einmal auf die Schulter geklopft, freundschaftlich und stolz. »Du«, hat er zum Josef gesagt, bevor er gegangen ist, »das sind ein paar klasse Burschen. Die werden dir noch einiges beibringen in der nächsten Zeit, das verspreche ich dir.«

Der Josef hat ihm nachgeschaut. Er hat den Blick vom Hans in seinem Nacken gespürt. »Und«, hat der Hans gesagt, wie der Herr Amtmann weggewesen ist, »wie heißt?« Der Josef hat sich langsam umgedreht. Er hat die Hände in den Hosentaschen verschwinden lassen und den anderen Burschen nicht angeschaut. »Joe«, hat er gesagt. Der Hans hat kurz gelacht und sich den Grashalm wieder zwischen die Lippen gesteckt. Er hat sich auf die Bank fallen lassen, die Beine weit, die Hände hinter ihm auf der Lehne, dieselbe Haltung wie zuvor. Die anderen Burschen haben ihm Platz gemacht. »Nein«, hat er gesagt, und den Grashalm von einem Mundwinkel in den anderen geschoben, »du heißt nicht Joe.« Der Josef hat aufgeschaut, direkt in sein Gesicht hinein. Das schmale Lächeln vom Hans ist nicht bis zu seinen Augen gegangen. »Josef heißt du«, hat er gesagt, »bei uns heißt man Josef und nicht Joe.« Der Josef hat den Blick vom Hans gehalten. Er ist kühl gewesen und klar und von einer erstaunlichen Härte. Einen Augenblick lang ist alles in der Schwebe gehangen, der Moment, sein Leben hier, er selbst. Aber dann hat der Josef genickt.

6.

Die Ana ist viel spazieren gegangen, so wie früher. Sie ist dieselben Wege entlangmarschiert, hat dieselben Felder angeschaut, die satt und gelb in der Sonne gelegen sind, und auf dieselbe Stadt geblickt, die über die Jahre hinweg langsam den Hügel hinaufgeklettert ist. Sie hat sich auf ihre alte Bank gesetzt, die nach wie vor am Waldrand gestanden ist. Jemand musste die Bretter ausgewechselt haben. Die Bank hat ausgeschaut, als hätte die Zeit sie nicht berührt. Wenn die Ana so gesessen ist und in die Nachmittagshitze hineingehört hat, dann hätte sie fast glauben können, es hätte sich nichts verändert. Sie hätte die Augen schließen und sich vorstellen können, alles ist gleich geblieben, nur die Jahreszahl auf den Zeitungen ist jetzt eine andere gewesen. Die Ana hätte das gerne geglaubt. Aber sie hat gewusst, dass es nicht stimmt.

Jedes Mal, wenn die Ana durchs Dorf gegangen ist, hat sie gesehen, dass die Leute arm gewesen sind, wie früher. Die Menschen haben nach wie vor keine Arbeit gehabt, die Bauern haben von ihren Ernten nicht leben können, und die jungen Burschen sind am Dorfplatz gesessen und haben lustlos in den Staub hineingetreten. Die haben seltsame Ideen entwickelt, wie früher, weil es noch immer nichts zu tun gegeben hat für sie. Es hat geknirscht, an den Rändern, in der Mitte, wie das Eis auf einem See, das gerade noch getragen hat. Die Menschen haben Angst gehabt, um sich und um ihre Kinder, und diese Angst hat sie wütend gemacht. Das hat die Ana gespürt, und sie hat es ihnen nicht verübeln können. Die Menschen haben auf eine Zukunft gehofft, die nicht gekommen ist. Stattdessen ist alles gleich geblieben, niemand ist hier vom Fleck gekommen, und genau das ist es gewesen, was alles verändert hat.

Es hat ab und zu Paraden gegeben, Aufmärsche von der Vaterländischen Front, Kinder, die patriotische Lieder gesungen und heimattreue Gedichtchen vorgelesen haben. Die Ana hat sich eine von diesen Paraden angeschaut, und mitten drunter ist sie gegangen, weil es ihr nicht gefallen hat. Dieses Fahnenschwingen, die schnittigen Kappen, die Art, wie die Männer alle im Gleichschritt marschiert sind mit ihren Nasen in der Luft – das hat irgendwo einen unbestimmten Ärger in der Ana zurückgelassen. Ihr ist es lächerlich vorgekommen, all die Kundgebungen, die Redner auf den mit Kränzen geschmückten Podien, die nervösen Gesten, der Eifer, der ihnen die Augen hervortreten hat lassen wie erstickenden Fischen an Land. Die Ana hat sich gedacht, das ist nichts anderes als ein viel zu lang ausgedehnter Maskenball, bei dem jeder seine Rolle spielen hat müssen, ob er wollen hat oder nicht. Manche haben ihre Rolle gut gespielt, manche haben das nicht können; manchen hat es gefallen, und manche haben es gehasst. Die Ana hat sich gedacht, es ist doch nicht mehr als ein Zufall, welche Rolle einem zugeteilt wird, und ob es eine gute ist oder nicht. Manche haben sich nicht recht getraut, andere haben mit so einer Hingabe gespielt, dass man fast vergessen hätte können, dass es ein bloßes Schauspiel gewesen ist –

Und wenn der Maskenball vorbei sein wird, werden sie alles abschütteln können, weil es sie im Grunde nicht betrifft, das hat die Ana gewusst. Sie werden sagen können, sie haben doch nur getan, was die Rolle verlangt, alle haben mitgemacht bei diesem großen Theater, und da wäre es ein Frevel gewesen, sich zu verweigern. Wenn die Vorstellung vorbei sein wird, und wenn Dinge geschehen sein werden, die niemandem gefallen, wie sie immer geschehen, wenn Menschen im Gleichschritt zu marschieren anfangen – dann, hat sich die Ana gedacht, dann werden sie mit den Schultern zucken, wie sie es immer tun, und sagen, sie haben doch nur gespielt.

7.

An dem Tag, nachdem sie der Herr Amtmann vorgestellt hat, ist der Josef um fünf Uhr in der Früh vor dem Haus gestanden. Der Himmel ist schon ganz hell gewesen, obwohl man die Sonne noch nicht gesehen hat. Der Josef hat nicht gewusst, was passieren würde – um fünf Uhr draußen, hat der Hans gesagt, und das ist alles gewesen. Ein paar Minuten später hat er sie den Weg herunterkommen sehen, der an der Schmiede vorbei hinaus aus dem Dorf geführt hat. »Morgen«, hat der Hans gesagt und ihm zugenickt, mehr nicht. Der Josef ist hinter der Gruppe dreingetrottet, vier, fünf Burschen, deren Namen er nicht gekannt hat, der Hans voran. Sie sind abgebogen auf einen Feldweg, der zu einem kleinen Wäldchen geführt hat. Der Josef hat sich umgeschaut. Nahe am Waldrand ist eine Bank gestanden, in der Entfernung ein paar Scheunen, sonst ist hier nichts gewesen.

Sie sind in den Wald gegangen, die Bäume sind licht gestanden, die Stämmchen schmal und hoch, aber trotzdem hat man nicht durchgesehen. Nach einiger Zeit haben sie eine kleine Lichtung erreicht. Die Burschen haben sich wortlos in einer Reihe am Rand der Lichtung aufgestellt. Der Josef hat einen Moment gezögert, dann hat er sich ganz ans Ende der Reihe gestellt. Der Hans ist mit langsamen Schritten vor den anderen auf und ab gegangen. Er hat die Hände hinterm Rücken verschränkt. Der Josef hat dem Grashalm in seinem Mundwinkel zugeschaut, der leicht gewackelt hat, wenn er gesprochen hat.

»Heute ist ein besonderer Tag«, hat der Hans gesagt und den Blick hinauf zu den Baumkronen gehoben, ins Licht, als würde dort etwas Wunderbares warten. »Unsere Bewegung wird stärker«, hat er gesagt, »und wir haben heute die erfreuliche Gelegenheit, ein neues Mitglied in unseren Reihen willkommen zu heißen.« Der Hans hat den Josef angesehen, direkt, und wieder hat der Josef das Gefühl gehabt, dass sein Blick durch seine Augen durchgegangen ist und hinten auf seiner Schädeldecke aufgeschlagen hat. »Mein Onkel sagt, der Josef ist jemand, der die Fahne von unserer geliebten Bewegung aufrecht halten wird«, hat der Hans gesagt, »also wollen wir prüfen, ob er diese Wertschätzung auch verdient.« Der Hans hat innegehalten, und das Lächeln, das sich auf seinem Gesicht ausgebreitet hat, ist dem Josef unheimlich gewesen. »Burschen«, hat der Hans gesagt und das Kinn nach oben gereckt, »es geht los.«

Der Josef hat gespürt, wie ihm jemand auf die Schulter getippt hat. Er hat nicht nachgedacht, hat sich umgedreht, und auf einmal – einer von den anderen Burschen hat ihm ins Gesicht geschlagen. Der Josef ist so überrascht gewesen, dass er sich nicht bewegen hat können. Da ist noch ein Schlag gewesen, in die Rippen, von hinten, die anderen Burschen in einem Kreis um ihn herum. Der Josef hat sich an den Mund gegriffen, Blut auf seinen Fingern, und bevor er verstehen hat können, noch ein Schlag, in den Magen. Der Josef hat sich gekrümmt, sein Schmerz ist klar gewesen wie frisches Wasser in einem kalten Bach. Er hat nicht genau gespürt, was als Nächstes passiert ist, Schläge, in die Seite, auf den Rücken, jemand hat ihm gegen die Knie getreten. Der Josef ist zu Boden gegangen. Sie haben ihm die Arme weggerissen, mit denen er sein Gesicht zu schützen versucht hat, dann noch ein Schlag und noch ein Schlag und noch ein Schlag. Seine Augen sind längst geschlossen gewesen, der Josef hat nur mehr gewartet, wann es schwarz werden würde in seinem Kopf, er hat sich das herbeigewünscht, dass es endlich so schwarz wäre in seinem

Kopf wie hinter seinen Lidern – »Halt«, hat er dann gehört, und mit einem Mal ist alles vorbei gewesen, »das genügt.«

Der Josef hat gewartet, ob es weitergeht, diese Stille ist ihm nicht geheuer gewesen, doch niemand hat ihn mehr angerührt. Der Schmerz ist in großen, trägen Wellen durch seinen Körper geflossen, und wie er die Augen wieder aufgemacht hat, hat er gesehen, dass der Hans über ihm gestanden ist, breitbeinig, ein Fuß zu jeder Seite seines Körpers. Der Josef hat in die dunklen Röhren von seiner Hose geschaut, sie ist knapp über seinen Knien weggestanden und hat auf den Oberschenkeln schmale Schatten geworfen. »Du lässt dich ja schlagen wie ein Mädchen«, hat der Hans gesagt, beiläufig, als wäre das alles kaum der Rede wert. Mit einem nachdenklichen Ausdruck im Gesicht hat er auf den Josef hinuntergeschaut. »Aber bei uns wirst nicht lange so ein Schwächling bleiben«, hat er gesagt, »und jetzt komm.« Der Josef hat zitternd eingeatmet, hat auf die Baumkronen geschaut, die hinter dem Hans seinem Kopf zart im Morgenlicht geglänzt haben. Der Grashalm in seinem Mund ist gegen den durchscheinenden Himmel nur ein fein gezeichneter Umriss gewesen. Und bevor ihn die Kräfte verlassen haben, hat der Josef mit großer Anstrengung den Arm gehoben und endlich nach der Hand gegriffen, die ihm der Hans hingehalten hat, ohne sich auch nur ein Stück zu ihm hinunterzubeugen.

8.

Die Ana hat die Augen aufgeschlagen. Einen Moment ist sie still liegen geblieben, dann hat sie sich aufgesetzt und ist mit leisen Schritten zum Fenster gegangen. Sie hat den Vorhang zur Seite gezogen, ein ganz kleines Stückchen nur, sodass sie gerade hinausgesehen hat. Das Licht ist noch ganz zart gewesen, der Himmel an seinen Rändern milchig blau, die Nacht mit ein paar letzten Sternen noch halb im Land. Sie hat gewusst, dass sie richtig gehört hat – jetzt hat sie den Buben in den frühen Morgen davongehen gesehen, in kurzen Hosen und einem Ruderleibchen. Er hat ausgesehen, als ob er friert.

Die Ana ist vom Vorhang zurückgetreten und hat sich ein Tuch um die Schultern gelegt. Sie hat noch kurz gewartet, dann ist sie dem Buben gefolgt. Sein weißes Leibchen ist ein heller Punkt gewesen, der in die pastellfarbige Landschaft hineingeleuchtet hat. Je weiter sie gegangen sind, desto stärker ist das Gefühl in der Ana drin geworden. Sie hat gewusst, wo er hinwollen hat. Wie der Bub einige Hundert Meter vor ihr in den Wald eingebogen ist, hat sie sich auf ihre Bank gesetzt. Die Farben vom Himmel sind jetzt intensiver geworden, ein starkes, feuriges Rosarot hat mit seinen Sonnenfingern in die Wolken gegriffen. Die Ana hat in den Morgen hineingeschaut, sie hat sich gedacht, was für eine seltsame Ironie das gewesen ist. Wenn der Bub gewusst hätte, dass sein Vater vor fünfzehn Jahren genau an dieser Stelle – Die Ana hat den Kopf geschüttelt, dann ist sie aufgestanden und dem Josip mit vorsichtigen Schritten in den Wald hinein nachgegangen.

Ein paar Meter vor der Lichtung ist sie stehen geblieben. Die Ana hätte sich gar nicht bemühen müssen, leise zu sein – die Burschen sind so damit beschäftigt gewesen, Liegestütze zu machen, dass sie so oder so nichts um sich herum bemerkt hätten. Einer, ein blonder Bursch mit einem gleichgültigen Gesichtsausdruck, ist vor ihnen auf und ab gegangen und hat ihnen Kommandos zugerufen. Die Ana hat die Burschen angeschaut, alle in den gleichen kurzen Hosen und den gleichen Ruderleibchen, wie sie mit angestrengten Gesichtern genau das gemacht haben, was der Blonde gesagt hat. Sie sind im Kreis gelaufen, haben Klimmzüge gemacht, am Ende haben sie sogar miteinander geboxt und einander so stark ins Gesicht geschlagen, dass die Ana gar nicht hinschauen hat können. Bevor sie fertig gewesen sind, hat der blonde Bursch noch eine flammende Rede gehalten, von der Bewegung und dem verjudeten Staat, gegen den sie auftreten müssten, von den Verrätern von der Vaterländischen Front und von irgendeinem Führer, dem sie die Treue geloben sollten. Dann sind sie einer nach dem anderen von der Lichtung getrabt, keine zehn Meter entfernt von ihr, und die Ana hinter ihrem Baum hat nicht gewusst, ob sie lachen hat sollen oder weinen.

9.

Der Josef hat sich nicht daran erinnern können, dass er schon einmal so glücklich gewesen ist wie in den Wochen danach. Sie haben jeden Morgen geübt, sind gelaufen, haben geboxt und gerungen, manchmal haben sie mit langen Stöcken trainiert und so getan, als wären das Gewehre. Zum ersten Mal in seinem Leben hat der Josef das Gefühl gehabt, dass er für etwas kämpft, dass er die Welt versteht und dass er etwas an ihr verändern kann. Und wenn der Josef früh am Morgen am Bauch über den Waldboden gerobbt ist, wenn er Liegestütze gemacht hat und sich an tief hängenden Ästen hochgezogen hat, bis ihm die Schultern gezittert haben, dann hat er sich gespürt, dann hat er gewusst, dass alles Sinn gehabt hat und dass die Sache, für die sie gekämpft haben, eine große und wichtige gewesen ist.

Bei der allerersten Aktion, an der er teilnehmen hat dürfen, hat er auf diesem verlassenen Hof gewartet, so wie jetzt. Es ist ein Sommerabend gewesen und die Hitze des Tages hat nicht und nicht vergehen wollen. Der Josef ist schon viel zu früh da gewesen, er hat am Hof mit den Schuhen nach trockenen Grasbüscheln getreten und die Katzen verscheucht, die auf den aufgeheizten Steinen gelegen sind. Der Hans hat nur gesagt, am Abend dort, und der Josef hat nicht weitergefragt. Er hat gewusst, dass es überhaupt eine Ehre gewesen ist, dabei sein zu dürfen. Das hat geheißen, dass sie ihm vertrauen und dass er endlich wirklich einer von ihnen werden hat können, wenn er sie nur nicht enttäuscht.

Die Burschen haben lange auf sich warten lassen. Es muss schon fast Mitternacht gewesen sein, wie sie gekommen sind, einer nach dem anderen, im Abstand von wenigen Minuten. Ohne miteinander zu sprechen sind sie am Hof gestanden und haben sich gegenseitig den Gruß zugemurmelt, der noch immer fremd geklungen hat im Josef seinen Mund. Er hat die anderen aus den Augenwinkeln angeschaut, hat die Anspannung gespürt, die Stimmung, die in der Luft gelegen ist, als zögen sie jetzt gemeinsam in den Kampf. Dann ist der Hans durch das baufällige Tor in den Hof getreten. Wie auf Kommando haben sich alle aufrecht hingestellt. Der Hans hat ein paar ausgebeulte Stoffbeutel getragen, die er an die anderen ausgeteilt hat.

»Zwei und zwei zusammen«, hat er gesagt, leiser, als er sonst gesprochen hat, »der Neue kommt mit mir. Ihr wissts, was ihr zu tun habts. Alle auf die gewohnten Positionen. Losschlagen auf mein Zeichen. Nach der Aktion – sofortiger Rückzug – steckts die Beutel ins Hemd und gehts nach Hause. Es soll uns niemand hierher zurückverfolgen können. Und wenn euch jemand fragt, morgen, wenn sies entdecken«, der Hans hat in die Runde geschaut, und ein anderer Bursch hat den Satz für ihn fertiggesprochen, »dann haben wir von nichts gewusst.« Der Hans hat genickt, kein Lächeln auf seinem Mund, nur eine Entschlossenheit, die ansteckend gewesen ist und klar. »Vergessts nicht, wofür wir kämpfen, Burschen«, hat er gesagt, und dann, nach einer ohrenbetäubenden Pause, »los!«

Der Josef und der Hans haben als Letzte den Hof verlassen. Die Burschen haben sich aufgeteilt, zwei und zwei, so, wie der Hans gesagt hat, und sind in verschiedene Richtungen davongegangen. Kein Mensch ist mehr draußen gewesen, in den meisten Häusern haben sie sogar das Licht schon gelöscht. Dem Josef sein Herz hat in seinem Kopf nachgeklungen, laut und fordernd. Er hätte gleichzeitig wegrennen mögen und sich schreiend dagegen gewehrt, wenn er jetzt gehen hätte müssen.

Alles hat sich in vollkommener Stille abgespielt. Der Hans hat den Henkel vom Beutel fester gegriffen. Der Josef hat noch immer nicht gewusst, was drinnen gewesen ist. Von der Seite hat er den Hans angeschaut, vorsichtig, sodass er es nicht merkt, seinen geraden Blick und seine unerschütterlich gleichmäßigen Schritte. Sie sind auf den Hauptplatz getreten. Vor ihnen ist die Kirche gestanden, der Josef hat alles im halb vollen Mond genau gesehen. »Halt auf«, hat der Hans gesagt, und ihm einen Henkel vom Beutel hingehalten, sodass sie ihn zwischen einander aufspannen haben können. Zuerst hat der Josef geglaubt, dass sie bloß alte Zeitungen hineingestopft haben. Es hat nach Papier geklungen; ein verhaltenes Rascheln, wie der Hans hineingegriffen hat – aber dann hat er die Hand wieder herausgezogen. Sein Arm hat einen eleganten Bogen gemacht, es hat ausgesehen, als ob er Vögel füttern würde, oder als ob er sät, bis nichts mehr zwischen seinen Fingern gewesen ist.

Der Josef hat sich nicht bewegt. Er hat auf das eckige Symbol geschaut, das hypnotisch gewesen ist in seiner gleichmäßigen Schönheit, die Balken, die sich ineinander verkantet haben – es hat ausgesehen, als flimmerte die Luft, wie sie in einem feinen Schauer zu Boden gerieselt sind. »Schau nicht so blöd«, hat der Hans gesagt und an dem Beutel gezogen, »Hilf mir. Bewundern kannst es morgen.« Der Josef hat seine Augen losgerissen, er hat auch in den Sack gegriffen und hat ausgestreut, genauso wie der Hans, vielleicht nicht so schön und nicht so kraftvoll, aber nach ein paar Mal hat ers heraußen gehabt. Sie sind gemeinsam gegangen, mit gleichen, schnellen Schritten, einmal ums Haus und bis ganz nach vorn zur Kirchentür. Wie sie fertig gewesen sind, hat der Hans den Beutel zusammengefaltet, eine geübte, fließende Bewegung, und unter sein Hemd in den Hosenbund geschoben. »Bis morgen, Kamerad«, hat er gesagt und dem Josef zugenickt. Der Josef hat zurückgenickt, »bis morgen«, hat er geflüstert, leise, wie zu sich selbst, und den Schritten vom Hans zugehört, die auf dem gezackten Teppich von Hakenkreuzen knisternd leiser geworden sind.

10.

In der letzten Zeit hat man viel gehört von diesen Nationalsozialisten. Die Ana hat ein bisschen gebraucht, bis sie verstanden hat, was diese Leute wollen haben. Ganz klar ist es ihr noch immer nicht gewesen. Die Nationalsozialisten sind verboten gewesen, das hat die Ana gewusst, aber es hat trotzdem welche gegeben. In Deutschland sind sie an der Macht gewesen und haben Fahnen geschwungen und Paraden abgehalten. Auch hier hat es Paraden gegeben und Fahnen und Männer, die mit ihren Gewehren im Stechschritt gegangen sind. Aber es muss wohl einen Unterschied gegeben haben zwischen hier und dort. Die Ana hat ihn nur noch nicht gesehen.

Sie hat oft an den blonden Burschen gedacht, der die anderen herumkommandiert hat, als ob er nie etwas anderes gemacht hätte in seinem ganzen Leben. Er hat ausgeschaut wie aus einem Bilderbuch, ein richtiger Bubenheld mit seinen zur Seite gekämmten Haaren und dem abgekauten Grashalm in seinem Mund. In einem gewissen Alter hat es den Burschen gefallen, wenn man von etwas Grandiosem geredet hat, von etwas Weltumspannendem, wenn man ihnen gesagt hat, dass sie großartig sind und mutig und dass sie kämpfen müssen fürs Vaterland bis auf den letzten Tropfen Blut – die Ana hat das alles gehört, an diesem Morgen im Wald, aber sie hat wohl gewusst, dass sich das der kleine Anführer nicht selbst ausgedacht haben kann. Und wie sie erfahren hat, dass der blonde Bursch der Neffe vom Tiefenbrunner Michel gewesen ist, da hat sie sich nicht gewundert. Die Ähnlichkeit ist groß gewesen, aber sie ist nicht so sehr im Aussehen gelegen, sondern in etwas anderem, das man nur ausmachen hat können, wenn man ganz genau hingeschaut hat. Und die Ana hat es im Neffen schon jetzt so deutlich gesehen wie damals in seinem Onkel.

Wie die Aktionen angefangen haben, hat sich die Ana noch nichts dabei gedacht. Sie haben Zettel mit ihrem Symbol drauf ausgestreut, ein in sich verdrehtes, zackiges Kreuz. Bubenstreiche, hat sich die Ana gedacht; wenn sie ihr Kreuz überall tapezieren wollen, dann sollen sie das machen. Es hat aber damit nicht aufgehört. Sie haben einen Burschen zusammengeschlagen, der einen Klumpfuß gehabt hat. Wie man ihn gefragt hat, wer das gewesen ist, hat er nur den Kopf geschüttelt und eisern geschwiegen. Ein paar Tage später haben sie »Jud« auf ein Geschäftslokal gemalt, wie eine seltsame Anklage ist das Wort da gestanden, vorgebracht vor einem unbekannten Gericht. Die Farbe ist in dicken Tropfen eingetrocknet, sodass es ausgeschaut hat, als ob die Buchstaben bluten. Die Ana hat den Rücken von der Frau angeschaut, die geschrubbt und geschrubbt hat, ohne dass das Wortbluten weniger geworden wäre. Manche Leute haben sich wohl denken können, wer dahintergesteckt ist, aber niemand hat etwas gesagt. Die Ana hat sich gefragt, wieso sie das gemacht haben, diese dummen Buben, und ob sie überhaupt gewusst haben, was sie da tun.

Ein paar Tage danach ist sie nach Hause gegangen, der Abend ist warm gewesen und angenehm, am Weg aus dem Dorf hinaus hat sie Kinder Ball spielen sehen. Die Ana hat ein gutes Gefühl im Bauch gehabt. Sie hat sich überlegt, dass sie im nächsten Frühjahr zusätzliches Gemüse hinter dem Haus anbauen würde, damit sie besser über die Runden kämen, vielleicht würde sie auch Arbeit bei einem Bauern bekommen, sich wieder ein paar Hühner zulegen. Es würde sich schon alles irgendwie richten lassen, und da sind ja noch die paar Dollar gewesen, die sie aufgespart hat vom Amerika – dann ist die Ana ganz plötzlich stehen geblieben. Sie hat gar nicht näher kommen müssen, um zu sehen, dass etwas nicht gestimmt hat. Die Schmiede ist vor ihr gelegen, ein Fenster ist eingeschlagen gewesen, die Dämmerung hat sich in der gebrochenen Scheibe nur halb gespiegelt. Einen Moment lang ist es still gewesen in ihrem Kopf, dann hat sie ihre Schritte beschleunigt. Die Ana hat die Tür aufgemacht – niemand ist im Haus gewesen. Der Raum ist halb im Dunkel gelegen, aber sie hat es sofort gesehen. Der Zettel, den sie um den Stein gewickelt haben, hat weiß zu ihr hergeleuchtet. Die Ana hat sich gebückt, hat den Zettel glatt gestrichen. Sie hat ihn angeschaut, bis ihr die Augen wehgetan haben. Ein Wort ist draufgestanden, mehr nicht. Die Ana hat geschluckt, dann hat sie den Zettel zusammengefaltet, fein säuberlich, und in ihre Rocktasche gesteckt. Vielleicht ist ja das der Unterschied gewesen, hat sie sich gedacht, zwischen diesem Maskenball und jenem. Vielleicht ist das der Preis gewesen für das ganze Gerede vom großen Führer und vom reinen Blut. Man hat ihm Taten folgen lassen müssen, dass man sich besser fühlen hat können als jene, denen es genauso schlecht gegangen ist wie einem selbst.

11.

Seit ihrer ersten Aktion haben sie ganz unterschiedliche Dinge gemacht. Nicht jeder hat an allen Aktionen teilgenommen, aber der Josef ist besonders oft dabei gewesen. Einmal haben sie die Schaukästen von der Vaterländischen Front eingeschlagen, die Zettel herausgerissen und ihre eigenen Pamphlete und Bilder vom Führer hineingehängt. Da hat sich der Josef die Handfläche aufgeschnitten, das Blut ist ihm hinuntergeronnen bis zum Ellenbogen, aber er ist so aufgeregt gewesen, dass er es erst zu Hause bemerkt hat. Ein anderes Mal haben sie mit schwarzer Farbe Hakenkreuze auf die Wand vom Amtshaus gemalt, große und kleine, sodass man sie aus jeder Distanz gut sehen hat können. »Damit der Bürgermeister nervös wird«, hat der Hans gesagt, und mit jedem Wort den Pinsel an die Wand klatschen lassen, »dieser kerzerlschluckende Idiot, dieser Verräter an der Volksseele, dieser elendige Schmarotzer«. Der Josef hat den Hans gefragt, ob das seinen Onkel nicht stören würde. Da hat sich der Hans umgedreht und gegrinst, den tropfenden Pinsel noch in der Hand. »Nein«, hat er gesagt, »den stört das nicht.«

Dann sind da natürlich die Streuaktionen gewesen, manchmal länger keine, und dann zwei oder drei an aufeinanderfolgenden Tagen. »Damit sie sich nicht auskennen«, hat der Hans gesagt, »das verwirrt sie, wenn sie nicht wissen, wann wieder etwas passieren wird und wo.« In letzter Zeit haben sie auch immer öfter Flugblätter ausgestreut, aber Hakenkreuze haben den Josef nach wie vor am meisten beeindruckt. Er hat den Hans einmal gefragt, wo sie die eigentlich herhaben, wer die alle ausstanzt aus dem schwarz angemalten Papier? Wo das doch immer so viele sind! Da hat der Hans gelächelt, »sagen wir so«, hat er gesagt, mit einem verschmitzten Ton in der Stimme, »meine Schwestern und die Mama sind alle sehr gut im Basteln.«

Ein paar Tage nach ihrer allerersten Aktion hat der Josef den Hans gefragt, was dieses Symbol eigentlich bedeutet hat. Es ist Nachmittag gewesen, sie sind gemeinsam über die Felder gegangen, das trockene Gras ist ihnen um die Beine gestrichen und die Sonne hat so hell geleuchtet, dass sie in den Augen wehgetan hat. Der Hans hat innegehalten und den Josef lange angeschaut. Wie er überzeugt gewesen ist, dass der Josef seine Frage wirklich ernst gemeint hat, hat er geantwortet. Er hat lange, trockene Grashalme durch die Finger gezogen, während er gesprochen hat, mit diesem sinnenden Ausdruck auf seinem Gesicht, und der Josef hat ihm zugehört. Der Josef hat nicht alles verstanden, aber er hat genickt, wie der Hans von der Bewegung erzählt hat und von ihren Idealen und davon, dass es Opfer benötigt, um sie voranzutreiben. »Wie zum Beispiel mein Bruder«, hat der Hans gesagt, »der ist seit drei Jahren in Deutschland. Und weißt du wieso?« Der Josef hat den Kopf geschüttelt. »Weil sie nicht wollen haben, wie er denkt«, hat der Hans gesagt und eine bedeutsame Pause eingelegt, »politisch.«

Der Josef ist dem Hans seinem Blick gefolgt, wie er über die Felder hinweggeschaut hat, das Sonnenlicht auf den Halmen wie ein schimmernder Film. »Sie haben so viel Angst gehabt vor uns, dass sie uns verboten haben«, hat der Hans weitergesprochen, »aber sie wissen genau, dass wir die Zukunft sind. Und dass wir für die richtige Sache kämpfen. Sie wissen genau, dass ihre Tage gezählt sind und dass es nicht mehr lange dauert, bis jemand kommt und ihr verlogenes System endlich über den Haufen schmeißt. Wenn sie das nicht wüssten, dann hätten sie nicht so viel Angst vor uns.« Der Josef hat den Hans angeschaut, die Falte, die sich zwischen seinen Augenbrauen gebildet hat. Er ist beeindruckt gewesen von dem Nachdruck, mit dem der andere gesprochen hat. »Weißt du«, hat der Hans gesagt, »ich habs ja mit meinen eigenen Augen gesehen. Letztes Jahr im Sommer bin ich mit dem Bus hinaufgefahren zur Feldarbeit, ganze drei Monate bin ich dort geblieben. Und weißt du, was dort für eine Stimmung herrscht? Da liegt ein Aufbruch in der Luft! Bei uns sind alle arbeitslos und die dort oben brauchen Arbeiter! Die haben so wenige, dass sie sie mit dem Bus von hier dort hinaufkarren müssen!«

Der Hans hat den Josef mit glühenden Augen angeschaut, und seine Wangen sind gerötet gewesen von seiner Rede, die zum Ende hin immer lauter geworden ist. »Weißt du«, hat er gesagt, »seit dem letzten Sommer bin ich wirklich überzeugt davon. Das hat es entschieden. Ich hab gesehen, wie man es richtig machen könnt und ich wär heuer wieder hinaufgefahren, wenn mich der Onkel nicht hier gebraucht hätte.« Der Josef hat gespürt, wie sehr es im Hans drin gebrodelt hat. Er hat ein paar Halme ausgerissen und sie mit einer ausholenden Geste ins Feld hineingeschmissen. Die Halme haben sich sanft in der Luft gedreht und gewunden, bis sie auf den anderen Halmen zum Liegen gekommen sind. Es hat ausgesehen, als ob sie auf den anderen Halmen schweben. »Aber es wird nicht mehr lange dauern«, hat der Hans schließlich gesagt, »das kann ich dir versprechen.« »Was meinst du damit?«, hat der Josef gefragt, und seine eigene Stimme hat leise und klein geklungen neben dem Hans. Der andere Bursch hat mit einer Überzeugung gesprochen, die dem Josef fremd gewesen ist. »Es wird nicht mehr lange dauern, bis es bei uns auch so weit ist«, hat der Hans gesagt und den Josef angeschaut, »das mein ich damit.« Und dann hat sich wieder dieses geheimnisvolle Lächeln auf seinem Gesicht ausgebreitet, das der Josef nicht verstehen hat können, sosehr er sich auch bemüht hat. »Weil die wirklich großartigen Dinge lassen sich nicht aufhalten«, hat der Hans gesagt, »von niemandem. Und wenns so weit ist, dann sind wir bereit.«

12.

Die Ana ist knapp vor zehn Uhr losgegangen. Sie hat ihr Sonntagsgewand angehabt und die kleine dunkle Handtasche mit dem metallischen Verschluss, die sie immer dann getragen hat, wenn sie früher mit der jungen Miss in den Park gegangen ist. Die Sonne ist heiß gewesen auf ihren Kleidern, aber die Ana hat nicht daran gedacht. Sie hat den Zettel in ihrer Handtasche gespürt, der so schwer gewogen hat, als ob er ein Ziegelstein gewesen wäre und nicht bloß ein Blatt Papier.

Die Ana hat genau gewusst, wie man sie im Dorf angesehen hat. Sie hat dieselben Blicke geerntet wie früher, nichts hat sich geändert daran, außer vielleicht, dass die Geschichten über sie mit der Zeit wohl noch ein Stück wilder geworden sind. Aber von den Blicken und von dem dummen Gerede hat sich die Ana nicht stören lassen. Sie hat schon lange aufgehört, darüber nachzudenken. Nein, die Ana hat keine Angst gehabt um sich selbst oder um ihren Ruf. Die Ana hat Angst gehabt um den Buben und davor, was sie mit ihm gemacht haben in so kurzer Zeit.

Die Ana hat ihre Handtasche enger gefasst. Das Metall von der Schnalle hat in ihren Augenwinkeln geblitzt, wenn sie die Hände bewegt hat. In der Vormittagshitze ist sie quer über den Hauptplatz gegangen, direkt auf das Amtshaus zu. Sie hat nicht einmal geklopft, wie sie eingetreten ist. Der Michel ist hinter einem enormen Eichenholzschreibtisch gesessen, der so dunkel gewesen ist, dass es ausgeschaut hat, als ob er das Licht verschlucken würde. Die Ana hat seine Überraschung gesehen, wie er den Kopf gehoben hat, und irgendwo darin ein kleines Stück Angst. Sie ist an den Tisch getreten, hat die Tasche geöffnet und den Zettel herausgenommen. Die Ana hat ihn fein säuberlich glatt gestrichen, dann hat sie ihn vor den Michel hingelegt. Er hat das Wort angeschaut, das draufgestanden ist, und sich in seinem Sessel zurückgelehnt. Ein paar Sekunden lang ist es still gewesen. »Und?«, hat er dann gesagt. »Sie haben mir das Fenster eingeschlagen«, hat die Ana erwidert. »Und?«, hat der Michel wieder gesagt. Er hat die Hände hinter dem Kopf verschränkt. Die Ana hat gesehen, dass er nicht so ruhig gewesen ist, wie er ausschauen hat wollen. »Sag deinem Neffen und seiner Partie, sie sollen aufhören damit«, hat die Ana gesagt, »und lass meinen Buben in Ruhe.« Der Michel hat sie einen Moment lang angestarrt, dann hat er sich aus seiner Haltung befreit und die Hände vor sich auf den Tisch gelegt. Der Michel hat bedrohlich dreinschauen wollen, aber er hat sein Gesicht kaum ruhig halten können. »Weißt du noch, was du mir damals versprochen hast?«, hat der Michel gesagt und sich vorgebeugt, sein Ton gleichzeitig leise und ungehalten, »dass ihr euch nie wieder blicken lassen würdets, hast du gesagt, und jetzt stehts ihr auf einmal wieder im Dorf? Was soll ich denn halten davon, hm?« Die Ana hat den Michel angeschaut. Die Panik in seinen Augen hat ihr keine Freude bereitet. »Lass meinen Buben in Ruhe«, hat sie gesagt, »und du hast nichts zu befürchten.« Der Michel hat sich zurückgelehnt, er hat ein kleines Lachen losgelassen, das ungläubig gewirkt hat und boshaft zugleich. »Was hab ich?«, hat er gesagt, und den Kopf geschüttelt, »das ist ja nicht zu glauben!« Der Michel hat sich wieder vorgebeugt und die Ana hat eine Ader auf seiner Stirn ganz deutlich gesehen, die gezuckt hat, knapp über seinen Augenbrauen, in einem wilden und ungleichmäßigen Takt. »Du wirst dich noch wundern«, hat er gesagt, »da werden bald andere Sitten herrschen hier. Die Leute werden nicht mehr lange fackeln mit so verräterischem Pack wie dir. Pah!« Die Ana hat geschwiegen, sie hat gewartet, dass er ausspuckt vor ihr oder mit den Fäusten auf den Tisch schlägt, aber nichts dergleichen ist passiert. Mit einem leisen Klacken hat die Ana ihre Handtasche in die Stille hinein geschlossen. »Lass meinen Buben in Ruhe«, hat sie wieder gesagt, »mehr will ich nicht von dir.«

Dann hat sich die Ana umgedreht und ist gegangen. Das Schweigen, das sie hinterlassen hat, hat ihr fast das Trommelfell zerschlagen. Sie hat es noch lange gehört, nachdem sie hinausgegangen ist, über die trockenen Wege hin zur Schmiede, während die Hitze mit ungeahnter Härte immerfort auf ihren Kopf geschlagen hat.

13.

Der Josef hat nach wie vor gewartet. Er hat mit den Füßen nach den trockenen Grasbüscheln getreten, ist mit trägen Schritten am Hof auf und ab gegangen. Inzwischen ist die Dunkelheit schon dick und samtig über dem Dorf gelegen, ein schwacher Geruch von Sommer noch in der Luft, obwohl es schon Ende September gewesen ist. Der Josef ist jedes Mal ein bisschen nervös gewesen vor einer Aktion, aber mittlerweile hat er sich besser unter Kontrolle gehabt. Er hat sich ausgekannt, die Handgriffe haben gestimmt und das Zusammenspiel in der Gruppe hat gut funktioniert. Und trotzdem – der Hans hat gesagt, dass das heute etwas Größeres werden hat sollen. Er hat erklärt, dass es manchmal drastische Maßnahmen braucht und dass man ein gewisses Risiko eingehen muss, wenn man für die richtige Sache kämpft. Der Josef hat das ja alles verstanden, und er hat gewusst, dass der Hans sich sicher zehnmal besser ausgekannt hat mit der Welt als er selbst. Aber trotzdem hat er ein ungutes Gefühl gehabt in seinem Magen.

Wie der Erste von den Burschen auf den Hof getreten ist, hat der Josef zum Gruß in die Dunkelheit gemurmelt. Ein paar Minuten sind sie alleine da gestanden, dann sind die anderen auch gekommen. Der Hans ist wie üblich als Letzter da gewesen. Er hat sie sich am Rand vom Hof aufstellen lassen. Dann hat er zu ihnen gesprochen. Den Grashalm in seinem Mund hat der Josef mehr gehört, als dass er ihn gesehen hätte. »Kameraden«, hat der Hans gesagt, »uns steht eine schwere Prüfung bevor. Vielleicht die erste wirkliche Prüfung für unseren Mut und unsere Gesinnung.« Der Hans hat eine Pause gemacht, und der Josef hat in der Dunkelheit vage ausmachen können, dass er die Hände hinter seinem Rücken verschränkt hat. »Jetzt fängt der Kampf erst richtig an, und zwar der Kampf gegen die unbelehrbaren und widerständischen Elemente in diesem Dorf, die einem nationalsozialistischen Wandel feindlich gegenüberstehen. Gegen jene, die unsere Gemeinschaft öffentlich in den Dreck ziehen, die sich gegen alles aussprechen, was gut und richtig ist«, der Hans hat vor sich ausgespuckt, »so etwas dürfen wir nicht zulassen, das muss im Keim unterbunden werden. Und wir fangen heute damit an. Alle und jeder soll wissen, dass man nicht ungestraft schlecht über Nationalsozialisten sprechen darf.« Der Josef hat den Kopf gewendet, aber die Gesichter von den anderen Burschen sind im Dunkel gelegen. Der Hans hat etwas aus der Tasche gezogen, eine Schachtel Streichhölzer, der Josef hat ihr leises Klappern in der Dunkelheit vernommen. Der Hans hat die Hölzer mit den kleinen roten Köpfchen nach unten in die Faust gesteckt. Der Josef hat gewusst, was jetzt kommen hat müssen. Schweigend ist der Hans die Reihe der Burschen abgeschritten und jeder hat eines aus seiner Faust gezogen. Wie alle drangewesen sind, hat der Hans ein frisches Streichholz aus der Schachtel genommen. Ein reibendes Geräusch, dann die Flamme. »Zeigts her«, hat er gesagt, und die Burschen haben ihre Hölzer vorgestreckt, während der Hans das Licht vor ihre Fäuste gehalten hat. Der Josef hat das Kratzen von dem abgebrochenen Holz zwischen seinen Fingern gespürt, er hat die Hand nicht ausstrecken können, und wie der Hans vor ihm stehen geblieben ist, hat er nur genickt.

Die Flamme ist ausgegangen. Sie hat den Josef noch geblendet, wie sie nicht mehr da gewesen ist, ein flackernder Abdruck hinter seinen Lidern. Die Zeit ist ein paar Sekunden lang nicht vergangen. Dann hat der Hans in seine Tasche gefasst und dem Josef etwas hingehalten. Es ist handtellergroß gewesen und rund. Der Josef hat das Metall unter seinen Fingern gespürt, bevor er seine Faust darum geschlossen hat. »Der Josef wird unsere Fahne heute hochhalten«, hat der Hans gesagt, nach einer Pause. Er hat mit ungewohnt bewegter Stimme gesprochen. »Und wenn das hier Wöllersdorf bedeutet oder Tod, was auch immer passiert, wir kämpfen und sterben für die richtige Sache. Vergessts das nie.« Der Hans hat Luft geholt, dann hat er dem Josef auf die Schulter geschlagen, und einen schwarzen Moment lang hat der Josef geglaubt, dass er zusammenklappt, dass ihm die Beine versagen und dass er auf dem staubigen Boden aufschlägt wie ein schwerer Sack.

14.

Die Ana ist nicht aufgewacht von dem Knall, auch nicht von dem Geschrei von den Leuten, nachdem das Feuer ausgebrochen ist, sondern von dem Licht, das vor ihrem Fenster helle Zacken an die Wand gezeichnet hat. Sie ist durch das Haus getappt, das um sie herum im Licht gezuckt hat. Die Ana hat die Tür aufgemacht und hinausgeschaut. Am Rand vom Dorf ist ein Haus in Flammen gestanden. Das Feuer hat in den samtblauen Himmel hineingeleckt, und die Ana hat sich gesagt, nein, du kannst es noch nicht wissen, es kann auch ein Unfall gewesen sein. Du weißt es noch nicht.

Die Ana hat gefröstelt. Sie hat sich ein Tuch um die Schultern geschlagen, dann ist sie hinausgegangen. Ihre Schritte sind schnell gewesen und ungenau, ein paar Mal wäre sie fast gestolpert. Du kannst es noch nicht wissen, hat sich die Ana wieder gesagt, du weißt es nicht, vielleicht ist alles auch ganz anders als du denkst. Die Ana ist immer schneller geworden, ist links abgebogen, dann rechts, und dann ist sie davorgestanden.

Das Haus ist klein gewesen und heruntergekommen. Es hat einer sehr alten Frau gehört, von der man gesagt hat, sie ist nicht mehr ganz richtig im Kopf. Die Feuerwehr ist noch nicht da gewesen, aber sie hat kommen müssen, jede Minute. Vor dem Zaun hat sich eine Menschentraube gesammelt, die immer größer geworden ist, und in ihrer Mitte die Alte. Man hat sie kaum gesehen unter der dicken Decke, die um ihre Schultern gelegen ist. Die Ana hat mit niemandem geredet, sie hat nur geschaut und sich langsam in der Traube nach vorne gedrängt.

Die Hitze vom Feuer hat auf ihren Wangen gebrannt, wie sie näher gekommen ist.

Die Ana hat gesehen, dass der Dorfgendarm neben der Alten gestanden ist. Er hat sich mit unsicheren Augen umgeschaut und sich mehrmals die Hände an der Hose abgewischt. »So schreibens doch auf«, hat die Alte gesagt und mit einer dünnen Hand unter der Decke hervorgewedelt, »schreibens auf, ich hab einen Knall gehört und dann ist Rauch gewesen und auf einmal hat es überall gebrannt.« Der Gendarm hat geschluckt. »Geknallt hats?«, hat er gefragt. Die Alte hat wieder mit einer ledrigen Hand gestikuliert und den Polizisten am Ärmel gezupft, »ja«, hat sie erwidert, »so schreibens doch auf, damit es auf Papier geschrieben steht.«

Der Gendarm hat zögerlich einen Block und einen Stift aus seiner Brusttasche gezogen, aber geschrieben hat er noch nicht. »Und ich kann Ihnen auch sagen, wers gewesen ist«, hat die Alte gesagt, in ihrer durchdringenden, dünnen Stimme, »ich bin mir ganz sicher.« Der Gendarm hat innegehalten. »Die Nationalsozialisten sind das gewesen«, hat die Alte gesagt und mit ihrem Finger in die Luft gestochen, »die Illegalen! Die wissen schon, was ich von ihnen halt, und deswegen haben sie mir das Haus niedergebrannt. So.« Der Gendarm hat einen Blick auf das Haus geworfen, den Block noch immer in der Hand, der Stift in seiner anderen ein paar Zentimeter über dem Papier. Das Haus ist fast nicht mehr da gewesen. Man hat nur mehr die Umrisse gesehen, die zuckend und schwarz in den Flammen gestanden sind. »Sind Sie sich ganz sicher, dass es geknallt hat?«, hat er schließlich gefragt, und die Ana hat gemerkt, dass es ihm am liebsten gewesen wäre, wenn er der seltsamen Alten nicht glauben hätte können. »Aber ja«, hat die Alte gesagt, »das hab ich doch schon gesagt!« Sie hat sich zu den Menschen gedreht, die um sie herum gestanden sind, »National*sozialisten* nennen die sich!«, hat sie gesagt, »pah! Damit ihrs wissts! Das sind keine Sozi, das sind alles Verbrecher!« Die Alte hat aufgestampft und die Ana hat den Widerschein vom Feuer auf ihrem faltigen Gesicht gesehen, die Empörung, die in ihrem ganzen kleinen Körper gelegen ist, der unter der Decke gebebt hat. Sie hat die Alte angeschaut, den Gendarmen, die Leute um sie herum. Eine unbestimmte Frage ist in der Luft gelegen, die niemand stellen oder beantworten hat wollen. Die Ana hat nicht mehr abgewartet, was passiert. Stattdessen hat sie den Blick gesenkt und sich langsam ihren Weg aus der Menge gebahnt, während das Feuer hinter ihr einzelne, zischende Funken in den nachtdunklen Himmel geworfen hat.

Die Ana ist im Haus gesessen, die Dunkelheit um sie herum gestreift und durchlässig. Alles ist still gewesen, kein Flammenzucken an der Wand, nur die Bäume vor der Tür mit ihren müden, leisen Zweigen. Die Ana hat nicht verstanden, wie es dazu kommen hat können, sie hat nicht verstanden, was passiert ist, wieso er die Dinge getan hat, die er getan hat. Sie hat ihn nicht mehr verstanden, überhaupt nicht, und das hat sie so traurig gemacht, dass sie es nicht in Worte fassen hat können.

Nach einer Stunde hat sie die Eingangstür gehen hören. Die Ana hat das Herz in ihrer Brust gefühlt, wie es laut und drängend geschlagen hat. »Josip«, hat sie gesagt, »komm her zu mir. Ich muss dich etwas fragen.« Die Ana hat die Überraschung gehört, die in der Stille gelegen ist, dann widerwillige Schritte zu ihr in die Kammer. Der Josip ist in der Tür stehen geblieben. Er hat die Arme vor der Brust verschränkt. »Was ist?«, hat er gesagt und sich in den Türrahmen gelehnt. Seine Stimme ist so kalt und unbewegt gewesen, dass die Ana sie fast nicht erkannt hätte. »Wieso hast das gemacht?«, hat die Ana gesagt und seinen Blick nicht ausgelassen, »was hat euch die Alte denn getan?« Der Josip hat geschwiegen und die Lippen zusammengepresst. »Das geht dich nichts an«, hat er schließlich gesagt, »außerdem weiß ich nicht, wovon du redest.«

Die Ana ist aufgestanden, hat in der gescheckten Dunkelheit ein paar Schritte auf ihn zu gemacht. »Josip«, hat sie gesagt, »hör auf damit. Was die dir sagen, stimmt nicht. Das macht dich alles nur unglücklich. Du musst mir glauben –« Sie hat dem Buben eine Hand auf den Arm legen wollen, aber er hat sie abgeschüttelt mit einer Heftigkeit, die die Ana zurückzucken hat lassen. »Halt den Mund«, hat er gesagt, »du hast mir überhaupt nichts zu erzählen. Lass mich in Ruh. Ich will nichts mehr zu tun haben mit dir, verstehst?« Die Ana ist ein paar Schritte zurückgewichen. Sie hat das Gesicht vom Buben angeschaut, das sie nicht mehr gekannt hat, den Schmerz, der drin gelegen ist, die Enttäuschung, die Verletzungen. So viel hat nicht gestimmt daran. Der Bub hat sie angeschaut, und die gesamte Vergangenheit hat sich in diesen Moment zusammengepresst. »Lass mich in Ruh«, hat er wiederholt, »ich will nichts mehr zu tun haben mit dir.« Er hat sich umgedreht und hat innegehalten. Es hat ausgesehen, als ob er ringt mit sich. Die Ana hat seine Finger gesehen, weiß und gespenstisch am Holz von der Tür, sein halb rückwärtsgewandtes Gesicht. »Sie sagen dir Zigeunerin«, hat er gesagt, leise, über seine Schulter hinweg, wie eine schiefe Erklärung für alles, was er gemacht hat.

Die Ana hat ihm nachgeschaut, wie er gegangen ist, seine Schritte am Gang, die Tür zu seiner Kammer, die hässliche Stille danach. Sie sagen dir Zigeunerin, hat er gesagt, und der Ana ist der Zettel vor Augen gestanden und der Stein und das unruhige Gesicht vom Tiefenbrunner Michel, und auf einmal ist ihr schlecht geworden von dem, was sie gesehen hat, von dem Buben, von ihrer eigenen Zukunft und von dieser seltsamen Zeit, in der sie alle leben haben müssen.

15.

Dem Josef ist es nicht gut gegangen in den Tagen danach. Er hat sich gedacht, was, wenn sie ihm draufkommen, was, wenn alles zutage kommt und wenn sie auch herausfinden, was drüben passiert ist, im Amerika? Jedes Mal, wenn ihn jemand angeredet hat, hat es ihn gerissen, und in jedem Blick, den man ihm zugeworfen hat, hat der Josef Verdächtigungen gesehen. Eigentlich hätte er stolz sein sollen, dass er es gewesen ist, der die Fahne von ihrer Bewegung hochhalten hat dürfen, und trotzdem ist er froh gewesen, dass der Alten nichts passiert ist. Er selbst hat sie ja nicht einmal schlecht sprechen gehört über die nationalsozialistische Sache, aber der Hans hat ihm erzählt, manchmal steht sie auf der Straße, dann schimpft sie gegen alles und jeden und heißt sogar den Führer die fürchterlichsten Namen. Der Josef hat sich gedacht, das ist zwar schlimm, aber es nimmt wohl niemand ernst, was eine schwachsinnige Alte so daherredet – doch gesagt hat er nichts. Der Hans, als ob er seine Gedanken erraten hätte, hat ihn angeschaut und gesagt, »Josef, du denkst nicht richtig. Man muss im Kleinen anfangen. Man darf so etwas gar nicht einreißen lassen. Dann wird sich auch das Große fügen.«

Der Josef ist mit dem Hans auf den Feldwegen hinter dem Dorf spazieren gegangen. Es ist Ende September gewesen, und der Josef hat sich gedacht, es wird wohl nicht mehr viele Tage geben, die so schön sind wie dieser. Die Luft ist windstill gewesen und lau, der Hans ist dicht neben ihm dahingegangen, der Grashalm in seinem Mund hat sich im Rhythmus von seinen Schritten bewegt. Der Josef hat die Gedanken von sich weggedrückt, die unmerklich immer wieder in seinen Kopf gekrochen sind – dass nichts von dem stimmt, hat sie gesagt, dass ihn das alles nur unglücklich machen wird, dass er aufhören soll damit. Als ob er seine Freunde so einfach verraten würde! Der Josef hat die Stirn gerunzelt gegen das seltsame Gefühl, das in ihm hochgestiegen ist. Er hat zum Hans geschaut. In seinem Gesicht ist so viel Selbstvertrauen gelegen, dass es dem Josef wieder ein bisschen besser gegangen ist. Er hat sich gesagt, dass seine Tante nichts, aber auch gar nichts verstanden hat von dem, was wichtig gewesen ist auf dieser Welt, und dass eine neue Zukunft gewartet hat auf ihn, die er sich von niemandem nehmen hat lassen.

Der Hans hat Halt gemacht neben einem baufälligen Zaun, der halb eingestürzt am Wegesrand gestanden ist. Er hat sich drangelehnt und den Josef betrachtet. Die Stille ist dem Josef unangenehm geworden, bevor der Hans zu sprechen angefangen hat. »Aber du weißt schon, dass das nur der Anfang ist, oder?«, hat der Hans gesagt und die Augen gegen die Sonne zusammengezwickt. Der Josef hat den Hans angeschaut, »Was?«, hat er gefragt, »das mit der Alten?« Der Hans hat genickt und den Grashalm bedächtig in seinen anderen Mundwinkel geschoben. Er hat sich abgewendet und seine Augen über die Felder gleiten lassen, die vor ihnen gelegen sind. »Deine Tante«, hat der Hans gesagt, unbestimmt in die Weite hinaus, »deine Tante muss lernen, wie man sich benimmt.« Der Josef hat aufgeschaut. »Was meinst damit?«, hat er gefragt. »Ich find, wir sollten ihr eine Lektion erteilen«, hat der Hans gesagt, nach einer kurzen Pause. Sein Blick ist weit in der Ferne hängen geblieben, der Ausdruck auf seinem Gesicht so unverständlich wie eh und je. Der Josef hat geschwiegen. »Ist das mit dem Stein nicht schon genug gewesen?«, hat er schließlich gesagt, und es hat unwillig geklungen und zögerlich. Der Hans hat den Josef von der Seite gemustert. »Offensichtlich nicht«, hat er gesagt, »sie hat meinen Onkel bedroht, auf eine hinterlistige Art und Weise. Das können und dürfen wir nicht so stehen lassen.«

Der Josef hat die Worte vom Hans gehört, aber er hat sie nicht ganz verstanden. In den Ohren vom Josef hat ein leises Rauschen angefangen. Er hat mit beiden Händen auf den Zaun gegriffen und erst da gemerkt, dass er gezittert hat. Der Josef hat tief Luft geholt und seinen Fingern zugeschaut, wie sie sich immer fester am morschen Holz gehalten haben. Er hat etwas sagen wollen, aber nichts ist herausgekommen aus seinem Mund. »Josef«, hat der Hans gesagt und sich zu ihm gebeugt, »das ist eine Zigeunerin und eine Verräterin. Du hast nichts mehr mit dieser Frau zu tun.« Der Josef hat sich mit der Hand an die Stirn gegriffen, ihm ist auf einmal schwindlig gewesen, wieso ist es ihm so schwer gefallen zu atmen? »Also was ist?«, hat der Hans neben ihm gesagt und der Josef hat Halt gesucht, aber er hat nur die eisenharten Augen vom Hans gesehen und sein unbewegtes Gesicht, das hellgrüne Schwanken vom Grashalm zwischen seinen Lippen – »Gut«, hat er gesagt, und noch immer nicht verstanden, »gut«, und der Josef hat genickt gegen den Schwindel und gegen das Pochen, das immer lauter geworden ist in seinem Kopf.

16.

Ein bisschen außerhalb vom Ort, hinter dem Friedhof, hat es eine Siedlung gegeben, die hat Chikago geheißen. In sieben Gassen haben sie burgenländische Bauernhäuser aneinandergereiht, dicht an dicht, mit Löchern in den zusammengerückten Häuserfronten, wo noch leere Grundstücke gelegen sind. Dahinter die weite Fläche bis zur Stadt mit ihrer Burg, Wiesen und Wälder, die die Staatsgrenze mittig zerschnitten hat. Angeblich hat ein Auswanderer die Siedlung so genannt, der zurückgekehrt ist, noch vor dem Krieg. »Ihr bauts ja da wie in Chikago«, soll er gesagt haben, und damit haben die Häuserzeilen ihren Namen gehabt. Die Ana hat sich gedacht, wie seltsam das gewesen ist, dass sie ihr Weg im Kreis geführt hat. Sie ist von einem Chikago ins andere gezogen, und trotzdem ist die große, weite Welt mit ihren Versprechungen immer woanders gelegen. Jetzt ist sie wieder dort gewesen, wo sie angefangen hat, und wenn man es ganz wörtlich genommen hat, dann ist sie in der Zwischenzeit eigentlich kein Stück vom Fleck gekommen.

Bis jetzt hat die Ana immer geglaubt, dass alles gut gehen würde. Sie hat nicht einmal darüber nachdenken müssen, es hat sich alles ganz selbstverständlich gefügt. Ein Schritt ist unweigerlich auf den anderen gefolgt, das Leben hat weitergehen müssen, auf die eine oder andere Weise, es hat Verpflichtungen gegeben, Versprechen, Aufgaben, die zu erledigen gewesen sind. Das Nachdenken hat keinen Sinn gehabt, weil es ohnehin nichts geändert hätte an dem, was zu tun gewesen ist. Aber jetzt ist es der Ana vorgekommen, als ob sie vor einer

Wand gestanden ist, die Nase am durchsichtigen Mauerwerk der Welt um sie herum. Sie hat nicht mehr gewusst, was der nächste Schritt gewesen ist, in welche Richtung sie nun gehen hat sollen, ob man ihr überhaupt noch eine Wahl gelassen hat. Die Ana hat keine Ahnung gehabt, was als Nächstes kommen würde in der Kette von Ereignissen, die auf einmal ausgesehen hat, als ob sie jeden Moment vor ihr zerreißt.

Sie ist wieder viel spazieren gegangen. In ungewohnte Richtungen, zu allen Seiten beim Dorf hinaus, die Hauptstraße auf und ab, und doch wieder den altbekannten Weg am Wald vorbei zu ihrer Bank. Es hat sich eine seltsame, geheimnisvolle Ruhe in der Ana ausgebreitet, wie das Gefühl, das man hat, kurz bevor man einschläft. Sie hat das kühle Gras unter ihren Sohlen gespürt, das ausgebleicht gewesen ist vom langen Sommer. Es ist blau gewesen draußen und friedlich, verträumte Felder zu beiden Seiten, ein halb dunkler Himmel die ganze Luft.

Die Ana hat nachgedacht über die Entfernung zwischen hier und dort, über die Entfernung in der Zeit, die nicht so leicht zu überbrücken gewesen ist wie die zwischen zwei Orten. Sie hat nicht genau sagen können, was passiert ist zwischen damals und jetzt, nur, dass es zu viel gewesen ist. Die Ana hat nicht gesehen, was noch kommen würde, aber sie hat das Gefühl gehabt, dass es unausweichlich gewesen ist, obwohl das vielleicht gar nicht gestimmt hat. Alles ist wie im Dämmerlicht auf sie zugekommen, die Ana hat nichts ausmachen können, bis es nicht vor ihr gestanden ist, nur Schatten und unscharfe Formen in dieser eigenartigen Dunkelheit, die vor ihr gelegen ist. Die Ana hat den Kopf gehoben und in den Abend hineingerochen, Erde und Moos und Herbst zwischen den Halmen. Alles ist echt gewesen um sie herum und blau und wunderschön.

Sie hat es angesehen, so gut sie können hat, die Farben sind verschwommen im schwachen Licht. Es ist das unbestimmte Gefühl von einem großen Ende in der Luft gelegen, das die Ana nicht verstanden hat.

Sie hat ihre Bank erreicht, hat sich gesetzt. Langsam hat sie sich zurückgelehnt. Stille in dieser seltsamen, flüsternden Zeit zwischen Tag und Nacht. Die Ana hat die Augen geschlossen. Nichts ist mehr zu retten gewesen, das hat sie gespürt, irgendwann in der Vergangenheit sind alle Würfel gefallen, und die Ana hat nur mehr warten müssen, was passiert. Sie hätte laufen mögen, doch sie hat ihre Glieder nicht bewegen können, und wenn sie geschrien hätte, hätte sie niemand gehört. Dieses Gefühl hat sie ruhig gemacht, es hat sie betäubt, sie ist müde gewesen und träge, ein letzter wacher Moment vor dem langen Schlaf. Die Ana hat sich gedacht, wie ein Tier, das Rascheln hört im hohen Gras, die dumpfen, schweren Schritte vom Jäger mit seinem Gewehr, der vielleicht doch ohne zu sehen und ohne zu hören an ihm vorübergeht, das stillhält, weil es hofft.

Die Ana ist nach Hause gegangen. Der Abend um sie herum ist langsam in die Nacht gesunken, der Mond halb voll und bleich, sein Licht ein unwirkliches Zucken in der Landschaft. Sie ist zur Schmiede gegangen, hat innegehalten, bevor sie eingetreten ist. Vielleicht hat sie es schon geahnt. Die Ana hat einen Schritt in die Kammer gemacht, und sie hat gespürt, wie zwei Burschen ihre Arme gepackt haben, von jeder Seite einer. Sie müssen schon neben der Tür gewartet haben auf sie. Der blonde Bursch ist auch da gewesen, ein, zwei andere, die an den Fenstern gestanden sind und Wache gehalten haben. Und in der Ecke, kaum sichtbar in der Dunkelheit, der Bub. Er hat sie nicht angesehen, hat sie nicht ansehen können, hat sich auf seinem Sitz gewunden, sein Blick überall, nur nicht auf ihr. Die beiden Burschen haben sie zu Boden gedrückt, bis sie gekniet ist, während der Blonde auf und ab gegangen ist vor ihr. Seltsam, hat sie sich gedacht, er ist ja noch ein halbes Kind, auf seinen nackten Beinen nicht mehr als ein schwacher Flaum.

Die Ana hat nicht gehört, was er gesagt hat, seine ganze große, edle Rede ist an ihr vorbeigegangen. Sie hat nur den Buben angeschaut, auf seinem Sessel in der Ecke, er hat den Blick nicht heben können zu ihr. Der Blonde hat das Gesicht verzogen in eine hässliche Fratze, er hat etwas herausgeschrien aus seinem Mund, in ihr Gesicht hinein, er hat gespuckt bei jedem Wort, doch sie hat nichts gehört. Der Blonde hat ihr die Haare zurückgerissen und sie hat stillgehalten. Sie hat das Metall blitzen sehen in seinen Fingern, die Schnitte auf ihrer Stirn, ein kaltes Gefühl, eckig, gleichmäßig und voller Wut. Die Ana hat nichts gespürt, sie hat den Buben angeschaut, der aufgestanden ist, die Hände an seinen Schläfen, als ob ihm der Kopf zerplatzen hat wollen, als ob er ihn zusammenhalten hätte müssen mit seinen eigenen Händen. Er ist durchs Zimmer gegangen, sein Rücken in der Tür, hinter ihm dick und satt das Mondlicht, das von draußen durchs Fenster gefallen ist. Die Ana hat ihn angeschaut. Das Blut ist zwischen ihren Wimpern gehangen wie ein dünner Schleier, aber sie hat durchgeblinzelt dadurch, hat das Tropfen weggeblinzelt, das langsam ihre Wangen hinuntergeronnen ist. Die Ana hat seine Schultern beben gesehen, hat gesehen, wie der Bub Luft geholt hat, immer und immer wieder. Sie hat nicht gewusst, ob er sich noch lange auf den Beinen halten hat können, und er hat ihr leidgetan in diesem Moment, doch umgedreht hat er sich nicht.

HERZLICHEN DANK

Matti Bunzl und Billy Vaughn, Irmgard Jurkovich, Walter Dujmovits, Herbert Brettl, Elmira Mitschailow, dem Team des Chicago History Museum, Ilse Reiter-Zatloukal, Christian Ortner, Reinhold F. Krammer, den Mitgliedern der Burgenländischen Gemeinschaft in Chicago, die mir so zahlreich und engagiert Rede und Antwort gestanden sind, Tanja Stacherl, Walter Schneeberger, Jakob Perschy, Evelyn Fertl, Willi Horvath, Reinhold Stumpf, Elisabeth Morri, Ulla Csenar und Andrea Wuketich.

Danke allen, die geholfen haben, dieses Buch durch ihr Wissen und ihre Unterstützung auf den Weg zu bringen. Ohne diese Mithilfe wäre »Chikago« nicht geworden, was es ist.

Danke außerdem dem Künstlerdorf Neumarkt an der Raab, dem Hotel Die Wasnerin, achensee.literatour, der Kunstsektion des BKA und der Österreichischen Gesellschaft für Literatur für die Zuerkennung von Stipendien, die die Entstehung dieses Buches maßgeblich mit ermöglicht haben, und meinen engagierten Gesprächspartnern und -partnerinnen am 20. Klagenfurter Literaturkurs.